【砲彈魔術師】

布拉福．泛世通

利迪爾王國引以為傲的七賢人中，攻擊力首屈一指的武鬥派魔術師。個性大方，不拘小節的壯漢，擅長多重強化術式。他所留下的六重強化紀錄，是國內目前為止的最高紀錄。

Silent Witch V

沉默魔女的祕密

Secrets of the Silent Witch

菲利克斯道出了那道奇蹟的名稱。
「……召喚，精靈王。」
纏繞著閃耀白光之風，
美得有如精靈王使者，以這般姿態現身的，
正是他長久以來痴心沉醉的王國英雄——
〈沉默魔女〉。

「我會瞄準眉心。」
聞言，莫妮卡即刻根據獵槍的角度計算出子彈的軌道，
並在結界上打開一個拳頭大小的孔洞，以供子彈通過。

Silent Witch V

沉默魔女的祕密

Secrets of the Silent Witch

依空まつり
Illustration
藤実なんな

Kadokawa Fantastic Novels

彩頁、內文插畫／藤実なんな

Contents

Secrets of the Silent Witch

序章　勝負打從上牌桌之前就開始了喔，同期閣下

那是利迪爾王國的七賢人之一——〈沉默魔女〉莫妮卡．艾瓦雷特在接下第二王子護衛任務的半年多以前，到王城出席元旦典禮的隔天所發生的事。

利迪爾王國，會在新年第一天舉行儀式，並舉辦為期一週的宴會。在這段期間，七賢人都必須留在城內待命。

經過昨天的典禮折騰，疲憊不堪的莫妮卡沒到宴會場上露臉，只窩在安排給自己的房間裡看書。沒想到，還是逃不過僕役們的登門造訪。「請問要不要泡澡呢～」「要幫您梳理頭髮嗎～」不請自來的客房服務絡繹不絕。

看來，是因為亂糟糟的三股辮，以及死氣沉沉的臉色，讓一位又一位的僕役上前開口關切。

可是，對於並不打算出席宴會的莫妮卡來說，泡澡也好，梳理頭髮也好，都不是什麼必要的活動。莫妮卡現在想要的，就只是找個四下無人的場所，靜靜看書消磨時光。

於是，莫妮卡披上七賢人的長袍，走出客房，動身前往供七賢人集會的〈翡翠室〉。

〈翡翠室〉是施有特殊結界的房間。只有七賢人與國王能夠出入，因此不必擔心僕役頻頻上門。

反正，其他七賢人一定都去參加宴會了，只要到這裡，就能不受任何人干擾，專心看書才對。

莫妮卡拿著看到一半的書，手握平時沒怎麼使用的法杖，把長袍的兜帽深蓋過眼，往〈翡翠室〉開始移動。

新年期間城內熱鬧萬分，出入者不計其數。光是和人擦身而過，就令莫妮卡胃部一陣翻騰。

總算，抵達〈翡翠室〉後，莫妮卡舉起法杖，用杖尖抵在門上，開始灌注魔力。

想替這個房間開鎖，就必須像這樣，讓魔力透過法杖的寶玉流通到門上。

稍稍打開房門，莫妮卡探頭窺往室內，緊接著，就為了來到這間〈翡翠室〉而後悔。

「喔呀，同期閣下。」

「喔，是沉默的啊！來得正好，快過來快過來！」

正在圓桌前就坐打牌的，是將栗子色長髮綁成三股辮的年輕男子，以及下巴蓄鬍，四十歲左右的黑髮壯漢。

前者是莫妮卡的同期——〈結界魔術師〉路易斯．米萊。下巴蓄鬍的壯漢則是〈砲彈魔術師〉布拉福．泛世通。

兩人雖然都穿著七賢人的長袍，但相對於整齊披著裝飾用布條的路易斯，魁梧的布拉福則是只穿了布條下的襯衫，領口也自在地敞開。

強烈的恐懼令莫妮卡渾身嘎答嘎答顫抖不已。

房裡這兩個，正是七賢人的武鬥派兩大代表性人物。說得極端點，就是兩個血氣方剛，隨時可能開打的火爆浪子。可能的話，一點都不想與他們同席。

雖然想拋下一句「失禮了」趕緊轉身離去，但布拉福正一副「來啊來啊」的態度不停朝自己招手。無視前輩命令掉頭就走的勇氣，莫妮卡當然不可能有，到頭來，還是只能拖著抖個不停的身體邁步進門。

只見布拉福一句「來啦～坐」並拉開自己身旁的椅子。

「沉默的會跑到這兒來，挺稀奇的嘛？」
「我看，八成是被想上門照料的僕役給嚇怕，一路逃命過來的吧。」
路易斯這番話，聽得布拉福露出心裡有數的表情。
「對喔，僕役們好像在爭說哪派人馬比較會照料七賢人嘛～」
目前，城內的第一王子派與第二王子派，正彼此互相牽制。
在七賢人之中，〈結界魔術師〉是第一王子派，〈寶玉魔術師〉是第二王子派，其他則全屬中立。
兩方派閥的中心人物，似乎都為了把仍屬中立的七賢人拉攏到自家陣營，而派出僕役發起款待攻勢，誰也不讓誰。怪不得，那些僕役們個個都像是殺紅了眼。
「這樣子，就算待在客房也靜不下心吧。沉默的，妳也一起來玩牌好啦。」
說著說著，布拉福開始回收散亂在桌面上的卡牌。
拿著一手牌的路易斯微微一笑。
「……看來你的牌挺糟的嘛。」
「我只是想把牌洗一洗，讓沉默的一起玩幾把。」
「失敬失敬。」
路易斯遞出手上的牌，將牌面攤開在桌面上。牌上畫有龍的飛翼、爪子及眼睛。
莫妮卡對於這些花色的意涵不甚了解，但路易斯恐怕已經組成了某種牌型。
布拉德小聲咕噥著「好險好險」，回收卡牌，看往坐在身旁的莫妮卡。
「沉默的，妳有玩過這種牌嗎？」
「沒、沒有……」

「首先每個人會發七張牌。然後咧，玩家交互從牌堆抽一張牌、扔一張牌，就這麼組合牌面上的花色，根據組成的龍來計分，比誰的得分高。」

布拉福實際在桌面上排出花色，依序說明牌型。

草食龍的分數最低，次低的是翼龍、地龍、火龍、水龍這些低等龍種。綠龍、黃龍、紅龍、青龍是分數較高的高等龍種。最高分的則是傳說龍種，白龍與黑龍。

然後，還有些特殊規則，像是每局遊戲開始前，都會決定場上的屬性，若組成的龍種與場上屬性相同，得分就翻倍等等。

莫妮卡還在不經意地數著卡牌的張數，布拉福就操著正經八百的語調接話：

「是說，就算自己的手牌不怎麼樣，也不代表就沒有贏面。像這種時候，重點就在於虛張聲勢，大膽放話。」

聽了這番說明，路易斯「喔呀？」一聲，輕輕聳了聳肩。

「莫非〈砲彈魔術師〉閣下沒發現，自己在手牌不好的時候，有忍不住摸鬍鬚這個壞習慣嗎？」

「什麼～～？」

布拉福反射性伸手摸了摸鬍子。

路易斯見狀，望向莫妮卡揚嘴微笑。

「像這樣，容易被對手糊弄的傻蛋，就會在這個遊戲吃鱉。」

布拉福維持著手按下巴的動作，抽搐著臉頰瞪向路易斯。

然後舉起厚實的手掌按在莫妮卡肩上，用震怒無比的沉重嗓音嚷嚷起來：

「……沉默的，跟我組隊吧。咱們來挫挫那傢伙的銳氣。」

沒能開口回應，只有「噫」一聲慘叫從莫妮卡的嘴裡洩出。

桌邊可以看到銀幣與銅幣堆成幾座小山。這兩人打的不是什麼純競技，有在賭錢的。

雖然絲毫都不想被捲進這種輸贏裡，可是布拉福已經開始發牌了。

莫妮卡緊緊揪住披在膝蓋上的長袍布料，嘎答嘎答顫抖不已。

路易斯從牌堆裡抽出一張牌後，扔掉了一張畫有青藍色飛翼的牌。莫妮卡隨即對那張牌喊了要牌（check）。

只差一張牌就能把龍湊齊時，只要向對手扔出的牌喊要牌，就能把那張牌搶走，完成牌型勝出。

拾起路易斯扔出的那張卡，莫妮卡在桌面上秀出自己的手牌。

「呃——水龍……湊齊了。」

聽到莫妮卡的勝利宣言，與莫妮卡組隊的布拉福連忙拍手喝采。

「嘎哈哈～！來啦來啦來啦來啦！時來運轉啊～！」

布拉福笑得開懷，大手一伸在莫妮卡頭頂粗魯地亂摸。這種魁梧又大嗓門的男性是自己最害怕的對象，莫妮卡僵在椅子上，動彈不得任其擺布。

遊戲開始到現在已經是第二局。截至目前為止，兩場都是布拉福與莫妮卡的勝利。

可坐在莫妮卡對面的路易斯並不特別顯得焦急，反而始終一臉微笑，笑到令人心底發寒。

「哎呀哎呀，真不愧是〈沉默魔女〉閣下。深受幸運眷顧啊。」

真要說，莫妮卡覺得自己應該是受不幸眷顧的一方。

會這樣連勝，與其說是幸運，莫妮卡更覺得像是路易斯在故意放水。

砲彈魔術師
布拉福・泛世通

就在不祥的預感令莫妮卡膽戰心驚時，布拉福又開始發牌，並且將堆積如山的銀幣往前推。

「好～這場賭二十枚銀幣！」

聽到布拉福放話，莫妮卡當場瞪大眼睛。剛才明明都三枚五枚在賭，這會兒也未免太性急了。

「那個，是不是，再考慮一下，比較……」

莫妮卡慌忙開口阻止，布拉福卻只是揚起嘴角，一臉確信勝利的表情湊向耳邊。

「我已經發現啦。結界的，拿到爛牌時會習慣性搓頭髮。」

「……咦？」

忐忑不安地窺向路易斯，發現路易斯正望著手牌，露出一臉從容不迫的笑容。

但路易斯的右手，確實正撥弄著垂在臉頰旁的頭髮。

「現在就是關鍵時刻啦，沉默的……一起讓那傢伙輸得哇哇叫吧。」

猛烈的不祥預感油然而生。可是，布拉福已經完全打算放手一搏了。

就這樣，遊戲在莫妮卡滿肚子不安之下繼續進行。

莫妮卡的手牌湊得很順利。只要再一張牌，就可以組成高等種紅龍了。場上的屬性是火，所以火屬性的紅龍得分還會翻倍。

話雖如此，莫妮卡還是沒能撇除心中的不祥預感。總覺得，自己就像是走在被人所安排好的勝利之路上。

莫妮卡滿懷不安地從牌堆中抽出一張卡片，頓時肩膀猛縮。

（……啊、啊，「綠色飛翼」來了……）

按莫妮卡的預想，路易斯想湊的牌型要不是翼龍，就是高等種綠龍。萬一在這裡扔掉「綠色飛翼」

手牌，極有可能被路易斯喊到要牌，飲恨落敗。

（手牌必須維持在七張。這邊已經用六張完成了高等種紅龍……既然還有一個空缺，留下綠色飛翼，扔掉用不到的龍牙卡，應該是現階段最好的選擇。）

「同期閣下。」

用手牌遮住嘴巴的路易斯，嗤嗤地笑了起來。

「心生動搖時會縮起肩膀的習慣，勸妳改一改比較好喔。」

「唔……好德……」

布拉福再度湊向肩頭猛縮的莫妮卡耳邊，壓低音量開口：

「別怕，沉默的。妳看，結界的還是在搓頭髮。他的牌不怎麼樣。現在該做的是放膽進攻。」

喔……在如此曖昧回應的莫妮卡面前，路易斯扔出了不要的手牌。

路易斯扔出的是「金色龍眼」——莫妮卡需要的最後一張牌。

莫妮卡還沒喊出要牌，布拉福就搶先扯開嗓子吶喊起來。

「要牌！嘎——哈哈～！紅龍湊齊啦！配合場上屬性效果，得分兩倍！承讓啦，結界的！」

布拉福高呼勝利的同時，路易斯秀出了自己的手牌。

「恕我失禮。其實呢……我已經湊齊了咒龍。」

路易斯突如其來的亮牌，令布拉福一時啞口無言。

搞不清狀況的莫妮卡，目不轉睛地盯著路易斯的手牌猛瞧。

路易斯已經湊齊了翼龍牌型。不過除此之外，手牌裡還有一張寫著「詛咒」的卡。那是先前遊戲中，莫妮卡一度都還不曾用過的卡。

路易斯帶著可掬的笑容，開始向一臉不得其解的莫妮卡解說。

「在湊齊了龍種，手上又剛好有詛咒卡牌時，就能成立咒龍這種特殊的牌型。」

咒龍——所謂，受詛咒的龍，是找遍歷史也非常少見的一種龍害。

「……那個～這種牌型，成立時，不宣告湊齊，嗎？」

「即使咒龍成立，也不需要主動宣告。因為，咒龍的效果，是在自己以外的玩家宣告湊齊牌型之時……」

路易斯笑得更深了。

「讓玩家在那局贏到的點數，原封不動轉成扣點。」

「唔噎？」

換言之，那局贏得愈大，輸掉的分數就愈多。

詛咒卡到方才為止一次都沒出現過，莫妮卡對咒龍這種特殊規則根本一無所知。

然而，路易斯不是會對這種理由睜隻眼閉隻眼的人物。

「不滿嗎？……也不自己研究正式規則，把他人的解說囫圇吞棗就登上牌桌，只能怪妳太蠢嘍。」

說著說著，路易斯裝模作樣地撥弄起臉頰旁的頭髮。

這時莫妮卡才注意到——

「難、難道說，路易斯先生，就連在不利的時候會搓頭髮也是……」

「我不就說了嗎？容易被對手糊弄的傻蛋，就會在這個遊戲吃鱉啊。」

也就是說，不利時會搓頭髮的習慣，根本就只是引君入甕的演技。

布拉福癱軟跪地，路易斯則滿心歡喜地把桌面上的銀幣往自己的方向搜刮。

一敗塗地的莫妮卡，抱著對布拉福過意不去的心情，低頭望向擺在桌面上的卡牌。

其實，打從路易斯亮牌的時候開始，就有一件事讓莫妮卡非常在意。

「那個～路易斯先生……卡牌的數目……好像，對不上……」

「是妳多心了吧？」

「不是的。」

莫妮卡語調堅定地回答，否定路易斯輕描淡寫的笑語。

稚氣未脫的臉蛋上，已經不見方才的手足無措，那雙圓滾滾的眼睛，眨都不眨地緊緊凝視著卡牌。

「從這幾場牌局反推，牌堆中的龍牙卡會變成有八張。比原本多了一張。大家扔出的手牌，我每張都記得很清楚，不會錯。」

面對就偏偏在這種場面下特別直言不諱的莫妮卡，路易斯扭起頸子，擺出格外可愛的動作說：

「勝負打從上牌桌之前就開始了喔，同期閣下。」

「意思是，從上牌桌之間就已經做好出老千的準備了，是這麼回事吧？喂，結界的。你給我把那身長袍脫了，翻過來甩看看？」

「天氣這麼冷，少亂來啦。」

路易斯從椅子上起身，躡手躡腳地往門口走去。

確信路易斯出千的布拉福露出猙獰的笑容，舉起法杖指向路易斯。

「坐著打這麼久的牌，該換魔法戰活動活動筋骨啦。陪我玩玩吧，結界的。」

「好個活力十足的中年大叔。建議你到魔法兵團休息室去找對象如何？」

布拉福開始詠唱攻擊魔術。

路易斯也透過短縮詠唱展開了防禦結界。

〈翡翠室〉本身受到強力的結界守護，沒那麼簡單就被破壞。所以，路易斯所展開的防禦結界，保護的對象只針對施術者。當然，莫妮卡並不算在內。

隨著嗶嘎呀的慘叫聲，莫妮卡逃命似地縮到圓桌下，無詠唱發動了防禦結界。

十幾分鐘後，在〈翡翠室〉精力充沛地大打出手的〈砲彈魔術師〉與〈結界魔術師〉，順利遭到了與〈詠星魔女〉一同趕到的〈荊棘魔女〉給拘捕。

兩眼無神，縮在圓桌下不停咕噥著數字的〈沉默魔女〉，也平安獲得了〈詠星魔女〉的保釋。

Now Monica is no longer a helpless child.

現在的莫妮卡，已經不再是無力的小孩。

She is the Seven Mages,

the "Silent Witch".

而是七賢人〈沉默魔女〉。

Silent ✦ Witch

V

沉默魔女的祕密

Secrets of the Silent Witch

✦ 第一章　冬季市場與冬精靈的冰鐘（奧爾提莉亞之鐘）

距離賽蓮蒂亞學園徒步約一小時路程的克萊梅鎮，每到了冬招月（雪露古利亞），冬至前最後的冬季市場就會開市營業。

為了執行護衛第二王子的任務而潛入賽蓮蒂亞學園的莫妮卡，並不是第一次來到克萊梅鎮，不過相較於上次造訪，這次鎮上更加熱鬧，擺攤的店家也更多了。

按利迪爾王國的規矩，從冬至當天起會有十天的假期，這段假期結束的隔天就是元旦。在放假期間，幾乎所有商店都關門不做生意，所以國民們都要搶在冬至前把該採買的東西買完。

今天賽蓮蒂亞學園放假，莫妮卡於是與護衛任務協助者伊莎貝爾．諾頓，以及她的侍女艾卡莎一起到克萊梅鎮逛冬市。

（果然，還是好多人喔～……嗚嗚，開始緊張了……）

話雖如此，回想自己第一次來到這個鎮上時，是害怕人群害怕到縮在地上動彈不得，現在確實是好上許多了。

緊張得縮起身子的莫妮卡，穿的是先前路易斯買給自己的外出服，外頭還披了大衣。

走在一旁的伊莎貝爾則是在深黃色的禮服外裹著皮草，艾卡莎身上的也不是侍女服，而是巧克力棕色的外出服。

今天外出的目的，是陪伊莎貝爾大小姐逛街採買。

伊莎貝爾帶著興高采烈的嗓音，向微微低頭走路的莫妮卡開口：

「來～我們一起往冬季市場出發吧，姊姊！」

眼見伊莎貝爾明顯有點得意忘形，艾卡莎小聲地提醒。

「大小姐，或許會有其他賽蓮蒂亞學園相關人士也在鎮上，還請不要太過鬆懈。」

「說得也對……那麼，這裡還是走反派千金路線吧。」

從莫妮卡身邊拉開距離，伊莎貝爾傲氣凌人地揚起下巴放話。

「好了，還不快跟上，提行李的！敢給我怠慢就有妳好看！」

順帶一提，這位反派千金嘴巴把莫妮卡喚作提行李的，可實際上早就已經安排好，會把買到的貨品全部讓馬車載回去，所以根本沒有東西讓莫妮卡提。

冬季市場以廣場為中心，攤販與露天商店四處羅列，冬至假期中所需的食材、保存期限較長的點心，以及冬至裝飾用的花圈等等，應有盡有。

還有些店家可以因應顧客喜好，現場幫客人製作花圈。

冬至用的花圈算是一種驅邪物。據說只要掛在家裡裝飾，就能趨吉避凶，為新的一年招來幸福。

莫妮卡小時候，也曾在父親帶領下，一面計算藤蔓與緞帶的比率及毬花的配置，一面製作冬至花圈。

（冬至花圈……好懷念，喔。）

莫妮卡的養母是買市售現成的花圈，至於成為七賢人，獨居山間小屋之後，就沒有擺飾過花圈了。

就在莫妮卡望著裝飾著各種不同顏色的緞帶，色彩琳瑯滿目的花圈時，伊莎貝爾在某間賣點心的店家前停下了腳步。

「首先要買返鄉用的土產……保久類的零食最好多買幾種。然後也想去那間香味有口皆碑的香皂店看看……啊，還有孤兒院的孩子們，給他們買些新書吧。」

本以為要買書的話在柯貝可伯爵的領地也買得到，不過位於東部的柯貝可，進書的速度似乎比其他地方慢。

相對的，克萊梅鎮畢竟離王都不遠，流行的書總是沒幾天就上架。

伊莎貝爾掐指計算著要買的東西，機靈的艾卡莎立刻又提出建議：

「香皂店就在這條大道直直下去的轉角。書店則要跑到別條街去喔，大小姐。」

「那，就先在這兒買零食吧。挑些東部不常見的點心比較好……」

今天採買的內容，以伊莎貝爾返鄉要送的土產為主。

即將迎接冬招月（雪露古利亞）的賽蓮蒂亞學園，下週起就要放寒假。

在利迪爾王國，冬至到新年這段節慶假期，習俗上是要和家人一起過的，所以學生們都會返鄉，宿舍也會完全關閉。

購買十箱點心當作給家人及僕役的土產後，伊莎貝爾向店員指示要讓馬車載貨，並露出惆悵的表情嘆了口氣。

「啊啊～要是可能的話，真想跟姊姊一起過冬至假期……」

先前，伊莎貝爾已經邀請莫妮卡和自己一同返鄉過節。而莫妮卡在當初，原本也是打算要接受這份邀約的。

畢竟伊莎貝爾與她的家人幫了自己很大的忙，一直很想好好上門道謝一次。

然而就在兩天前，七賢人之一〈詠星魔女〉梅爾麗・哈維開示了一則預言，狀況因此急轉直下。

——我國有遭遇龍害的徵兆，就在今年冬天。

王國首席預言家這番話，令王國從上到下都進入警戒狀態。

既然〈詠星魔女〉已經發出預言，身為七賢人的莫妮卡理所當然會受到徵召。所以，莫妮卡沒辦法參加伊莎貝爾的返鄉之行了。

（這麼一提，這個鎮上的警備，也添了不少人力呢……）

克萊梅鎮之前就有地龍出現。想必正因如此，對於龍害的預言格外重視吧。

照理說，龍是種畏寒的生物，活動較好發於春末夏初之際。大半的龍都會冬眠，冬天應該是龍害較少的季節。

可是，既然預言出自〈詠星魔女〉之口，即使冬至將近，依然不能等閒視之。再怎麼說，王國過去有好幾度，都是多虧她的預言才能逢凶化吉。

「說實在的，我好想跟姊姊一起吃冬至的百果餡餅跟薑汁蛋糕，同時一一為姊姊帶路，介紹我們柯貝可伯爵領地各個大小景點的說……」

說著說著，伊莎貝爾的眼角泛起了淚光。看來她真的相當不甘心。

「大小姐，大小姐，妳這樣會讓〈沉默魔女〉大人困擾的。」

聽到艾卡莎這番話，伊莎貝爾才猛然回神，抬頭掏出手帕俐落拭去眼角的淚水。

「不行不行，隨隨便便在人前落淚，有損反派千金的格調……照反派千金的規矩，唯一能以淚水示人的時候，就是假哭的時候呀。」

「竟、竟然有那麼嚴苛的規矩嗎……」

在戰慄的莫妮卡面前，伊莎貝爾重新繃緊臉龐，臉上的神情，正是那勇敢抵禦龍害，高風亮節的伯爵千金表情。

「害大家見笑了。雖然我想與姊姊共同歡度寒假時光的心意依然不變……但現在應以防治龍害為最優先。」

利迪爾王國最飽受龍害侵襲的地區，就是以柯貝可伯爵領地為首的東部地區。

柯貝可伯爵家的歷史，就是與龍交戰的歷史。伊莎貝爾身為柯貝可伯爵千金，相信遠比莫妮卡更加理解龍害的可怕吧。

莫妮卡帶著生硬的語調，向滿臉憂心的伊莎貝爾開口。

「那個，在龍害對策方面，除了龍騎士團之外，似乎就連七賢人都會行動……或許，我會碰巧，被派遣到伊莎貝爾大人府上，的附近去，也說不定。」

「哇~如果到時真有這樣的機會，還請務必務必務必，一定要通知我一聲喔。我們柯貝可伯爵全領地從上到下都會總動員，協助姊姊打退惡龍的！」

「不，那個，我一個人沒問題……所以還請，把人手分配到領地的警備上……」

莫妮卡支支吾吾地回應，這時，警戒著周圍的艾卡莎輕輕喚了聲「大小姐」。

剎那間，伊莎貝爾收起原本面對莫妮卡的親切笑容。換上一臉不懷好意的表情，高傲地揚起下巴，用響亮的嗓音放話。

「天哪~應該與家人共享天倫樂的安穩冬至假期，竟然要讓妳這種人跑到我們家來，這教我怎麼忍受哇！妳給我聽好，我一點也沒有想把妳當成家人的意思！馬房才是最適合妳窩的地方啦！」

「咦，呃——？」

突如其來的反派千金演技正令莫妮卡一頭霧水，艾卡莎立刻不帶一絲動靜地轉動眼球，望向莫妮卡解釋。

「在我右後方的兩個女生，是賽蓮蒂亞學園的學生。看起來，她們應該已經注意到了伊莎貝爾大小姐……」

為了避免伊莎貝爾與莫妮卡之間的真正關係曝光，時時刻刻注意周遭動向的艾卡莎，壓低了音量向伊莎貝爾請示。

「現在該怎麼做呢，大小姐？」

稍稍闔上眼皮沉思，伊莎貝爾慎重道出結論。

「說真的，我還想跟姊姊一起享受悠閒時光……但為了安全起見，這裡還是分頭行動吧。這樣可以嗎，姊姊？」

「浩、浩的。」

待莫妮卡點頭，伊莎貝爾便把橙色長捲髮向上一撥，嗓音宏亮地喚道：

「走來走去累死人了！妳聽好，我要找個地方喝杯茶，妳給我去把這張清單上的東西買齊，一項也不准少。」

說著說著，伊莎貝爾從口袋掏出一張清單塞給莫妮卡。

清單上頭一片空白。

「我一小時後會在鐘塔前等妳。要是敢給我遲到，包妳吃不完兜著走！」

語畢，伊莎貝爾就帶著艾卡莎轉身離去，向兩位與莫妮卡有點距離的女同學，用活像先前都沒發現對方的表情問候：「哎呀，妳們好呀～」

莫妮卡於是趁這個空檔，開始往伊莎貝爾離去的反方向移動。

柯貝可伯爵千金伊莎貝爾．諾頓，以及她的跟班莫妮卡．諾頓。遠處有一名男子，正靜靜觀察著這兩個人。

那是位不容易給人留下印象，年約三十五來歲，有著不起眼五官的焦茶色頭髮男子。中等體格中等身高，披著一件隨處可見的外套。

這名男子，是某個人物僱來的偵探。

雖說是偵探，也不是那種發表高明推理，華麗解決事件，有如小說主角般的存在。

他的確是偵探，但從未進行過什麼推理，工作基本上都是徵信調查，以及協尋寵物。這次接下的委託，內容正是調查那位少女——莫妮卡．諾頓的素行。

（果然，莫妮卡．諾頓被柯貝可伯爵千金欺負得很慘啊。那個千金小姐對莫妮卡．諾頓的咒罵太自然太惡毒了，怎麼聽都不像演技。）

那就是演技。

但偵探對此渾然不覺，繼續思索下一步該怎麼打算。

（委託人是說要我監視莫妮卡．諾頓的一舉一動……可那姑娘真有什麼內幕好監視嗎？總覺得，柯貝可伯爵千金這種大人物比較值得監視……）

奉伊莎貝爾之命前去採買的莫妮卡，連抓著清單離開的步伐都走得笨手笨腳的。說實在，她真讓人感受不出有什麼監視的價值。

（也罷，再怎樣也是委託人的命令。姑且就還是乖乖照辦吧。）

在內心對自己喊話之後，男人繼續展開了對莫妮卡·諾頓的跟蹤。

＊　＊　＊

與伊莎貝爾分頭行動的莫妮卡，漫無目的地在現場遊走。

（一小時之後要在鐘塔前會合，這段期間該做什麼好呢……）

名義上，自己畢竟是奉了伊莎貝爾之命要採買，不如就去逛逛攤位採購一番吧。尼洛還留在房間看家，給他買些點心應該也不錯。

換作前陣子的莫妮卡，光是想在人山人海的冬市行走都難如登天，但若只是逛逛店面買些喜歡的東西，這種程度的事現在已經不成問題了。當然要是被大嗓門的店員搭話，還是會有點不知所措就是了。

希望挑上的店家，僱用的是盡可能不會主動來搭話的店員～抱著這種念頭觀望店家的莫妮卡，突然聽見幾道熟悉的嗓音。

「夠了沒，是想吃到什麼時候！你不是來買土產的嗎？」

「可是，走來走去就很容易肚子餓咩。啊，副會長也請用。」

「不需要！既然已經拿定主意要買土產，就該先以達成目的為優先吧！」

「啊可是這樣逛攤位不是很開心嗎～」

莫妮卡反射性望向嗓音傳來的方向。

正在飲食攤位前鬥嘴的，是把銀髮束在後頸的苗條青年，以及金茶色頭髮的高個兒青年——希利爾・艾仕利與古蓮・達德利。

兩人穿的都不是制服，希利爾是氣質沉穩的外出服，古蓮則一身輕便打扮，就與小鎮居民的日常穿著無異。

就在莫妮卡停下腳步凝視著兩人的同時，古蓮也注意到了莫妮卡，舉起一隻手不停猛揮。

「啊，是莫妮卡！莫妮卡也來了嗎！」

在人群中遇到熟人時，要是主動向對方打招呼，不曉得會不會造成人家困擾——由於有著這層擔心，所以像古蓮這種會率先問候的人，非常令莫妮卡感激。

踩著啪噠啪噠的腳步，莫妮卡跑向兩人。

「希、希利爾大人，古蓮同學。午安……呃——你們來，買東西嗎？」

「是呀！我啊，要來找帶回老家的土產，然後咧……」

「本校同學萬一在校外引起問題，可是會給殿下添麻煩的。身為殿下的側近，監督學弟妹是理所當然的職責……」

「就這樣巧遇副會長，決定一起過來採買哩！」

用一臉天真無邪的表情打斷希利爾的發言，古蓮從懷裡抱著的紙袋內掏出一個點心。

那是一個空心的圓圈型炸甜點，大小與用食指拇指夾成的圓圈差不多。「來！」古蓮說的同時，把外表炸得金黃誘人的甜點遞向莫妮卡。

「非、非常，謝謝你。」

莫妮卡輕聲道謝，收下這個還有點微燙的炸甜點，小小咬了一口。

點心主體散發著雞蛋與麵粉交織而成的溫和滋味，中間還包了杏仁果醬當餡料。內餡的微酸，與整體樸素的甘甜十分搭調。

一旁的希利爾風度翩翩地等待莫妮卡哈呼哈呼地把熱騰騰的果醬吹涼，將甜點享用完畢之後，才開口問道：

「諾頓會計是自己一人來到這裡的嗎？」

「不是，我是跟伊莎貝爾大人一起來的。不過現在，我們暫時分頭行動……呃──已經有約好，一個小時後要會合。」

莫妮卡的回覆，聽得希利爾表情嚴肅起來。

「女學生獨自在這種鬧區行動，不是很恰當。」

「那～只要到會合時間之前，都跟我們一起行動就沒問題了唄！莫妮卡，陪我們一起買東西吧！我們正好想要一點來自女生的建議呢！」

來自女生的建議──這句話令莫妮卡表情陷入了僵硬。

基本上，自己的感性與一般女生存在著很大的偏差，這點自覺莫妮卡是有的。

「那個，請問建議是指……哪種方面……的呢？」

希利爾與古蓮異口同聲回答了莫妮卡戰戰兢兢的提問。

「我想知道，女性會喜歡怎樣的土產。」

「女孩子收到什麼，會覺得開心啊？」

收到魔術書或數學書最讓我開心……這種答案大概行不通──就算是莫妮卡，也已經學會了這個道理。

莫妮卡嗯嗯嗯地低吟，歪頭開口確認。

「呃——所以你們是，要買土產送給女生，嗎？」

「我家有兩個妹妹啊。她們一直吵個不停，說我回老家時一定要買土產回去，煩得很咧。而且，她們還指定要時髦可愛的土產呢。」

時髦可愛——聽起來，是拉娜最拿手的領域。

用手指按在太陽穴上扭著扭著，莫妮卡開始沉思，換作拉娜，這種時候會買些怎樣的東西。

（拉娜的話……應該是化妝品，或飾品之類的……啊，之前她才說過想要香水……）

雖然不清楚古蓮的兩位小妹年紀多大，但感覺香水有點太早熟了。

這時，莫妮卡突然想到。伊莎貝爾剛不是說了嗎。有家店賣的香皂，味道有口皆碑呀。

「那個，香皂之類的，你們覺得如何呢……呃——那家的香皂，味道好像很好。伊莎貝爾大人自己也想要……」

畢竟不是自己實際用過的，沒辦法自信滿滿地推薦，這點比較令人難過。

但，這已經是莫妮卡絞盡腦汁提出的最好建議。

古蓮將一顆炸甜點塞進嘴裡，帶著鼓鼓的臉頰歪頭不解地說：

「唔咕……香皂這東西，有必要做得很香嗎？只要能把身體洗乾淨就夠了唄？」

「會香總比令人聞了不悅來得好吧。傳統造法製作的肥皂有種獨特的氣味，聽說也有不少人感到難以適應……還有，不准邊吃東西邊講話。沒家教。」

依舊滿口甜點的古蓮，唔咕唔咕地邊嚼邊點頭。

希利爾傻眼地嘆氣，轉頭望向莫妮卡。

「諾頓會計，妳可知道那間香皂店在哪裡？」

「啊，是的，我知道。」

就在這條大道直直下去的轉角——艾卡莎應該是這麼說的。

「方便請妳為我們帶路嗎？」

「好的！」

莫妮卡精神抖擻地回話。

自己能幫上忙的，真的都是些無足輕重的小事，即使如此，被尊敬的對象與朋友拜託，還是令人開心得胸口暗自發癢。

位於大道轉角的香皂專賣店生意興隆，裡頭滿滿的女客。看來有口皆碑這個評價並不是隨口說說。在來店客人中，也有幾位帶著僕役，貌似賽蓮蒂亞學園就讀生的千金。這類千金小姐都不免一瞥一瞥地偷瞄希利爾或古蓮，因此非常好認。

「啊，真的耶！好像有股花香哩！」

才剛踏進店內，古蓮馬上嚷嚷了起來。

鋪了小花圖案布巾的商品架上，陳列著各種包有可愛包裝的，散發香草或花朵氣息的香皂。在陳列的香皂中，有幾款添加了玫瑰花瓣的品項。看到包裝上的宣傳標語，古蓮顯得一臉納悶。

「上面寫說『巴洛克夫人也愛用！』耶，可她是誰啊，這個巴洛克夫人？」

「大概是巴洛克伯爵夫人。聽說她因為美容知識豐富，在社交界也享有盛名。」

聽完希利爾的說明，古蓮恍然大悟點頭，拿起一塊加了花瓣的香皂。

「那～就買這個那什麼夫人也愛用的唄！既然人家有名，我那兩個妹妹應該也不會抱怨了。」

「你都說妹妹有兩位了，香皂卻只買一個嗎？」

只見古蓮別開視線，開始低聲咕噥。

「誰教這香皂貴成這樣咩……我想說到時自己切半，再重新包成兩塊就好了……」

「太不誠實了。給她們一人買一個。」

「咦～～……可如果土產買得太豪華，她們以後會食髓知味啦！」

抱怨歸抱怨，古蓮最後還是拿了兩塊香皂。

側眼旁觀這一連串反應，希利爾也拿起一塊薰衣草香皂。

（……是要送給克勞蒂亞大人的嗎？）

發現莫妮卡目不轉睛地望著自己，希利爾似是有點坐立難安，語調飛快地解釋。

「這是……那個，因為在我故鄉，薰衣草算是滿少見的……」

「啊，是的，薰衣草的香味，我覺得很好。」

比起頂著美容界名人頭銜的伯爵夫人愛用的東西，挑自己中意的香味應該比較實在，莫妮卡如此心想。

見莫妮卡直率地點頭，希利爾露出像是鬆了口氣的表情，嘴角上揚笑道：

「……說得也是。就選這個吧。」

目送希利爾走向櫃台結帳後，莫妮卡側眼望向薰衣草香皂。

（龍害的預言都出來了，今年不知道有沒有機會過去一趟……是說真的不行的話，大不了用寄的……嗯。）

莫妮卡拿起兩塊薰衣草香皂，加入了排隊結帳的行列。

三人走出香皂專賣店後，不知哪裡傳來一陣鏘鈴鏘鈴的清響。

古蓮轉頭朝向轉角前方的一處小廣場，咕噥著：「啊，是冬精靈的冰鐘（奧爾提莉亞之鐘）。」

往古蓮的視線前方看去，可見到在小廣場的中央，設置了一根大約與成年人等高的柱子。上頭垂掛著幾只細長金屬筒，每個金屬筒之間還有雪晶模樣的小飾品搖曳不停。

每當颳起北風，金屬筒隨風搖曳，就會彼此撞擊，發出鏘鈴鏘鈴的清脆響聲。

這個有冬精靈的冰鐘（奧爾提莉亞之鐘）之稱的器具，典故來自名為奧爾提莉亞的冰靈相關傳承。

很久很久以前，某個地方有一位名叫奧爾提莉亞的冰雪精靈。

身為高位精靈，力量卻異常衰弱的奧爾提莉亞，在某次瀕臨消滅危機時，為了向精靈神祈求救贖，絞盡僅存的力量打造了冰鐘。這不是普通的鐘。是能夠響起格外清脆音色，凝聚了冬日之美的冰鐘。

奧爾提莉亞敲響冰鐘，不停呼喚著精靈神。

——神啊，神啊，求求祢，注意到我的存在吧。

——神啊，神啊，求求祢，豎耳傾聽我的呼喚吧。

——神啊，神啊，求求祢，只有少許也好，賜予我一點祝福吧……

聽到鐘聲的精靈神，總算拯救了險些消滅的奧爾提莉亞，並附予加護。

基於這則傳承所打造的，就是冬精靈的冰鐘（奧爾提莉亞之鐘）。

只要在敲響冬精靈的冰鐘（奧爾提莉亞之鐘）的同時祈禱，心願就會傳達給神，獲得神的祝福——也就是說，心願將得以實現。

「只要到了冬天，我老家那邊的學校啊教會啦就都會設冰鐘哩。我可以敲一下嗎？」

「古蓮同學，有什麼想要，實現的心願嗎？」

看到莫妮卡仰頭凝視自己，古蓮有點害臊地搔了搔後頸。

「倒也不是要許願啦，比較像是——要拚嘍～那種感覺唄。」

「原來如此，訂好目標，並且向神宣誓努力嗎。幹勁可嘉。」

面對正經八百地表達欽佩的希利爾，古蓮小聲「嘿嘿」地笑了笑，拉起了冬精靈的冰鐘（奧爾提莉亞之鐘）的提把。

細長金屬筒，以及垂在金屬筒間的雪晶裝飾隨即大肆搖曳，鏘鈴鏘鈴的清徹撞擊聲四起。古蓮就在鐘響尚未止息前放開嗓子大喊：

「魔術的修行，要拚嘍——！」

非常令人心曠神怡的宣誓。只不過，因為嗓門實在太大，路人都紛紛停下了腳步，朝這兒投以好奇的目光。

內向的莫妮卡嚇得忍不住縮起肩膀，這時，古蓮忽然轉身朝莫妮卡說：

「莫妮卡妳呢？要不要也敲一下？」

「唔咦？呃——……我——……」

我就不用了——換作平時，莫妮卡肯定會這麼回答吧。

但古蓮剛剛的「要拚嘍」宣言，聽在莫妮卡耳裡，總覺得十分令人嚮往。

更重要的是，莫妮卡也稍微能夠理解，古蓮想趁這個機會宣誓的心情。

（我的，目標……）

莫妮卡跨出腳步，握住冬精靈的冰鐘（奧爾提莉亞之鐘）的提把。

然後就這樣，有如要確認自己的心意一般，闔上雙眼開口。

「之前，我第一次來到這個鎮的時候，真的好害怕，在古蓮同學開口向我搭話之前，一動也不敢動……」

蹲在地上縮成一團，緊閉雙眼，滿腦只想著數字，除了像這樣逃避之外，什麼都做不到。

從來就沒有浮現要自己主動做些什麼的念頭，只是一味等待溫柔的他人伸出援手。

「可是，今天重訪舊地，明明人潮比上次還擁擠，我卻能夠好好走路了。所以說，呃——……」

莫妮卡敲響了冬精靈的冰鐘（奧爾提莉亞之鐘）。

金屬筒與雪晶裝飾搖曳碰撞，鏘鈴鏘鈴、鏘鈴鏘鈴，美麗的音色接連響起。

「我、我想要，在這種方面，更拚一點！」

雖然沒辦法好好轉化成言語表達，但這是莫妮卡無庸置疑的真心。

莫妮卡放下提把上的繩索，回過身去，發現雙手抱胸的希利爾正輕輕地點頭。

「古蓮・達德利，莫妮卡・諾頓。」

「有！」

「有、有！」

交互望向抬頭挺胸的兩人，希利爾簡短接話。

「期待你們的表現。」

聞言，莫妮卡與古蓮彼此轉頭對望，笑了出來。

兩人之所以會如此反常，想當眾敲響冬精靈的冰鐘（奧爾提莉亞之鐘）宣誓，正是因為有位願意見證誓言的學長在場。

「總覺得聽副會長這麼說，幹勁就整個湧出來哩！」

「嘿嘿……是的。」

北風吹拂不止，冬精靈的冰鐘（奧爾提莉亞之鐘）隨著鏘鈴鈴的音色搖曳不停。

聽著這陣響聲，莫妮卡在心中向自己高喊——要拚嘍。

因為，即使是如此渺小，甚至可能引人莞爾的目標，這裡也有兩位非但沒加以嘲笑，還站在一旁守候的學長與朋友。

* * *

賽蓮蒂亞學園的假日，莫妮卡等人在克萊梅鎮上購物時，利迪爾王國第二王子菲利克斯・亞克・利迪爾正坐在宿舍自室的沙發上，磨著自己的懷錶。

以銀雕工法刻有王家紋章的這只懷錶，是訂做的非賣品。

不過，對於菲利克斯來說，重要的既不是王家的紋章，也不是作為鐘錶的功能。

菲利克斯闔上原本掀開的錶蓋，稍微轉了轉懷錶的下半部，接著再度打開錶蓋，隱藏在數字盤下方的另一個盤面隨即現形。

祕密盤面上，鑲了一只大顆的海藍寶石。這顆寶石，是他的契約精靈——威爾迪安奴的契約石。

海藍寶石本身並不特別罕見，水藍色愈深，市場價格就愈高。而菲利克斯手邊這顆的色澤，正是堪稱最高級的深邃海藍色。

從前這顆寶石，曾是某位貴婦人的首飾。那位貴婦有著如同這顆海藍寶石一般，深邃又美麗動人的藍色雙眸。

菲利克斯對那位貴婦的認識有限，不過，與那位貴婦不相上下的美麗藍色雙眼，他倒是並不陌生。

……雖然，已經再也看不到那道藍色了。

菲利克斯闔上錶蓋起身，打開了桌子的抽屜。

抽屜就與懷錶一樣，具有雙重機構，在表層底下藏著另一層空間。菲利克斯朝下層伸手，取出一疊紙束。

那是以魔術式為主題，才寫到一半的論文——撰文者，正是他自己。

（這個，也必須趕快處理掉了。）

若認真打算以王位為目標，這份論文就是不必要的東西。

第二王子菲利克斯．亞克．利迪爾被要求具備的，是政治力與語學能力，而非魔術的知識。

——你打算，就這麼放棄，了嗎？

稚氣未脫的少女臉龐在腦海內復甦。

菲利克斯帶著已在各種意義上放棄的神情，淡淡地笑了笑。

（……是呀。）

為了實現心願，這是不得不放棄的東西。

在內心如此說服自己，菲利克斯帶著紙束走向暖爐，準備動手燒毀。這時，在他背後以隨從姿態替郵件分類的威爾迪安奴，輕聲細語地開了口：

「主人，這裡收到了來自克拉克福特公爵的信件。」

「讓我看看。」

暫且將紙束擺到桌邊，菲利克斯攤開了克拉克福特公爵寄來的信。

信上所寫的內容，大致上不出所料。

「是外交工作。說有法佛利亞王國的使者來到廉布魯格公爵領地，看來是要我過去招待對方。」

「廉布魯格公爵，記得是……」

「艾莉安奴．凱悅小姐的父親啊。」

克拉克福特公爵的命令，歸納起來就是——

等寒假一到，就到廉布魯格公爵領地去，與法佛利亞王國做出一定的外交成果。期間就入住廉布魯格公爵宅邸，加深與未婚妻候補艾莉安奴的交情。

法佛利亞王國，是位於利迪爾王國東部的農業大國。

命令中提到的外交成果，想成與貿易有關大概錯不了。畢竟法佛利亞王國，算是利迪爾王國重要的同盟夥伴。

更遑論當今與帝國間處於微妙的關係，萬一法佛利亞王國被帝國拉攏，利迪爾王國將會陷入壓倒性的不利局面。

有鑑於此，不但得在貿易談判層面設法帶出一定的成果，還必須慎重款待使者，以期強化彼此的同盟關係。

（至於艾莉安奴小姐的事，應該只是順帶的吧。）

一旦菲利克斯入住，可想而知艾莉安奴當然會發起猛烈攻勢。

再怎麼說，她也是深受克拉克福特公爵青睞的未婚妻人選。

校慶結束當晚的舞會上，成功讓克拉克福特公爵點頭的艾莉安奴，已經胸有成竹地以菲利克斯的未婚妻自居了。

（……唉，克拉克福特公爵與其說是中意艾莉安奴本人，不如說是因為她父親廉布魯格公爵是個容易操弄的對象，才那麼支持她就是了。）

無論如何，看來今年肯定免不了一場憂鬱的寒假了。

全校學生們似乎都期待著返鄉，校內瀰漫著一股浮躁的氣氛。

尤其今年連希利爾都少見地迫不及待，每天都神采飛揚地掐指計算距離返鄉還剩幾天。

真教人羨慕～嘆著氣讀信的菲利克斯，讀到末尾最後一段話時，雙眼突然瞪得老大。

威爾迪安奴見狀，忍不住出聲關切。

「……主人？」

「威爾！威爾迪安奴，好消息！」

那雙已放棄一切的碧綠眼眸重新閃起了光芒，握著信紙的手掌喜悅得顫抖不已。

菲利克斯的視線一轉，落在桌邊的論文紙束上。

必須得死心，拋棄，燒掉才行。這些東西，對自己的目的來說，是不必要的。

（可是，像這樣的機會，搞不好沒有第二次了……）

回到椅子就坐，菲利克斯拿出羽毛筆和墨水壺，開始著手撰寫尚未完成的論文。

「主人？」

「抱歉，我暫時要集中精神一會兒，先別跟我說話喔。」

語調嚴肅地表明後，菲利克斯立刻振筆疾書。

難以壓抑的開心令嘴角不自覺上揚，雙頰泛起紅暈的菲利克斯，正奮力感受流竄全身的喜悅。

（等到寒假，就能見到〈沉默魔女〉……見到艾瓦雷特女士了！）

＊＊＊

結束克萊梅鎮的購物行，與伊莎貝爾一同返回女生宿舍的莫妮卡，正把薰衣草香皂抱在胸前，朝自己入住的閣樓間移動。

買下的香皂，打算要送給對自己關照有加的養母與宅邸女僕。

自從當上七賢人，自己還不曾回過養母的家，今年若行程安排得上，莫妮卡希望能去露露臉。

（希爾達阿姨的家就在王都，新年前只要有空，應該就有辦法過去一趟，可是……）

從新年典禮開始的一週內，身為七賢人的莫妮卡都必須留在王城裡待命。

誰曉得去年的莫妮卡，竟然只顧著窩在山間小屋裡開發新的魔術式，把典禮的事情忘得一乾二淨。

結果，大年初一的就被路易斯用飛行魔法闖進家裡，連捆帶綁包得像條春捲，就這麼被打包外送到城裡去。光是回憶起來，都教人背脊直打哆嗦。

（那時候，真的好害怕喔……）

在為了恐怖往事心神不寧的同時，莫妮卡攀上梯子，推開閣樓間的房門。

「嘿～咻～尼洛，我回來了。」

「歡迎回來。」

向推開房門爬進閣樓間的莫妮卡出聲問候的人，並不是尼洛。順帶一提，也不是琳。

在窗邊翹著二郎腿的，是把一頭栗子色長髮綁成三股辮，戴著單邊眼鏡的男子——與莫妮卡同為七賢人的〈結界魔術師〉路易斯・米萊。

為這所賽蓮蒂亞學園布下防禦結界的人正是路易斯，所以想暫時入侵，並非不可能的任務。但，遭人目擊的風險，照理說也絕對不低。

行事慎重的路易斯，甘願冒這種風險也要專程跑來，事情肯定非同小可。

一臉鐵青的莫妮卡，顫抖不已地開口問道：

「難、難道新年的典禮……就是今天，嗎？」

換作平時的路易斯，至少會回個「同期閣下，妳這是睜著眼睛在作白日夢嗎？」才罷休，但今天的他只是滿臉沉痛地簡短回應：

「現在狀況非常不妙。」

路易斯・米萊這名男子，遭遇的若是尋常難題，要不是從容不迫地笑著面對，就是自暴自棄地笑著解決。他就是這樣的男人。

這樣的路易斯會用沉痛的表情如此開口，狀況只怕是比想像中更嚴重。

路易斯用指尖推了推單邊眼鏡，繼續接話：

「〈沉默魔女〉莫妮卡・艾瓦雷特閣下。本次妳已受到指名，負責擔任我國第二王子——菲利克斯・亞克・利迪爾殿下的護衛。」

「……？那個～請問這不就是我這陣子一直在執行的任務，嗎？」

就連這個當下，莫妮卡都隱瞞著真實身分，在暗中替第二王子進行護衛。

說是狀況非常不妙，害莫妮卡提心吊膽的，這會兒忽然有虛驚一場的感覺，但路易斯依舊不改沉痛表情，搖著頭解釋：

「這不是非正式護衛要求。是正式的官方護衛任務。」

「……咦？」

「這陣子，法佛利亞王國的使者，就會造訪我國的廉布魯格公爵領地。到時，第二王子也會參加預定在那兒召開的外交談判。」

菲利克斯參加與鄰國的外交談判並不是什麼新鮮事。他打從還沒滿十五歲時，就已經留下出席好幾場外交會議，帶領重要談判走向成功的成績。

「預定作為談判會場的廉布魯格公爵領地，在王國東南部……是被指定為龍害警戒區域的地點。」

開始逐步進入狀況的莫妮卡，一臉僵硬地向路易斯開口確認：

「指、指名擔任的護衛……難道是，那場談判的？」

「正是。而且因為是官方護衛任務，妳非得在第二王子面前現身，以〈沉默魔女〉的身分與他共同行動不可。」

路易斯長嘆一口氣，向啞口無言的莫妮卡繼續告知：

「然後，還有更糟的事情……」

「比、比這個狀況，還糟的事情嗎？」

「比這個狀況還糟。我那個蠢弟子，預定要在這場護衛任務中同行。」

路易斯的弟子——也就是，方才還一起逛街採買的，那位古蓮同學。

然後，古蓮並不清楚莫妮卡也是七賢人。

「為、為什麼……事情，會變成這樣……」

「原本應該是由我跟妳接任這個護衛任務的喔。誰曉得，中央那票被龍害預言嚇到皮皮挫的老頭們，在那邊鬧彆扭說什麼〈結界魔術師〉不待在王都會讓他們很頭痛。」

說到防禦結界，路易斯在王國可說是無人能出其右。

若只論展開結界的速度，無詠唱的莫妮卡是比較快，但論及結界的強度、規模，以及持續時間等等，就是路易斯壓倒性獲勝。甚至還有人，因此把路易斯喚作「王國守護神」之類的。

「『喔呀，這麼一提，〈結界魔術師〉閣下不是收了位優秀的弟子嗎～既然如此，護衛任務就交給那位弟子出面吧。這樣就萬事解決了，哈哈哈』……以上就是那票迂腐大臣的意見。結果這個意見竟然沒被擋下，事件就這麼演變到這個地步，嗯。」

看來，是古蓮在校慶舞台上的大活躍，受到了王國重臣們另眼看待。看過古蓮精采的表現，讓他們萌生「既然這弟子如此優秀，殿下的護衛任務想必也能夠勝任才對」的想法。

當然，路易斯對此有表示反對，可偏偏礙於龍害對策，王國目前人手不足。

與其讓自己的弟子去礙手礙腳，不如放〈沉默魔女〉獨自行動還好得多——路易斯的這份主張看來是沒能受到接納。

路易斯描述時，言語之間都透露出掩蓋不盡的怒意，表情也扭曲得無比凶狠。

只不過，莫妮卡現在已經無暇為了這樣的路易斯感到恐懼。

（以〈沉默魔女〉的身分，擔任殿下的正式護衛？而且，還是跟古蓮同學一起？在不讓身分曝光的前提下？）

不管怎麼想都太有勇無謀。無論把兜帽蓋得多深，甚至把整張臉都蓋住也沒用。只要開口說句話，當場就會穿幫了不是嗎。

「那、那個，可是，我要是，隨便開口，馬上就會穿幫……」

「所以說，我考慮安排妳找一個能擔任代言人的隨從。妳有認識什麼熟人，是知道妳的真實身分，口風又很緊的嗎？」

很悲傷的是，〈沉默魔女〉莫妮卡．艾瓦雷特並沒有符合這種條件的熟人。

與莫妮卡熟識，又知道莫妮卡真實身分的人，頂多也就只有巴尼．瓊斯，但身為伯爵公子的他，目前諸務纏身，根本不可能找他扮演隨從。

（事已至此……只有讓尼洛變身成人類，讓他扮演隨從一途……）

可是，讓那個尼洛扮演隨從，真的不會出亂子嗎？

更別提，這次演隨從時還得幫莫妮卡代言。光想就令人不安。

莫妮卡伸手按住隱隱作痛的胃，路易斯也好似在強忍頭痛一般，揉著自己的太陽穴。

「總而言之，這件事情已經定案了。請妳盡快選定擔任隨從的對象。」

「好、好的……」

「我會語重心長地告誡那個蠢弟子，不准在非必要場合亂找〈沉默魔女〉搭話，也不准給人家添麻煩。」

「萬、萬事拜託了……」

古蓮是個對誰都親切無比的爽朗青年，但也因此常常保持不了應有的距離感。

〈沉默魔女〉小姐，妳為什麼要披兜帽啊？為什麼不說話咧？——諸如此類，古蓮帶著興致勃勃的表情，靠過來問個不停的光景，實在非常容易想像。

「還有，這次會需要用到七賢人的長袍正裝與法杖。兩樣都收在山間小屋裡對嗎？」

七賢人有王國頒發的專用長袍與法杖。

只是，既然得隱瞞身分潛入賽蓮蒂亞學園，當然不可能帶上七賢人專用裝備，莫妮卡於是把這些都留在小屋。

「時間寶貴，我會派琳去回收。長袍在櫃子裡嗎？」

「是、是的……」

莫妮卡的衣服並不多，衣櫃總是空空如也。長袍正裝就塞在同個衣櫃內，要找相信不是難事。

問題在於法杖。

「法杖收在哪裡？難不成，被埋在堆積如山的文件下面之類的？」

「不、不是的……因為……法杖不太有機會，用到……」

魔術師的法杖屬於一種魔導具，可以保持魔力安定，或是暫時令魔力增幅。

雖然相當方便，但說實話，都已經能當上七賢人了，還會需要法杖輔助的人算是少數中的少數。

況且在利迪爾王國，魔術師的位階愈高，法杖就愈長，立於魔術師頂點的七賢人，法杖自然更是非比尋長，長到令人覺得無謂。

要說有多無謂，不但直立時高過莫妮卡的身高，上頭還帶了一大堆裝飾，非常之占地方，擺在山間小屋裡頭總覺得很礙事。

「那個～……法杖，在庭院裡……」

「庭院？」

面對挑起眉毛的路易斯，莫妮卡忸忸怩怩地搓著指頭，小聲答覆道：

「被我拿來當，曬衣竿……」

路易斯．米萊，那俊美的五官打從出娘胎以來最強烈地扭曲，久久不能回應。

＊＊＊

賽蓮蒂亞學園女生宿舍的走廊上，一位妙齡女僕正快步移動中。

她名叫朵莉。是服侍雪路貝里侯爵千金——布莉吉特・葛萊安的女僕。

朵莉非常急性子，每每有事要稟告自己服侍的大小姐，就忍不住想在走廊上跑步。不過，還是只能在內心告訴自己，這裡是賽蓮蒂亞學園，強忍下奔跑的衝動，踩著高雅的步伐快步前行。

（要是阮舉止不得體，會害布莉吉特大小姐丟臉的……得小心一點。）

抵達布莉吉特的房間門口，朵莉停下腳步，稍作深呼吸。朵莉希望，自己在敬愛的大小姐面前，就是個沉穩能幹的好女僕。

動手敲門，留意不讓鄉下口音脫口而出，朵莉出聲向布莉吉特請示。

「大小姐，打攪了。」

「進來。」

朵莉俐落打開房門，進到了房間內。

待在房裡的，只有布莉吉特一個人。今天是假日，身著風格穩重禮服而非制服的布莉吉特，正坐在沙發上讀著外文書籍。

一頭艷麗的金髮，柔嫩滑順的雪白肌膚，伴隨細長睫毛的琥珀色雙眸——如此美麗動人的對象，朵莉再也找不到第二個。

對於黑髮捲得亂糟糟，臉上長滿雀斑的朵莉而言，布莉吉特是令人憧憬的存在。

（不管看幾遍，咱家大小姐都好漂亮呀～……阿公還說什麼美人看三天就膩了，大小姐根本天天看也看不膩。）

就在朵莉忍不住看得入神時，布莉吉特把書籤夾進了手上的書，目不轉睛地望向朵莉。這是在等朵莉表明來意的反應。

朵莉慌忙從口袋裡取出便條，擺出沉穩能幹的女僕表情，將便條遞給布莉吉特。

「大小姐僱用的偵探有回報了。據報告指出，監視對象莫妮卡．諾頓似乎去了克萊梅鎮的冬市一趟……」

便條上記錄著莫妮卡．諾頓在冬市的種種行動。

原本被柯貝可伯爵千金找去提行李，途中卻因為伯爵千金歇斯底里發作，被迫奉命自個兒當跑腿採買。之後遇見賽蓮蒂亞學園的男同學，同行了一段時間。最後與柯貝可伯爵千金會合，返回女生宿舍──並無特別可疑之處，此乃偵探的見解。

朵莉服侍的大小姐，最近在針對這位名為莫妮卡．諾頓的人物展開調查。

莫妮卡．諾頓乍見之下像是一名人畜無害，樸素不起眼的少女，但朵莉曾目擊她使用飛行魔術的場面。換言之，莫妮卡．諾頓是一位魔術師。

（布莉吉特大小姐會如此用心調查，代表她肯定有什麼不單純的內情。）

朵莉的推理如下：

傾心於菲利克斯殿下的柯貝可伯爵千金伊莎貝爾．諾頓，為了排除情敵，僱用為貧窮所苦的魔術師當手下──那個窮光蛋魔術師就是莫妮卡。

窮光蛋魔術師莫妮卡於是隱瞞自己的真實身分潛入校園，試圖暗中把菲利克斯殿下與伊莎貝爾送作堆。然後，還企圖排除顯然會成為障礙的布莉吉特。

（布莉吉特大小姐絕對是打算拆穿那個壞魔術師的真面目！呀啊～大小姐好帥氣！）

在朵莉的妄想中，事情已經進展到布莉吉特在拆穿壞魔術師的真面目之後，受到菲利克斯開口求婚。

——差點就被那個壞魔術師給騙了。謝謝妳，布莉吉特。妳願意成為我的妻子嗎？

——當然，殿下。我很樂意。

就這樣，菲利克斯當上國王，布莉吉特成為王妃，兩人甜蜜幸福到永遠。

朵莉暗自心花怒放地在內心歡呼，這時，布莉吉特已經看完便條，伸手遞向朵莉。

「把這個處理掉，切記不可留下任何證據。」

「是，謹遵吩咐。」

「然後，寒假期間也讓那個偵探監視莫妮卡．諾頓……在校外，露出馬腳的可能性比較高。」

語畢，布莉吉特就像什麼事都沒發生似的，重新翻開讀到一半的書。

沉浸在妄想中的朵莉，迅速切回了能幹女僕模式。

「謹遵吩咐。我馬上轉告偵探。另外有件事，想與大小姐商量……關於日前訂購的那件水藍色禮服，裁縫師表示想在胸前別上裝飾用花朵。請問是否許可？」

那件禮服的設計案朵莉看過了。穿在高貴又成熟的布莉吉特身上雖然非常合身迷人，但胸前確實是感覺少了點什麼。如果別上花朵，一定會顯得更加華美的。

然而，布莉吉特卻輕輕搖了搖頭。

「要加點裝飾的話，就選花以外的東西。」

「我明白了。我會向裁縫師如實轉達。」

無意間，朵莉發現一件事。

布莉吉特身上的配件也好、髮飾也好，幾乎沒幾樣裝飾是有花朵造型的。

（大小姐不喜歡花嗎～明明願意裝在花瓶擺飾，卻不願意別在身上啊。）

在內心歪頭感到不解的同時，朵莉離開了布莉吉特的房間。

朵莉出門後，在沒有其他人的房間裡，布莉吉特望向了自己的胸前。

這麼一提，今早也有別位僕役提出類似建議。什麼別上胸花的話，一定很相襯之類的。

這件衣服確實很適合與花搭配。即使如此，布莉吉特還是不想要在胸前別花。

（世界上只有一個人，準備得了我想要的花。）

在內心喃喃自語之後，布莉吉特闔上了帶著細長睫毛的眼皮。

——眾人的不同思緒與盤算各自於內心馳騁，寒假就要來臨了。

第二章 偉大的魔女，纏繞著閃耀白光之風降臨

賽蓮蒂亞學園上學期結業典禮結束後，廉布魯格公爵千金——艾莉安奴．凱悅十萬火急趕回了自己的房間，開始收拾行囊。

再過不久，艾莉安奴就得搭上馬車返鄉了。

說實話，艾莉安奴也想出發得更悠哉一點，可惜，法佛利亞王國那邊的人，這幾天就會為了外交事務，造訪廉布魯格公爵領地。

艾莉安奴必須趕緊動身返鄉，到時才能好整以暇迎接使者的到來。

換作平時，對這種匆忙行程心生不滿是難免的，然而現在的艾莉安奴，心情卻愉快到不能再愉快的地步。

要說為什麼，是因為這次返鄉有菲利克斯同行。

不只如此，菲利克斯短期內還要入住艾莉安奴的老家，以便與法佛利亞王國進行外交談判。

「帽子果然還是戴先前剛買的那頂比較好。至於領巾，就用母親大人給我的珍珠胸針別起來固定吧。」

早已慣於應付大小姐的年長侍女，是是是地點頭回應，拿出艾莉安奴指定的帽子與胸針。

重新上好妝，綁好頭髮的艾莉安奴，站到鏡子前確認自己的模樣。

剛買不久的大衣與領巾，搭配最新款式的帽子。鏡中映出的，是一位任何人看了都會忍不住讚美幾

句的可人兒。

（等一下就要和菲利克斯大人共乘馬車了，必須打扮得完美無缺才行。）

這是向菲利克斯展現自己魅力的絕佳機會。

按父親廉布魯格公爵所言，籌劃這次外交談判的，似乎是艾莉安奴的大伯父克拉克福特公爵。換言之，這是克拉克福特公爵安排給自己的禮物。

等回到領地，該帶菲利克斯上哪兒觀光呢。廉布魯格自豪的果樹園雖然也不錯，但果然還是想帶他去看看入夜後的庭園。

艾莉安奴老家的庭園，種植了一種會吸收魔力的花。這種花又名〈精靈旅舍〉，一到了夜裡，就會在釋放魔力的同時盛開。

在淡淡閃爍著光芒的粒子飄散中，成群綻放的花朵——如此充滿幻想風情的光景，要是能和菲利克斯並肩觀賞，該有多麼美妙。

（非得好好把握這次機會不可……！）

半年後，菲利克斯就會從賽蓮蒂亞學園畢業了。

就艾莉安奴來說，無論如何都希望兩人的關係能有所進展，並在畢業舞會上發表菲利克斯與艾莉安奴的婚約。所以說，絕不能放過這個大好機會。

真到了緊要關頭，要生米煮成熟飯也在所不惜。

（要是偶然……沒錯，偶然被菲利克斯大人誤闖進我的寢室……當然我不會做出勾引菲利克斯大人之類的，寡廉鮮恥的舉動，可是，萬一，菲利克斯大人看到我穿著睡衣的模樣，一時意亂情迷，兩人就這樣纏綿到天明……說不定，會出現這種情形呀，沒錯，當然我是不會去誘惑的喔。再怎麼樣，都必須讓菲利克斯大人主動有那個意思……得為此先和侍女們套好……）

就在艾莉安奴不停盤算著該如何把菲利克斯誘導到自己寢室時，侍女忽然開了口：

「大小姐，時間差不多了。」

「嗯，我這就來。」

艾莉安奴向侍女回以微笑，走出了宿舍。

在賽蓮蒂亞學園門口，已經停放了好幾輛返鄉馬車。其中一輛格外豪華，還搭載了號稱可抑制振動的最新車輪，那正是凱悅家的馬車。

艾莉安奴已經和菲利克斯約好，要在這輛馬車前會合。

一旦艾莉安奴與菲利克斯共乘同輛馬車的場面給人瞧見，事情肯定會馬上傳開，成為注目焦點吧。

所謂，果然第二王子已經將艾莉安奴選為未婚妻，所以，才會到艾莉安奴的老家去過寒假。

（呵呵……怎麼會如此令人開心呀！）

強忍下開心到想要小跳步的衝動，艾莉安奴踏著豪門千金應有的端莊賢淑步伐前行。

來到馬車前，正等著迎接自己的，就是任何人都會回頭看兩眼的俊美王子殿下……以及另一個人。

「啊，演愛梅莉亞的小不點！」

「要叫她艾莉安奴．凱悅小姐才行喔，達德利同學。」

用無謂的大嗓門做出極度失禮發言的人，並不是艾莉安奴的王子殿下。

是艾莉安奴在校慶舞台上的共演者，古蓮．達德利。

聽到站在身旁的菲利克斯委婉地介紹安莉安奴的名字，古蓮碰地敲了下手掌。

「啊～對喔對喔。艾莉安奴，艾莉安奴……所以，那個艾莉安奴為啥會跑到這裡來咧？」

那是我的台詞好嗎。

古蓮既非貴族，又不是什麼上得了檯面的人物，為什麼這樣的他，會跟菲利克斯一起站在凱悅家的馬車前談天？

而且古蓮身上穿的，還是燙得直挺挺的暗綠色制服——那個，不是魔法兵團的制服嗎？

艾莉安奴還在暗自狐疑，菲利克斯就帶著和煦的笑容開了口：

「達德利同學。她是廉布魯格公爵千金喔。」

「咦～原來是這樣嗎～」

身為公爵千金的艾莉安奴是菲利克斯的從表妹，雖屬遠親，也算是王家血脈的繼承人，是流有尊貴血統的人物。

如此重要的事情被輕描淡寫帶過，艾莉安奴不由得青筋乍現。

「總覺得，貴族的名字好難懂喔。怎麼不叫作艾莉安奴．廉布魯格．凱悅啊，這樣不是直覺多了咩。」

「爵位大致上，都是領地附隨的啊。」

「是這樣嗎～」

「就是這樣喔。」

「話說那個『富水』是什麼東西啊？」

感覺再繼續聽下去，腦袋都要不正常了。

艾莉安奴在自己險些抽搐的五官，貼上一副楚楚可憐的笑容出聲打岔：

「兩位好，菲利克斯大人……達德利大人。」

「我啊，拿這些正經八百的最沒轍啦，叫我古蓮就好唄！接下來要同行一段日子，還請妳別太拘束，盡量自在點喔。」

「……什麼？」

要同行一段日子，是什麼意思？

菲利克斯笑容滿面地向困惑不已的艾莉安奴說明：

「這次留宿期間，已經決定讓身為七賢人弟子的達德利同學，負責擔任我的護衛。」

（什麼——？）

面對啞口無言的艾莉安奴，古蓮笑得有如太陽般燦爛。

「事情就是這樣！接下來這段日子，請多指教哩！」

艾莉安奴一行人的確成了周圍同學們的注目焦點。只是，艾莉安奴心中所希望的並不是以這種形式受到注目。

沒能獲得眾人羨慕的眼神，而是被投以好奇的目光，氣得艾莉安奴在淑女式笑容底下猛跺腳。

＊＊＊

只要是搭對向式座位的馬車，菲利克斯身旁的位子就是艾莉安奴的指定座，這是不成文的規定。明明就這麼規定了，為什麼菲利克斯旁邊坐的卻是古蓮，艾莉安奴只能坐到對面去乾瞪眼啊。

「菲利克斯大人，兩個大男生這樣坐，會不會太擠呀？」

艾莉安奴以隨口關心似的口吻開口，菲利克斯隨即笑著回應：

「一點也不擠喔。況且，達德利同學是我的護衛嘛。」

護衛坐在身邊也是理所當然的——被這麼暗示，艾莉安奴自然也沒辦法說什麼。

唉唷～趁馬車搖晃時倒向菲利克斯的胸口，或者假裝打瞌睡靠到肩膀上，原本好期待這類發展的說！

就在艾莉安奴內心恨得牙癢癢的時候，古蓮忽然像是驚覺什麼似的，抬頭望向艾莉安奴。

（總算注意到我在想什麼了嗎？這樣就對了，機靈一點幫個忙吧？）

「用不著這麼擔心，不要緊的！不光只是會長，我會連艾莉安奴一起好好保護！」

不是，你搞錯了。

完全沒有人希罕你的什麼保護好嗎——這句話險些脫口而出的千鈞一髮之際，艾莉安奴硬是吞了回去，擺出楚楚可憐的笑容。

「哎呀～古蓮大人真可靠呢……話說回來，今天為什麼穿那套制服？」

古蓮身上穿的，是魔法兵團的制服。可是古蓮所屬於魔法兵團之類的消息，艾莉安奴根本聽都沒聽過。

就艾莉安奴所知，魔法兵團是精通實戰的菁英魔術師集團，裡頭的成員幾乎無一不是上級魔術師。

「我啊，靠師父的人脈參加過魔法兵團的訓練，趁那時借了這套制服回來的。」

「哎呀，是這麼回事嗎。」

換句話說，就是家裡沒什麼正式的衣服可穿，才只好拿這套借來的制服代用吧。

這套確實比賽蓮蒂亞學園的制服含蓄點，不會太搶眼，而且既然是魔法兵團制服，穿起來也比較像個護衛官。

艾莉安奴正暗自想通，古蓮又露出無比陽光的笑容開口：

「是說，艾莉安奴念起來好饒口喔，可以改叫妳艾莉就好咩？」

（好你個頭啊——）

差點反射性回罵的同時，艾莉安奴忽然靈機一動。

如果在這裡答應古蓮的提議，再順著話題撒嬌說「菲利克斯大人是不是也可以這樣叫我呢？」不就可以極其自然地聽菲利克斯叫自己艾莉了嗎？

如此盤算的艾莉安奴，先向古蓮擺出一種難以辨別是肯定還是否定的曖昧笑容，再順勢轉移目光望向菲利克斯。

「那菲利克斯大人，是不是也可以……」

是不是也可以這樣叫我呢？——話都還沒說完，就看到菲利克斯突然虛脫似的，整顆頭向前重重一晃。

細長的金色睫毛隨著眼皮一起下垂，感覺上似乎很疲倦。看來，菲利克斯早就在半睡半醒地神遊，艾莉安奴的發言實際上聽沒幾句。

「……那個～菲利克斯大人？」

「喔喔，不好意思啊。有點睡眠不足……這趟廉布魯格之旅實在太讓我期待，害得昨晚幾乎沒怎麼入眠。」

艾莉安奴才剛變差的心情，又因為菲利克斯的這番話急速好轉。

（沒想到菲利克斯大人，竟然這麼期待到我們家來玩，甚至還興奮到失眠！）

這樣子，豈不就代表自己很有機會嗎。

強忍著不讓內心湧現的喜悅浮上臉龐，艾莉安奴用操心菲利克斯的口吻回應：

「哎呀，菲利克斯大人也真是的……還請別太逞強，先放鬆稍作歇息吧。」

「嗯，那我就恭敬不如從命好了。」

用托腮的姿勢往椅子扶手一靠，菲利克斯闔上了雙眼。

啊啊～菲利克斯大人就連睡相都好迷人——艾莉安奴看得好生陶醉，這時，膝蓋突然被古蓮伸手戳了戳。

「……有什麼事情嗎，古蓮大人？」

「淨是坐著看風景乾等未免太無聊，不如來玩個遊戲消磨時間如何？我為了今天啊，特地從老家帶了一堆法寶來喔。」

「那個，菲利克斯大人正在閉目養神，太吵鬧恐怕有點……」

「我們小聲點玩嘛，沒～問題啦。來，仔細看這枚硬幣～」

古蓮從口袋裡掏出一枚硬幣，以指尖向上彈起，並用右手接住。

然後就這麼把握拳的雙手，舉在艾莉安奴面前。

「請問，硬幣在～哪一隻手呢？」

「……右手，呀。」

只見古蓮笑容滿面地攤開手掌，硬幣竟然出現在左手手掌心。艾莉安奴當場瞪大了雙眼。

「咦？咦？為什麼？剛剛，你是用右手接住的，我明明看到了呀？」

「好～再來一次～」

古蓮再度以指尖彈起硬幣，用右手接住。艾莉安奴則是連眼皮也不眨一下，聚精會神地注視著硬幣的動向。硬幣果然是握在右手裡頭才對。

「絕對沒錯，這次是右手。」

「很遺憾，答錯哩！」

「咦咦？」

艾莉安奴忍不住向前猛探身子，凝視著硬幣。

這類小花招以街頭藝人的表演來說並不罕見，可是艾莉安奴身為豪門千金，自是沒什麼接觸的機會。

「太詐了，太詐了呀。你一定是……用了什麼魔術造假吧？」

「喂喂，我可沒有詠唱哩！」

古蓮所言確實不假。

艾莉安奴只能唔唔唔地凹起嘴唇，凝視古蓮的手掌不放。

「再來一次……請再拋一次，麻煩你了。」

「那～接下來難度會稍～微高一點喔！」

「唉唷～人家，就連剛才的難度都還搞不懂的說！」

托腮打了會兒瞌睡的菲利克斯，稍微撐開眼皮觀察古蓮與艾莉安奴的互動後，嘴角浮現一抹淡淡的微笑，再度闔上眼皮。

兩人的對話雖然讓人聽了還算頗為愉快，但現在實在想補充點睡眠。畢竟昨天是犧牲整晚的睡眠，分秒必爭完成了論文。

（啊啊～要是見到艾瓦雷特女士，該和她聊什麼好呢……）

有如要去見初戀對象的少年一般小鹿亂撞，菲利克斯在滿懷幸福中再度入眠。

「太詐了，太詐了呀，你一定在牌上動了什麼手腳……」

「才沒有動手腳啦，就只是艾莉的心理戰太弱了。」

「我、我要是能多累積經驗，這點小意思……」

「好，這樣就湊齊了。」

「唉唷～討厭！」

古蓮與艾莉安奴現在似乎熱衷於玩牌。兩人能樂在其中是最好不過了。

（來的是達德利同學，倒也滿幸運的呢。）

看來，這場寒假應該會比預料中來得更開心。

＊　＊　＊

廉布魯格公爵領地位於利迪爾王國的東南部，充滿森林與果樹園，是一片溫暖而肥沃的土地。

廉布魯格公爵的宅邸，就建在森林與果樹園間，一處海拔略高的高地。房屋有著雪白的外牆，外觀十分美麗。

就在這樣的美麗宅邸後頭，一名男子正於馬廄揮著木槌，修理搖搖欲墜的門板。

男人身上穿的工作服是宅邸準備的，做工十分精細。今天氣候暖和，所以男人沒穿外套，袖子捲起，並把工具袋掛在腰帶上。
待工程大致結束，男人試著反覆開關木製門板，直到方才為止都嘎吱嘎吱作響的開關聲，已經再也沒有出現。
掛上裝飾用的冬至花圈當收尾，男人滿足地笑了起來。
「哇哈——！嗯，大概就這樣吧。」
男人名叫巴托洛梅烏斯・巴爾。是拋棄了故鄉，打零工維生的落魄技術人員。
見巴托洛梅烏斯將工具收回掛在腰間的工具袋裡，在一旁就近觀摩的年輕女僕立刻鞠躬致意。
「真的很抱歉，明明瑞士通管家老早吩咐過，要盡快把門修好，我卻忘得一乾二淨……」
「別放在心上啦。要是又遇到什麼問題，隨時來找我喔。」
如此回應的巴托洛梅烏斯眨了眨眼，女僕聽了，再度反覆鞠躬，並轉身離去。
巴托洛梅烏斯最近才剛被這棟宅邸僱來當伙夫。由於手巧又能幹，常受託負責修繕房屋，或幫忙處理小東西。
要說跟打雜的沒兩樣，確實是沒說錯，但反正先前過一天算一天的時期也是在當雜工，所以並不特別覺得難受。光是打雜就能夠安穩賺到薪水，這不是棒透了嗎。
就在巴托洛梅烏斯哼著歌準備離開馬廄時，有一名男子從樹蔭下現身。
那是一頭灰髮梳理整齊，蓄有鬍鬚的細瘦男子——男傭彼得・山姆。
一臉溫和神情的彼得瞇細雙眼，望向巴托洛梅烏斯修好的馬廄木門。
「手還是那麼巧啊～巴托洛梅烏斯老弟。」
「還好啦～這是我唯一的長處嘛。」

雜工
巴托洛梅烏斯

巴托洛梅烏斯擠出應酬式的笑容，打算趕緊轉移陣地。

眼前這位年過六十，乍見之下為人厚道的男傭，巴托洛梅烏斯其實有點拿他沒皮條。因為這男人長相看似溫和，嘴巴卻尖酸刻薄得很。現在也不例外。

「想在女僕面前逞威風是無妨，但她跟那個年輕馬伕是一對喔，巴托洛梅烏斯老弟。」

看來，彼得是認定了巴托洛梅烏斯在對剛才的年輕女僕打壞主意。

（我看他想去傳八卦想得不得了吧……）

彼得在這間宅邸的僕役中算是年資較淺的，但卻熱衷於八卦，對僕役們的人際關係瞭若指掌。

為了不讓這個男的產生什麼奇怪的誤解，巴托洛梅烏斯換上輕薄的笑容，伸手搔了搔自己的黑髮。

「你這就太看扁我啦，彼得老爹。我早就心有所屬，另有深愛的女神在等我追求呢。」

說著說著，巴托洛梅烏斯在腦海裡勾勒出一道身影，那位奪走他的心的女神。

有如人偶般秀麗的五官，加上一頭滑順的金髮。與那身玲瓏肢體有如天作之合的女僕服，以及隔著圍裙都不減其豐滿觀感的傲人雙峰。

修長的手腳明明就苗條無比，卻能穩穩地抱起巴托洛梅烏斯的身體。

在柯拉普東的慶典之夜，出手救了巴托洛梅烏斯一命的貌美女僕。

未經詠唱便將氣流操作自如的她，真實身分巴托洛梅烏斯心裡有數。

——七賢人之一，〈沉默魔女〉莫妮卡·艾瓦雷特。

就是為了想再見她一面，巴托洛梅烏斯才會像這樣留在利迪爾王國，任勞任怨攢錢打拚。

其實，稍早之前巴托洛梅烏斯才剛接過一件製作賽蓮蒂亞學園制服的委託，因此荷包算是充實了一陣子。

只不過，後來想用錢滾錢，忍不住起了賭念……下場自是不言而喻。

（即使如此，我運氣果然還是有夠好。不但找到出手這麼大方的雇主……而且再過不久就能見到〈沉默魔女〉啦！）

從今天開始，第二王子將會暫時入住這間宅邸一陣子，然後，〈沉默魔女〉據說會前來擔任王子的護衛。

一定是自己平時有積陰德——巴托洛梅烏斯搗蒜般地點頭。就在這時，一位五十來歲的管家快步走了過來。

這位滿頭金髮中有部分泛白的管家，名叫瑞士通。

他是這間宅邸最受主人信賴的男人，從賽蓮蒂亞學園的校慶返回時，他也在同一輛馬車上。

讓碰巧路過的巴托洛梅烏斯修理馬車一事，他是最面有難色的人。但同時，他也是在馬車確實修復後，道謝得比誰都鄭重的人。

這位以嚴格管理部下出名的瑞士通，用銳利的眼神瞪向巴托洛梅烏斯與彼得，開口發號施令：

「還在摸什麼魚。艾莉安奴大小姐回來了。全員，快點各就各位。」

（……喔～？）

瑞士通這番話，讓掛著應酬式笑容的巴托洛梅烏斯邊陪笑邊瞇起了眼睛。

照自己事前聽說的，艾莉安奴應該是與第二王子菲利克斯殿下一起返回宅邸。

明明如此，瑞士通管家說的卻不是「菲利克斯殿下抵達了」，而是「艾莉安奴大小姐回來了」。

言下之意，就代表這位長年任職宅邸的瑞士通，內心的順位是把自己從小呵護長大的大小姐擺第一，甚至比王子還優先。

（這要是他疼愛有加的大小姐出了什麼差錯，只怕會一發不可收拾啊。）

我看還是小心點，千萬別在伺候大小姐時有任何不周——如此暗自下定決心時，神經質的瑞士通又接著吩咐起巴托洛梅烏斯。

「還有，〈沉默魔女〉大人再過不久恐怕也即將抵達，快去為接待室進行最終確認……」

「好的！這個請務必交給我處理！我會去檢查得一絲不苟！」

眼見巴托洛梅烏斯莫名積極地探出身子回應，瑞士通一時之間氣勢有點被蓋過去，但隨即又清了清嗓子點頭。

「幹勁十足值得嘉許。務必仔細打點，不得對大小姐有任何無禮。」

瑞士通確實是個嚴格又不通人情的管家，正因如此，當他感受到對方的幹勁時，也會毫不吝嗇地給予正面評價。

相較於態度稍為軟化的瑞士通，彼得則是露出夾雜了些許厭惡感的眼神，望向巴托洛梅烏斯。

溫和與溫柔是不一樣的。這位老人有著一張十足溫和的臉孔，但只要自己以外的對象獲得他人好評，便馬上會在笑容底下燃起熊熊妒火。

之所以精通八卦，大概也是因為在意周遭評價，四處打聽收集風聲的結果吧。

再給這煩人的老頭繼續糾纏不休下去也教人吃不消，巴托洛梅烏斯於是匆忙離開現場。

現在必須思考的，是該怎麼做，才有辦法接近〈沉默魔女〉。

＊＊＊

菲利克斯抵達廉布魯格公爵宅邸，是從賽蓮蒂亞學園出發起第三天的午後。

多虧有古蓮在，路上一點都不無聊。

再怎麼說，平時總想要菲利克斯關注自己的艾莉安奴，這次一直被古蓮耍得團團轉。拜此之賜，大幅減輕了菲利克斯的負擔。

「啊～到啦到啦～還好我聰明，帶了一大堆打發時間的遊戲！艾莉，妳還在鬧彆扭嗎？」

「什麼輸了不服氣之類的，我絲毫都沒這麼想好嗎……我終究只是透過這些遊戲，在熟悉市井小民的文化，當成增廣社會見識的一環，完全沒有任何一丁點不甘心的意思……」

究竟是古蓮在陪艾莉安奴玩，還是艾莉安奴在陪古蓮玩，雖然有點難以判斷，但總之兩人相處融洽是最好不過了。

抵達宅邸大門口，正在走下馬車，僕役們便上前迎接一行人的到訪。

率先帶頭走在最前面的，是把滿頭泛白金髮整齊梳理的五十來歲管家，以及一頭灰髮的老男傭。

「歡迎您大駕光臨，菲利克斯殿下。歡迎回家，艾莉安奴大小姐。」

「我來為您提行李，菲利克斯殿下。」

不經意望著前來問候的管家與老男傭長相，菲利克斯稍稍歪頭沉思了起來。

這位灰髮老男傭的五官，總覺得好像在哪裡見過。

「你的長相讓我有點印象呢。從前，你是不是在外祖父大人的宅邸待過？」

菲利克斯這番話，令老男傭吃驚地睜大了眼睛。

臉上雖然有短暫一瞬間閃過好似焦急般的苦悶神情，但男人立刻重新打起精神，保持僕役應有的風範低下頭去。

「很榮幸能留在您的記憶中，正是如此。小的名叫彼得．山姆。從前曾在克拉克福特公爵尊宅內，受公爵關照了好一陣子。」

克拉克福特公爵與廉布魯格公爵交情匪淺，彼此互相轉介僕役並不稀奇。

只是，短暫閃過老男僕臉上的焦急神情，令菲利克斯感到莫名在意。

說不定，他是在克拉克福特公爵手下捅出過什麼婁子，才被逐出宅邸趕到這兒來。又或許，他是負責在克拉克福特公爵與廉布魯格公爵之間擔任兩人的聯絡窗口。

也罷，這些倒也不是什麼該在這裡揭穿的事情吧──如此判斷的菲利克斯，開始轉入正題。

「今天起要受各位關照了，請多指教……話說，請問〈沉默魔女〉人已經到了嗎？」

「不，目前還沒見到，不過……啊。」

彼得帶著好似注意到什麼的表情，仰頭望向天空。

菲利克斯、古蓮與艾莉安奴見狀，也紛紛抬頭一探究竟。

薄雲密布，約略泛灰的天空裡，可以瞥見一道黑影。從輪廓看來，應是跨在長杖上的嬌小女性，以及高個子男性。

共乘長杖的兩道人影，就這麼在天空大幅度盤旋之後，順勢不斷攀升──緊接著，一對閃耀白光的門扉便出現在攀升方向的頂點。

古蓮驚訝地瞪大雙眼，反射性嚷道：

「咦咦？那個，該不會是……」

就像要接古蓮的話一般，菲利克斯道出了那道奇蹟的名稱。

「……召喚，精靈王。」

耀眼門扉開啟，門後吹出纏繞著發光粒子的強風。那是風之精靈王——謝費爾德力量的一部分。引發奇蹟的魔女，帶著身後貌似隨從的黑髮男子，緩緩從天而降。

施有金線刺繡的美麗長袍，以及唯有七賢人才獲准持有的，比身高還長的法杖。

將兜帽深蓋過眼的臉上，圍了一層面紗在嘴邊，令人無法判讀表情。

菲利克斯隔著衣服按住自己怦通作響的胸口，死命壓抑著不讓感嘆的喘息脫口而出。

纏繞著閃耀白光之風，美得有如精靈王使者，以這般姿態現身的，正是他長久以來痴心沉醉的王國英雄。

利迪爾王國魔術師的頂點，七賢人之一——〈沉默魔女〉。

＊＊＊

以〈沉默魔女〉身分正式受命護衛任務的莫妮卡，在前往廉布魯格公爵宅邸前，有幾項非進行不可的偽裝工作。

首先，從賽蓮蒂亞學園啟程時，為了不令周遭起疑，要和伊莎貝爾搭上同一輛返鄉馬車。然後，在前往柯貝可伯爵領地途中的旅舍，讓伊莎貝爾事先安排好的替身與自己調包。

說實話，內心也有點懷疑，真有必要做到這個地步嗎？不過伊莎貝爾強烈主張「這方面必須做得徹底」，莫妮卡於是乖乖配合。

與伊莎貝爾分頭後，莫妮卡便與躲在行李袋裡的尼洛，一起朝廉布魯格公爵領地動身。

可是，先朝柯貝可移動，再轉向前往廉布魯格，相當於繞遠路，會追不上菲利克斯。

要是琳——路易斯的契約精靈在的話，靠風系魔法飛過去，三兩下就直達終點了。然而，琳這次與路易斯一起負責防衛王都，沒辦法幫莫妮卡的忙。

結果，莫妮卡所選擇的移動手段，是自己施展飛行魔術。

莫妮卡的飛行魔術既無法微調方向，起飛降落也都不太穩定，但若只是要直直向前飛，倒還能維持一段不短的時間。

「喔～這不是比之前高竿了許多嘛。」

黑貓型態的尼洛攀在莫妮卡的肩頭，心情似乎不錯，喵來喵去地哼著歌。

莫妮卡維持著原本面朝正前方的姿勢，點了點頭。

「我之前，發現了一件事。那就是比起慢慢飛，一口氣向前衝，反而比較容易保持平衡。」

還不熟悉飛行魔術的時候，是透過讓身體上下擺動來保持平衡，不過現在只是要向前直飛，所以沒這個必要。

即使還稱不上穩定，但想想先前死抱著法杖哀號的慘狀，已經算是大有長進了。

飛行魔法魔力消耗較凶，所以每飛一段路，就要停下來休息會兒，莫妮卡就這麼飛飛停停，斷斷續續前往廉布魯格公爵宅邸。

總算，在進入一區有著大片闊葉樹森林的地域後，在果樹園與森林間的某處高地，規模壯觀的宅邸開始映入眼簾。

事先已經確認過地圖，那棟宅邸就是廉布魯格公爵的住家，肯定不會錯。

莫妮卡重新確認自己的打扮。

已經換上七賢人的長袍，嘴巴也用面紗遮住以防萬一，兜帽更是深蓋過眼，只要不隨隨便便開口，相信是不至於讓身分曝光。

這時，莫妮卡肩頭上的尼洛，好似想起了什麼，低聲咕噥起來。

「啊，這麼一提，本大爺這次，要假裝成妳的隨從是吧？」

「呃、嗯。」

這次，為了輔助無法開口的莫妮卡，決定讓尼洛化身成人類假扮隨從。要是有任何人找莫妮卡搭話，就由尼洛代替莫妮卡發言。

更重要的是，尼洛化身成人類時，外表是身材高大的青年，正好方便莫妮卡躲在他身後避不見人。

「既然如此，在飛到那棟房屋前，我先變好身會比較妥當吧。」

「嗯，也對……」

那這裡就先降落一次吧——莫妮卡話都還沒出口，法杖後半部就突然變沉了一大截。

「咦？」

一隻手從莫妮卡的背後伸來，揪住莫妮卡的肩膀。那並不是貓掌，是男性人類的手。

「這樣就行了。」

曾幾何時，尼洛已經化身成人類青年，跨坐在莫妮卡的身後。

莫妮卡頓時臉色泛青。

「等、等等、等一下……雙載的難度，對我來說還太高啊～……！」

原本直線飛行的莫妮卡身子一傾，開始上下劇烈搖晃。

要用仍屬生疏的飛行魔術，同時載運自己與成年男性，對莫妮卡而言負擔太大了。

「尼尼尼尼尼尼洛～～～～變貓，快點變回貓～～～～」

「這種狀態下？貓掌哪抓得穩，本大爺會被甩下去吧！」

「嗶嘎呀啊啊啊啊！」

載著莫妮卡與尼洛的法杖，就這麼在高空大幅度盤旋。

要摔下去了。摔下去會出事，不可以，往上就對了，往上飛——閃過這個念頭的莫妮卡，不顧一切地以上方為目標，朝天空瘋狂攀升。

「不是，等等，妳這樣是打算怎麼辦啊啊啊啊啊？」

「噫噫噫噫噫～嗚咽，哇啊啊啊啊！」

已經不曉得該怎麼降落，陷入恐慌的莫妮卡開始思考。

總之我要安全降落。想安全降落，需要的東西是什麼？是能精密操作風的魔術。

然後，說起在莫妮卡能夠使用的魔術中，對風的操作最為精準的就是……

「以七賢人之一——我〈沉默魔女〉莫妮卡·艾瓦雷特之名請求……開啟吧，門扉～～～～！」

——召喚風之精靈王。

只要冷靜下來思考，就會發現更簡單的對策要多少有多少，可是恐慌中的莫妮卡，在滿腦子「沒其他辦法了」的想法支配下，展開了自己能夠施展的最高位魔術。

「自寂靜之邊境，現身吧！風之，精靈王，謝費爾德而爾而爾而～」

想在維持生疏飛行魔術的同時，施展召喚精靈王這種最高位魔術，基本上是不可能的。

莫妮卡解除了飛行魔術，讓閃耀白光的風包覆住自己和尼洛的身體，緩慢而安全地下降。

就這樣，〈沉默魔女〉莫妮卡．艾瓦雷特，用無與倫比地浪費魔力與技術的方式，飄然降落在廉布魯格大地。

日後，目睹這道光景的人們都如此津津樂道——

偉大的〈沉默魔女〉大人纏繞著精靈王的風，自天空飄舞降臨了。

＊＊＊

在廉布魯格公爵宅邸前，形成了一小股人潮。

不單是前來迎接菲利克斯與艾莉安奴的僕役，連原本待在宅邸內的人，都被召喚精靈王這道罕見的大魔術給驚動，出外一探究竟。

然後，站在這樣的人潮最前排的人，是莫妮卡的護衛對象——第二王子菲利克斯．亞克．利迪爾。

解除召喚精靈王，讓天空之門消失後，莫妮卡慌忙舉手按穩兜帽。萬一長相被人看見，極祕護衛任務那邊會出問題。

說實話，方才天空那齣，已經讓自己充滿筋疲力盡的感覺，可是重頭戲現在才要開始。

現在起必須慎重行事，不讓自己與莫妮卡．諾頓是同一人物的事實曝光，並在這樣的前提下替菲利克斯進行護衛。

首先就讓尼洛開口打個招呼吧，莫妮卡正如此心想，菲利克斯卻瞪大了眼睛凝視著尼洛。

「你是……！」

菲利克斯驚訝得失去冷靜，艾莉安奴與古蓮見狀，紛紛不可思議地望著他。

莫妮卡也不例外。是什麼事情讓菲利克斯那麼驚訝呀？

就在這種狀況下，尼洛揚起了嘴角一笑。

「這麼一提，之前有跟王子見過一次嘛。」

（……咦？）

菲利克斯驚訝的神情，只維持了片刻。他馬上又回歸完美王子殿下應有的優雅，向尼洛笑著回應。

「嗨，好久不見了。巴索羅謬．亞歷山大閣下。」

「行不改名，坐不改姓，本大爺正是〈沉默魔女〉的隨從──巴索羅謬．亞歷山大大爺。」

莫妮卡驚訝到以為心臟都快從嘴巴跳出來了。

（等等，等等，等等啊～～～？）

伸手朝尼洛長袍下襬一扯一扯地猛拉，便見尼洛揚著嘴角低頭望向莫妮卡。

「喔，幹嘛啊，主人？」

一路把尼洛帶到宅邸大門陰影下，莫妮卡開始低聲詢問。

「為、為什麼，尼洛會跟殿下彼此認識？」

「啥？我沒講過嗎？妳還記得，在潛入任務剛開始不久那陣子，冷冰冰老兄在森林裡失控倒下的事情吧？」

尼洛所說的冷冰冰老兄，是指專司冰系魔術的希利爾．艾仕利。

換言之，尼洛指的是，希利爾魔力中毒失控時的事情吧。

可那不是莫妮卡剛當上學生會幹部──亦即三個多月前的事了嗎？

為什麼，事情要追溯到那麼大老遠之前？正當莫妮卡整顆腦袋頓時陷入混亂時，尼洛則輕描淡寫地接著說明：

「本大爺，在把冷冰冰老兄送往男生宿舍的時候，有遇到王子啦。」

「沒、沒聽說啊！」

那時候，尼洛幫忙把不省人事的希利爾送回男生宿舍，這件事莫妮卡還記得。

可萬萬沒想到，尼洛當時竟然有撞見菲利克斯！

（那時候，尼洛明明就只說了句「人我送到嘍」而已～～～！）

要是事先就曉得，尼洛曾經以人類的姿態和菲利克斯見過面，莫妮卡絕對不會讓他負責扮演這次的隨從。

「而且，巴索羅謬．亞歷山大又是怎樣？不是已經想好，別的假名了嗎！」

巴索羅謬．亞歷山大，那是知名冒險小說主角的名字。報上這種名號，誰聽了都覺得假，根本就像在邀請別人起疑不是嗎。

可是，尼洛卻絲毫不顯愧疚，老神在在地回應：

「假名喔——呃～嗯，忘光了。本大爺啊，對於沒興趣的人類，名字根本記不住啦。」

「至少，別忘記自己要用的假名吧？」

「有什麼關係嘛，巴索羅謬．亞歷山大不好嗎。這個名字，本大爺絕對不會弄錯呀！」

莫妮卡兩手遮臉，脫力跪倒在地。

但，尼洛卻一副完全不成問題的光明正大態度。

「根本沒什麼好呼天搶地吧。妳想想，打從妳開始執行任務起，就只有一小撮人，有看過本大爺化身成人類的模樣啊。」

確實如尼洛所言。撇除任務協助者，有看過莫妮卡・諾頓與青年型態尼洛一起行動的人，就只有〈螺炎〉暗殺未遂事件時的凱西，以及棋藝大會時的巴尼，僅此兩人。

至少，會認為化身人類的尼洛與莫妮卡・諾頓有關的人，現場應該是不存在的。

「三個月前遇見殿下時，你應該沒有，提過我的名字吧？」

「怎麼可能提啊。本大爺那麼聰明。」

「等之後再讓你好好講清楚，那時候跟殿下談了些什麼……總而言之，現在先請你認真扮好隨從喔？」

如此再三叮嚀，只得到尼洛一句「喔，包在我身上。」還一臉神氣地拍胸。

好不安，除了不安還是不安。但菲利克斯他們還站在宅邸前等，又不能放著不管。

把兜帽重新深蓋過眼，踏出緊張得打顫的雙腿，莫妮卡走到菲利克斯面前。

接著右膝跪地半蹲，將法杖擺到地面，右手按在杖上，左手按在胸口，低頭鞠躬。

這是剛當上七賢人的時候，在路易斯徹底鞭策之下學會的，魔術師最鄭重的敬禮。

天曉得，莫妮卡都已經跪下了，一旁的尼洛卻還挺著胸，大搖大擺地站著。

（尼洛！尼洛？）

側眼仰望尼洛的莫妮卡慌了起來，尼洛卻依然故我，挺著胸放話。

「這傢伙就是本大爺的主人——〈沉默魔女〉。人如其名，是個不講話的主人，所以有事想找她，就來向本大爺開口。」

這個比主人囂張百倍的隨從，瞬間令在場所有人士啞口無言。

菲利克斯苦笑著問道：

「主人都跪下了，你這麼站著沒關係嗎？」

「為啥本大爺非得下跪不可？本大爺的主人又不是你，是〈沉默魔女〉喔。」

「即使七賢人是王族的下屬，你也這樣想嗎？」

「管你是王族還是什麼來頭，本大爺的作風就是，只有比本大爺厲害的人，才夠格讓本大爺下跪啦。」

（尼～～洛～～～！）

莫妮卡無言地起身，舉起拳頭在尼洛背後猛捶。

（不可以！對殿下這麼！失禮吧！）

也許是察覺莫妮卡想表達什麼，尼洛一臉不滿地嘟起嘴巴。

雖然想硬是按低尼洛的腦袋，可惜身材嬌小的莫妮卡不管怎麼伸手，都勾不到尼洛這個高個子的頭。

就在莫妮卡努力奮鬥時，菲利克斯突然呵呵一聲，開心地笑了起來。

明明尼洛講了那麼多沒大沒小的話，依然沒表現一絲憤怒或不快，這是何等成熟的態度。

「這樣啊，那麼，我就以有朝一日成為夠格讓你下跪的人物為目標，好好加油吧。」

「嗯，加油喔。」

莫妮卡終於發動無詠唱魔術，不由分說地在尼洛頭上捲起強風。被強風從頭頂直接往下壓的尼洛，就這麼「嗚嘎？」哀號一聲，重重趴向地面。

啊啊～要是再不快點向菲利克斯賠罪的話……尼洛那種態度，就算被處以藐視王族的刑罰，都申訴無門。

豈料，相較於急得像熱鍋上螞蟻的莫妮卡，菲利克斯卻一副感慨萬千的表情，凝視著莫妮卡。
「剛才的，就是無詠唱魔術……」
菲利克斯低聲喃喃自語的同時，優雅地向莫妮卡一鞠躬。
「雖然在各種儀式典禮上都有照會過，可這樣直接向妳問候，這還是第一次呢，女士。」
（太好了，殿下沒有生氣！好溫柔！）
就在莫妮卡暗自鬆一口氣的同時，菲利克斯浮現了好似夾雜些許恍惚的俊美笑容，輕聲細語道：
「在學校森林裡幫了希利爾的人，果然是妳呀。」
「——！」
莫妮卡死命忍著不讓叫聲出口。
在學校森林裡幫了希利爾——那正是，莫妮卡剛插班進入賽蓮蒂亞學園時，幫助了魔力失控的希利爾的事件。
（哇啊啊啊啊～！既然那時候，尼洛遇到了殿下，當然會演變成這樣嘛～～？這、這應該，用怎樣的態度反應才對啊～～？）
牽起動搖的莫妮卡的手，菲利克斯往手背獻上了一吻。
「能夠和妳見面，是我的光榮。」
凝視著〈沉默魔女〉的菲利克斯，臉頰泛起些許朱紅，碧綠眼眸顯得沉醉蕩漾。簡直，就像個陷入熱戀的青年。
雖然已經好幾度目睹他熱情高談〈沉默魔女〉的闊論，可像這樣實際彼此接觸，實在感覺胃部無比翻騰。

莫妮卡面紗下的嘴角不停抽搐，這時，艾莉安奴按捺不住地出了聲：

「瑞士通！首先，請你為剛到訪的貴賓們帶路，然後替大家準備茶水。」

「是，大小姐。」

公爵千金下達指示，僕役們立刻展開行動，督促一行人進屋。

自菲利克斯手中解放的莫妮卡，隔著長袍按住自己狂跳不已的心臟。

怎麼辦，再這樣下去，只怕要緊張到嘔吐了。

還在設法按捺著不出聲，呼～呼～喘著大氣時，菲利克斯又向莫妮卡開口：

「來，我們走吧。女士。」

（我的胃……真的撐得到，最後一天嗎～～……？）

將法杖緊抱胸前，低頭縮緊身子，莫妮卡跟在一行人後方，起步前往宅邸。

「啊，喂，別扔下本大爺不管啊！」

慌忙起身的尼洛，也抱怨不停地追了上去。

✶ 第三章　祕傳三寶的去向

一會兒把行李送進宅邸，一會兒拜會廉布魯格公爵，待這些行程大致上告一段落，一行人便被帶到一間寬敞的廳房。

看來，用意應該是要大家在這裡喘口氣，休息談天。

肉鋪小開古蓮．達德利站在入口附近朝廳內四處張望，完全靜不下心。

（這房子有夠驚人啊……）

廉布魯格公爵的宅邸，無論內外裝潢都只有豪華可言。壁紙也好、窗簾也好，無一不是滿滿花紋與裝飾，讓人光看就眼花撩亂。

在如此寬敞廳房內歇息的，是菲利克斯、〈沉默魔女〉，以及魔女的隨從巴索羅謬．亞歷山大。

而這個叫亞歷山大的男人，背地裡肯定有鬼。

雖然自稱為〈沉默魔女〉的隨從，態度卻比主人還大牌，身上又穿著莫名復古的長袍，報上的名號還顯然是假的。

《巴索羅謬．亞歷山大的冒險》系列，是連古蓮都聽過的當紅冒險小說。竟然拿這系列的主角姓名來自稱，再怎麼說都太可疑了。可疑到有剩。

順帶一提，這男人現在還大搖大擺仰坐在沙發上，悠哉地打著呵欠。擺出現場最不可一世的態度。

相反的，他的主人〈沉默魔女〉就只是縮起身子，靜靜地坐在沙發的角落。

（這個小不點，就是〈沉默魔女〉……）

回想起方才目睹的，召喚精靈王的魔術，古蓮忍不住嚥下一口唾液。

先前古蓮在師父轉達之下，得知自己要負責這件護衛任務時，還同時聽到師父道出了一段和〈沉默魔女〉有關的恐怖描述。

＊＊＊

寒假前的假日，到克萊梅鎮逛冬市，在市場敲響冬精靈的冰鐘（奧爾提莉亞之鐘）的當晚，古蓮被舍監叫了出去。

說什麼路易斯師父跑到宿舍來找古蓮。

就這樣，來到賽蓮蒂亞學園男生宿舍會客室的古蓮，經由師父〈結界魔術師〉路易斯．米萊的口頭轉述，得知了第二王子的護衛任務。

聽路易斯陳述任務概要的同時，古蓮暗自鼓起了幹勁。

白天才剛對著冬精靈的冰鐘（奧爾提莉亞之鐘），立下「魔術的修行，要拚嘍——！」的誓言，晚上就奉命要執行王子殿下的護衛任務，總覺得很像是命運的安排。

最重要的是，任務的護衛對象菲利克斯，平時就對自己在各方面關照有加。好比對自己在庭院烤肉的事睜一眼閉一眼，又或是百般通融，讓自己有地方擺放調理器具。

「既然是這麼回事，我一定會好好拚哩！」

「……幹勁十足當然是好事。」

路易斯回話時，臉上隱約透出幾分倦容。恐怕是對於讓古蓮負責這件護衛任務，並不那麼贊同吧。

「不過這次的護衛任務，你基本上只是輔助。記得要好好聽同行的七賢人指揮。」

「同行的七賢人……呃～……就那個〈什麼什麼魔女〉小姐，是嗎？」

古蓮這番咕噥，令路易斯臉頰頓時抽搐起來。

單邊眼鏡底下，那夾雜灰色的紫色眼眸閃爍起銳利的光輝。

「古蓮，你……我是不太敢相信，但七賢人全員的名字這點基本知識，你總不至於答不出來吧？」

「唔，師、師父跟……〈詠星魔女〉小姐，還有……」

帶著徬徨不定的視線，古蓮折下指頭。然後折起的指頭就這麼停頓在兩根。

路易斯伸手添在眉心，一臉悲慟地嘆氣。

「七賢人自己的弟子答不出七賢人的名字，天底下還有什麼事情更令人嘆息。好吧，為了不讓你在廉布魯格公爵面前丟人現眼，為師這就來向你介紹七賢人的相關資訊，給我牢記在你那顆空空如也的腦袋裡。」

待古蓮「是——」地應了一聲，有如管教良好的狗兒般正襟危坐，路易斯便豎起一根手指。

「首先第一位。是你也念得出來的〈詠星魔女〉梅爾麗．哈維。她是王國首席預言家，也是占星術達人。別看外表那樣，她是七賢人裡頭最年長的。對美少年情有獨鍾，只要和美少年對上眼，二話不說就想把人家打包帶走。」

「我不是美少年，應該還算安全唄。」

路易斯接著豎起第二根手指。

「再來是第二位。〈荊棘魔女〉勞爾．羅斯堡。」

「明明是魔女，名字卻好像男人喔。」

「他是男人啊。〈荊棘魔女〉基本上就跟家族封號沒兩樣。」

有的魔術名家，會把魔術師稱號交由歷代當家襲名。

勞爾．羅斯堡，是第五代的〈荊棘魔女〉。

「第五代〈荊棘魔女〉，是我國保有魔力量最高的怪物，明明如此，卻幾乎沒怎麼在用魔術，是個只會悠哉研究植物的暴殄天物俠。一不小心和他四目交接，就等著被硬塞自家栽種的蔬菜吧。」

「我家附近也有這樣的歐巴桑哩。」

放著古蓮這些樂天的評語左耳進右耳出，路易斯豎起第三根手指。

「第三位。〈深淵咒術師〉雷．歐布萊特。是個一和年輕女性對上眼，就會突然逼近對方，狂問『妳愛我嗎』的可疑人士。」

「我不是女生，所以不要緊吧。」

「第四位。〈砲彈魔術師〉布拉福．泛世通。口頭禪是『轟隆轟隆』的大叔，一和人四目交接就想打魔法戰的戰鬥白痴。」

「……師父，你開始對解說感到厭煩了對唄？」

面對古蓮半瞇著眼睛發出的質疑，路易斯擺出彷彿理所當然的態度點頭。

「你這不是挺清楚的嘛。來，第五位。〈寶玉魔術師〉伊曼紐．達爾文。擅長賦予魔術，製做魔導具的專家。精於拉攏那些拜金的貴族，典型的小壞蛋。」

雖然說明中充斥著惡意，但純就描述的內容而言，古蓮不由得感覺，他聽起來其實像目前為止最正經的人物。

這時，路易斯皺起眉頭，操起如抱怨般的語調接話：

「值得一提的是，〈寶玉魔術師〉是對克拉克福特公爵死心塌地的第二王子派，把我視為眼中釘。你既然是我的弟子，萬一和他對上眼，肯定會被找麻煩吧。」

〈寶玉魔術師〉是政治色彩最為濃厚的七賢人，和第一王子派的路易斯彼此互為天敵。

古蓮對政治雖然沒什麼頭緒，但再怎樣也知道，第二王子就是學生會長。

（啊咦？那，身為第一王子派的師父，難道是會長的敵人嗎？）

學生會長對自己有恩，可能的話，實在不想與他為敵啊～古蓮發自內心這麼想。

古蓮想要相信，會把老家送來的肉吃得那麼美味的人，肯定不是壞人……

（可是，會長應該知道我就是〈結界魔術師〉的弟子……難不成，我在會長的眼中也是敵人嗎～）

若真是如此，實在讓人有點落寞。那個從不拿平民出身當理由數落自己的會長，古蓮其實還挺喜歡的。

就在古蓮雙手抱胸低吟的時候，路易斯又豎起了第六根指頭。

「然後是第六位，就是這次，和你一起負責第二王子護衛任務的最年少七賢人——〈沉默魔女〉莫妮卡・艾瓦雷特。」

「我也認識一個，叫莫妮卡的朋友耶。」

「只是再純粹不過的偶然。這名字實際上隨處可見吧。」

確實，莫妮卡並不是什麼罕見的名字。古蓮三兩下便被說服，相信這種偶然也是會發生的。反正既然是跟朋友撞名，反而更好記。

「〈沉默魔女〉和我同時當上七賢人，也就是所謂的同期。是現存魔術師中，唯一會使用無詠唱魔術的高手。」

「啊，想起來了！就是在甄選七賢人的魔法戰時，把師父打得落花流水的那個……」
路易斯以一副優美的笑容，狠狠踢了古蓮的小腿一腳。有夠沒風度。
古蓮揉著疼痛的小腿，忿忿不平地望向路易斯問道：
「就是說，〈沉默魔女〉小姐，比師父還可怕嗎？」
「……」
路易斯十指交疊，以嚴肅到不能再嚴肅的表情點頭。
「一點也沒錯，〈沉默魔女〉極端厭惡人類，既無情又殘酷。能透過無詠唱魔術，瞬間葬送敵人，她的實力極度高強、也極度危險。萬一惹她不快，你這種貨色，只須一眨眼工夫……啊啊～光是要繼續講下去都令人戰慄。」
聞言，古蓮「噫」了一聲，倒抽一口涼氣。路易斯則是嗓音低沉地告誡：
「你可要記得，千萬不要去激怒〈沉默魔女〉……和她的接觸務必保持在最低限度。也不准向她開不必要的口。最好當作對上眼就會被她宰掉。」
「那、那豈不是個，超級危險分子嗎……」
「正是如此。那就是頭怪物。咱們這邊的常識根本不管用。」
雖然，「讓那種危險人物，負責王族的護衛不要緊嗎？」這道疑問瞬間閃過腦海，但想想連人格破產的路易斯都可以負責王城的防衛任務，肯定沒問題吧。
面對擅自想通的古蓮，人格破產的師父以鄭重其事的口吻再度耳提面命：
「再強調一次，要是還珍惜你這條小命，就別在非必要狀況下接近〈沉默魔女〉，或亂找對方搭訕……聽懂了嗎？」

古蓮大力點頭，同時以自己的方式在心裡整理七賢人相關資訊。

〈結界魔術師〉：師父。生氣起來很恐怖。

〈詠星魔女〉：預言的。對上眼就會被打包帶走（美少年限定）。

〈荊棘魔女〉：男的。對上眼就會被硬塞蔬菜。

〈深淵咒術師〉：玩詛咒的。對上眼就會被逼問「妳愛我嗎？」（女性限定）。

〈砲彈魔術師〉：轟隆轟隆的。對上眼就會被要求對戰。

〈寶玉魔術師〉：和師父交惡。對上眼就會被找麻煩（古蓮限定）。

〈沉默魔女〉：以前把師父痛打一頓的。對上眼就會被殺。

整理到這裡，古蓮發現了一個大問題。

「師父，這樣有大概一半的七賢人都不可以對上眼耶。」

尤其是最後那三個。

弟子如此頭痛的提問，卻讓路易斯浮現一臉莫名得意的笑容。

「這樣子，你就明白為師有多麼能幹，又是多麼正派了吧？記得更敬重師父一點啊。」

「師父，蘿莎莉師母說過，用貶低他人的手段來拉抬自己評價不好喔。」

被徒弟搬出妻子的名字，笑容依舊的路易斯在太陽穴青筋暴現，狠狠朝古蓮的小腿開踢。這次踢了兩腳。

用眼角餘光掃過抱著小腿發疼的古蓮，路易斯清了清嗓子，繼續開口：

「總而言之，以上就是關於七賢人的說明。記下來了沒有？」

古蓮揉著被猛踢的小腿，老實地道出感想：

「總覺得，與其說是七賢人，更像是七怪人哩！」

「我應該沒被算在裡頭吧，蠢弟子？」

眼見路易斯開始握拳，古蓮慌忙左右猛搖頭。

要知道，路易斯的鐵拳又硬又痛，痛到讓人懷疑裡頭是不是裝了鐵板。與其要挨揍，被用風系魔術吹上天還來得輕鬆一點。

＊＊＊

回想起師父的告誡，古蓮開始悄悄觀察在沙發角落縮成一團，低頭就坐的〈沉默魔女〉。

在嬌小的身體上披著寬鬆長袍，有如依偎般地緊抱法杖的姿態，像極了在扮魔術師家家酒的小孩。

由於兜帽拉得低過眼睛，嘴邊又圍著面紗，沒辦法辨認現在臉上是什麼表情。

只是，若按路易斯所言，她似乎是個極端厭惡人類，面對不中意對象會毫不留情發動攻擊的恐怖魔女。

（唔嗯～感覺實在不太像把師父打得落花流水的人……）

不過，在從天而降到訪這棟宅邸時，她露了一手鮮少人能夠運用的最高位魔術——召喚精靈王。

那道魔術說不定就是她的示威行動，意思是「敢忤逆我，就召喚精靈王把你們一網打盡」。

思索著這些事情，始終沒有就坐的古蓮，正暗自嗯嗯嗯地低吟，坐在〈沉默魔女〉對面沙發的菲利克斯忽然出了聲。

「達德利同學，你也找個地方坐下如何？」

「那～我就失禮了～……」

隨口答腔之後，古蓮走近沙發。現場的沙發彼此呈對向設置，其中一邊坐著〈沉默魔女〉與其隨從，另一邊則是菲利克斯。

古蓮坐到菲利克斯身旁。坐在這個位子，正好就與那個名叫亞歷山大的男人面對面。

（反正他也說，有事就找他開口……問下去應該沒關係吧～？）

快要忍受不了沉默的古蓮，戰戰兢兢地向仰坐在沙發上打呵欠的亞歷山大開口搭話：

「那個～我聽說，〈沉默魔女〉小姐在七賢人的甄選會上，把我師父打得落花流水。」

低頭不語的〈沉默魔女〉肩膀瞬間為之一顫。

繼續問下去沒關係吧？只要是找隨從亞歷山大開口就不要緊吧？內心雖然萬分忐忑，古蓮還是繼續打破砂鍋問到底。

「希望可以告訴我，當時是怎麼贏過我師父的！」

〈沉默魔女〉一扯一扯地揪住坐在身旁的亞歷山大長袍。想必應該是在請他代為回答吧。

可是，亞歷山大只是打著呵欠，馬虎地應了聲「我哪知」。

「有什麼辦法，本大爺就不清楚那段時期發生的事啊。也罷～堂堂本大爺的主人，打任何人應該都是瞬殺吧？」

〈沉默魔女〉聽了猛搖頭，但隨從似乎一點也不在意。

就在這時，一直帶著意味深長的神情，默默當個聽眾的菲利克斯插了嘴：

「真是個好問題呢，達德利同學。兩年前的七賢人甄選會，我非常遺憾地沒能出席見證，但據我事後詳閱報告所知，艾瓦雷特女士在魔法戰中，似是不停連發廣範圍攻擊，讓其他候補生毫無接近的機會。尤其是以無詠唱的方式實行結合了遠端術式與節制術式的複合魔術，這項常人難以效法的神技就連當時的七賢人都讚不絕口。她之所以能夠連續發動高威力的廣範圍魔術，就是節制術式的功勞，也正是這點成了贏過〈結界魔術師〉的關鍵。」

不曉得是不是多心，總覺得菲利克斯解說的語調，發言速度比平常還快。

然後，古蓮本身也是學魔術的人，但菲利克斯講解的內容卻連一半都理解不了。

「雖然聽得不是很懂，總之就是很厲害對唄！」

菲利克斯揚嘴微笑，再度滔滔不絕地解說：

「節制術式是一種能大幅削減魔力消費量，但取而代之，會讓詠唱時間增長得嚇人的特殊術式，單是初級魔術就會被延長到三十分，上級魔術的耗時就更不用說了，故原本屬於一種非實戰取向的術式。能夠在這種前提下令詠唱歸零，凡是對魔術稍有涉獵的人，應該都能明白是多麼不得了的事情吧？只要艾瓦雷特女士有那個意思，就能以常人一半以下的魔力消費量連發大型魔術。正因此，〈結界魔術師〉最終才會撐不過一連串的猛攻。」

菲利克斯的講解，古蓮果然還是有聽沒有懂。

只是，內心也同時浮現〈會長好用功啊～〉的想法，所以坦率地道出了這則感想。

「會長，你好清楚喔。」

聞言，菲利克斯臉上浮現出任何人看了都無從挑剔的完美笑容，簡短地回答：

「因為我是王族啊。」

「王族好厲害！」

＊＊＊

（絕對，跟王族什麼的無關～～～！）

在沙發上縮成一團的莫妮卡，面紗下的嘴唇緊張得不停打顫。

古蓮可能沒有注意到，但打從被帶到這個房間後，菲利克斯就始終散發著想和〈沉默魔女〉交談的氣息。

打開話匣子解說的菲利克斯不但雙眼閃閃發光，發言也比平常更流利，感覺很多方面已經都沒有要隱瞞的意思。雖然古蓮好像沒注意到就是了。

菲利克斯對〈沉默魔女〉的憧憬是貨真價實的。

連兩年前的魔法戰紀錄都讀得那麼認真，這粉絲豈止熱情可言。

看到菲利克斯對〈沉默魔女〉談論得如此津津樂道，還能以一句「王族好厲害」就輕描淡寫帶過的人，恐怕就只有古蓮了吧……

「喔～本大爺雖然不是很清楚，但王族挺厲害的嘛～」

訂正。恐怕就只有古蓮跟尼洛了。

（對喔……尼洛他，不曉得殿下對〈沉默魔女〉，抱著怎樣的想法嘛……）

換句話說，現場知道菲利克斯仰慕著〈沉默魔女〉的人，就只有莫妮卡一個。

附帶一提，也不知怎地，古蓮投向莫妮卡的眼神，竟然還流露著滿滿的恐懼。

（難不成，古蓮同學，現在很怕我嗎？……路易斯先生，關於我的事，到底是跟他，說明了些什麼呀～～～？）

被一個平時總是開朗樂天的朋友，用那種眼光看著自己，胸口不由得隱隱作痛。

在菲利克斯的尊敬目光與古蓮的恐懼眼神交錯之下，莫妮卡暗自撫住了絞痛不已的胃。

＊＊＊

宅邸的廚房忙得不可開交。再怎麼說，不但遠赴他鄉求學的艾莉安奴大小姐難得回老家，就連第二王子與七賢人，今天起都要留宿一陣子。

而且無論現在多忙，都只算是前哨戰。等明天一到，還會有鄰國的使者來訪。理所當然地，款待佳賓的豪華餐點一天也不能中斷。

結束了第一天晚餐會的廚房裡，瀰漫著有如剛打過一場戰爭的氣息。不過，現在依然一刻不得閒，收拾善後也好，準備明天要用的食材也好，還有堆積如山的工作等著處理。

負責打雜的巴托洛梅烏斯，正在廚房的一角給蘿蔔去皮，同時暗自思索。

（那個是〈沉默魔女〉？這是怎麼回事？跟我知道的〈沉默魔女〉判若兩人不是嗎？）

施展召喚精靈王這道大魔術的〈沉默魔女〉從天而降的身影，巴托洛梅烏斯也從宅邸內看到了。

那人絕對不是一箭射穿巴托洛梅烏斯心臟的金髮美女。首先身高就天差地遠，而且不管怎麼說，胸前根本就斷崖絕壁嘛。

可能的話，是很想近距離仔細觀察那嬌小魔女的長相，可巴托洛梅烏斯這種菜鳥想直接伺候客人，除非是對方指名，否則門都沒有。侍奉客人這等重要工作，基本上都是老鳥的任務。

所以，巴托洛梅烏斯趁著幫侍應跑腿送伙食或餐具的時候，把握住每個小空檔，伺機從門縫觀察了〈沉默魔女〉的一舉一動。

然後，他得到的結論只有一個。

（我非常清楚。真正的〈沉默魔女〉是身材還算高挑的冷豔金髮美女……換句話說，那個自稱〈沉默魔女〉的小不點肯定是冒牌貨。）

可是，一個打雜的下人講出這種話，又有誰會當一回事？整間宅邸的人都深信不疑，認為那個小不點就是正牌的〈沉默魔女〉啊。

（實在是很想抓住那個冒牌貨的小辮子……有沒有什麼好方法呢～）

想著想著，巴托洛梅烏斯去完了蘿蔔皮，這時，一位五十來歲管家快步踏進廚房。是那個溺愛艾莉安奴大小姐的瑞士通管家。

「今天的晚餐，似乎讓菲利克斯殿下吃得很滿意。還請各位明天也繼續保持。」

瑞士通這番話，讓餐廚人員們一同放下了內心的大石頭。

宅邸主人廉布魯格公爵是個性格溫和的人物，真要說起來，在工作管理上比較嚴格的人，其實是瑞士通管家。

而這位瑞士通管家如今給出及格的評語，總算令廚房的緊張氣息稍微緩和了些。

環顧現場鬆口氣的僕役們，瑞士通以一副意味深長的表情繼續開口：

「……然後，艾莉安奴大小姐表示想為菲利克斯殿下送上一份飲品。即刻準備好『祕傳三寶』。」

那啥鬼東西啊？停下手邊作業的巴托洛梅烏斯正歪頭不解，打磨著餐具的老男傭彼得就湊向他耳邊講起了悄悄話。

「就是在順口的果實水裡，摻入高濃度的烈酒，以及辛香料或香草做成的飲料喔。是增進床笫關係的法寶。」

「哈哈～原來如此原來如此……」

說穿了就是比較輕微的催淫劑吧。看來咱們楚楚可憐的大小姐，今晚打算要誘惑那位玉樹臨風的王子殿下啊。

包含瑞士通管家在內，年資較久的僕役們都一副感慨萬千的模樣，念念有詞地咕噥著「當年那麼小巧可愛的大小姐終於也……」、「這樣啊，艾莉安奴大小姐要和殿下……」

望著僕役們的反應，巴托洛梅烏斯突然靈機一動。

（「祕傳三寶」……搞不好派得上用場喔。）

要給〈沉默魔女〉當慰勞品的水果蛋糕，就擺在作業台的角落。

巴托洛梅烏斯趁周圍的人不注意，稍稍借用了點「祕傳三寶」，滴在水果蛋糕上。

「祕傳三寶」雖然散發著辛香料與香草混合而成的獨特甘甜味，不過水果蛋糕本身也有用酒增添香氣，應該不至於讓氣味顯得突兀。

（哈哈！覺悟吧，冒牌魔女！等妳這個蛋糕下肚，整個人昏頭轉向，再看我怎麼逼問妳！）

＊　＊　＊

「咿嗚～～～～總算結束了……好累喔～……」

參加完第一天晚餐會的莫妮卡，回到安排給自己的客房後，便卸下圍在嘴邊的面紗，整個人往沙發倒了上去。

安排給七賢人的房間格局寬敞，床鋪與書桌自是不在話下，入口附近還擺放了休息用的沙發與矮桌組。

跟著莫妮卡一起進房的尼洛，看到房間裡的大床鋪，雙眼立刻閃閃發光。

「這個家很厲害對吧，剛去看過本大爺的房間，床鋪有夠大的啦。」

尼洛也有樣學樣，往床鋪倒上去左右翻滾。明明外表還是成人男性，看起來卻像個孩子在嬉鬧。

話又說回來，尼洛被分配到的其實是隔壁房間，要在床上滾真希望他回自己房間去滾。

癱倒在沙發上的莫妮卡半瞇著眼睛瞪著尼洛不放，尼洛還喜出望外地繼續開口：

「快看，莫妮卡！就連本大爺的長腿伸直了都不會騰空耶！」

化身成人類的尼洛，外表雖然是二十五、六來歲的青年，但身高相當高。躺在莫妮卡閣樓間裡擺的小床上，腳想必是有部分會騰空的吧。

床上的尼洛快活地哼著歌，從長袍口袋裡掏出一塊起司。看來應該是他從廚房摸來的。

「妳也要來一口嗎？妳都沒吃飯吧？」

「……不要。」

晚餐會上當然有安排莫妮卡的座位，可是莫妮卡嚴正謝絕了。

一旦坐下來用餐，就必須卸下嘴邊的面紗。不管兜帽蓋得再怎麼深，想要不讓同桌的人認出自己的長相，恐怕還是痴人說夢。

菲利克斯與古蓮都不停關切說「女士也坐下來一同用餐如何？」、「我跟妳換班啦，放心吃唄！」

不過莫妮卡都堅決搖頭，整場晚餐會就只是待在牆邊待命。

也就是說，尼洛是趁莫妮卡呆在牆邊罰站的期間，在宅邸內四處閒晃，摸來了這塊起司。照這樣子看來，搞不好還順手摸了其他東西。

眼見莫妮卡盯著尼洛的長袍，躺在床上嚼起司的尼洛挺起上半身，用鼻子哼哼地笑了笑。

「看本大爺吃得這麼過癮，讓妳也心動了是吧？」

在沙發上用力翻過身子，莫妮卡背對尼洛回嘴。

「就說不要了。我沒有食慾啦。」

「今天才第一天耶？要是現在就累垮，包妳撐不完全程喔。」

受不了，到底以為是誰害得人家這麼疲勞？明明至少有一半左右是尼洛的舉止造成的。

莫妮卡溫吞地起身，仰頭忿忿瞪向尼洛。

「……尼洛跟殿下碰過面什麼的，我根本，沒聽你說過。」

剛抵達這棟宅邸時，尼洛與菲利克斯的互動場面浮現腦海，莫妮卡不悅地皺起眉頭。

沒想到，尼洛依然顯得一派輕鬆，神態自若地把最後一口起司扔進嘴裡。

「就沒什麼大不了的事啊。把冷冰冰老兄交給他之後，隨口閒聊了下而已啦。」

「你真的，沒讓我的真實身分，穿幫吧？」

「當然嘍，他那時還指使一隻小蜥蜴，想要打探本大爺的底細，可馬上被我揪出來啦。」

「蜥蜴？」

蜥蜴指的，是什麼事情啊？

就在莫妮卡一臉狐疑時，房間的門被人敲響了。

「艾瓦雷特女士。抱歉在就寢前打攪妳。是不是，方便占用妳一點時間呢？」

門後傳來的，是菲利克斯的嗓音。

莫妮卡困擾地望向尼洛。尼洛咕嘟一聲把起司吞下肚，回望莫妮卡。

「怎麼辦？要我趕走他嗎？」

「當然不可能趕走殿下啊。帶他進房吧……切記千萬別失禮，懂嗎？」

尼洛「是是是」地馬虎回應，待確認過莫妮卡穿好面紗與兜帽，便打開了房門。

站在走廊的菲利克斯，穿著和出席晚餐會時同樣筆挺氣派的外衣。明明如此，手臂上卻掛了一只和這身衣裳不搭調，造型樸素的籃子。

發現開門的人是尼洛，菲利克斯露出有點驚訝的表情。

「……你也來了嗎？」

「本大爺愛上哪去，是本大爺的自由吧。比起這個，這種時間上門有何貴幹？」

面對尼洛抬起下巴威嚇的舉動，菲利克斯只是輕輕舉起掛在手上的籃子。

籃子裡除了一瓶飲料、小型的琺瑯鍋之外，還裝滿了麵包與水果蛋糕。

「在晚餐會上完全沒見到艾瓦雷特女士進食，之後好像也沒有用膳的跡象，所以我準備了宵夜過來。」

尼洛的雙眼頓時閃閃發光。

「你這傢伙不錯嘛。進來。」

方才的叮嚀完全沒反映在尼洛的應答中。不過，原本畢竟就沒有要趕人家走的意思，莫妮卡只好怯生生地請菲利克斯往沙發入座。

窺。

菲利克斯在道謝的同時坐上沙發，把籃子擱在矮桌上。尼洛隨即坐到對面的沙發去，朝籃子內猛

「噯，噯，這瓶子裡頭裝的是啥啊？」

「我聽他們說是果實水……」

不等菲利克斯答覆完，尼洛已經舉起瓶子直接就口，咕嘟咕嘟地一飲而盡。

「喔～真好喝。有好多種辛香料的味道。適合大人的口味啊。肚子整個溫熱起來的感覺真不錯。」

「……？普通的果實水，應該是不會加酒精的吧。」

一臉不可思議地咕噥，菲利克斯打開了鍋蓋。琺瑯鍋裡裝的，是正飄著熱氣的香噴噴熱湯。

「艾瓦雷特女士，來碗熱湯暖胃怎麼樣？」

始終呆站著的莫妮卡，稍稍煩惱之末，坐到尼洛旁邊，揪起尼洛的長袍下襬扯了扯。

幫我告訴菲利克斯，我晚點再吃——可惜薄情的使魔，並沒把主人這項無言的訴求看在眼裡，只一口一口把水果蛋糕嚼得滿嘴，好不痛快。

放棄讓尼洛代言的念頭，拿起擺在書桌的紙張，寫下「湯就好，容我晚點再喝」給菲利克斯看。

尼洛見狀，單手高舉水果蛋糕，雙眼變得更加閃亮。

「意思就是說，湯以外的東西本大爺都可以吃光吧。話又說回來，這蛋糕也真好吃。酒味超——對味的。」

「因為水果有事先用這一帶的名產蒸餾酒去浸泡嘛。是說……你和艾瓦雷特女士，是什麼關係呢？」

尼洛滿嘴蛋糕渣也不擦一下，大大方方地回答：

「隨從啊。看就知道了吧。」
「單就隨從而言，感覺似乎太親密了點呢。會是弟子、或家人……還是，戀人嗎？」
差點忍不住讓叫聲脫口而出，莫妮卡慌忙舉手遮住面紗下的嘴巴。
剛好吃完水果蛋糕的尼洛，嘎哈哈哈地捧腹大笑起來。
「不～可能啦！這傢伙，根本就不是本大爺喜歡的型啊。」
那也是當然的吧。尼洛以前提過自己的中意類型，是「尾巴性感的雌性」啊。
只是，尼洛的回答似乎並不足以說服菲利克斯。
該怎麼說明才好呢——莫妮卡還在煩惱，尼洛就雙手抱胸繼續說道：
「本大爺就那個啦。這傢伙的使魔……不對……嗯～嗯嗯～就那個啦，那個。」
思索要用什麼詞彙取代使魔的尼洛，低吟了一會兒，再砰一聲敲響掌心。
「下人啦！」
揪著長袍下襬的莫妮卡使勁了全力搖頭。
菲利克斯也一臉傷腦筋的表情，交互望向尼洛與莫妮卡。
「……下人，嗎？」
「對啊，誰教這傢伙是我的救命恩人咧。從前我卡了根鳥骨頭在喉嚨，痛不欲生的時候，就是這傢伙……」
莫妮卡慌忙抓起尼洛的長袍下襬猛扯。
或許尼洛也判斷自己透露太多了，就好像要堵住嘴巴似的，又抓起一塊水果蛋糕塞入口。
緩緩咀嚼蛋糕的尼洛，待蛋糕咕嘟一聲下嚥，轉動金色的雙眸瞪向菲利克斯。

「好險好險～差點就中了你的『誘導詢問』。」
「雖然你說誘導，但我其實自認提問得滿直率的。」
「你這傢伙，對本大爺就那麼有興趣嗎……」
菲利克斯感興趣的對象，毫無疑問地不是尼洛，而是〈沉默魔女〉才對。
被尼洛這番話逗得苦笑起來，菲利克斯從籃子裡掏出一疊紙束。
「我倒也不是來打探什麼事情的。只是有些私人性質的話題，想找艾瓦雷特女士談談。女士，若妳不介意，願意幫忙看看這個嗎？」
又驚又恐的莫妮卡，伸手收下遞來的紙束。
到底，上面寫了些什麼？該不會，是要找自己商量，接下來幾天與鄰國進行的貿易談判相關問題？還是說，是要討論談判時現場的護衛措施？
戰戰兢兢翻開紙頁後，莫妮卡頓時瞪大了兜帽下的雙眼。
（這個是……魔術式？）
以容易閱讀的工整字跡書寫在紙張上的，是關於在水中展開廣範圍術式時，對水流及水壓所產生的影響之考察。
文中主要採用的廣範圍術式展開方法，莫妮卡可說是再清楚不過。因為那不是別人，正是由莫妮卡構思研發的。
莫妮卡反射性抬頭，便見菲利克斯靦腆地說道：
「其實，我有個朋友是妳的熱情粉絲……說我要是有機會見到艾瓦雷特女士，務必想請妳幫忙審視這份論文有何需要增減或修改的……」

（你、你那個朋友，該不會……是叫做艾伊克吧……）

換言之，就是他自己。

菲利克斯雙掌擺在膝上十指交疊，以充滿期待的目光望著自己。若要就這麼拒他於千里之外，感覺實在於心不忍，莫妮卡於是開始閱讀論文。

（……啊，好厲害，內容好扎實。）

雖然參考文獻過少這點很可惜，但論文本身非常條理分明，著眼點也不差。在水中展開術式，算是研究發展比較緩慢的領域，所以就莫妮卡而言，這篇論文非常令人感興趣。

（這樣的內容，必須是對水屬性魔術有相當程度知識的人，才寫得出來。如果說，這是殿下自己一個人構思的，就代表他的知識豐富程度，已經足以和米妮瓦的高年級學生匹敵……）

然而，莫妮卡很清楚。菲利克斯的外祖父，禁止他進修魔術的相關知識。

正因為是嚴格禁止到連持有專門書籍都不被允許，他才會連魔術師養成機構米妮瓦所發行的雜誌，都得私下偷偷蒐集。

而這篇論文，是他在這種百般受限的環境下，獨力寫出的。

（這個人，果然是……真的很喜歡魔術啊。）

一想到，這樣的人如此認真地思索要如何應用自己研發的魔術式，莫妮卡身為魔術師的矜持就不斷被搔到癢處。說得白話一點，就是很開心。

莫妮卡移動到書桌，拿起羽毛筆開始在紙頁的角落書寫。

做為一名魔術師，莫妮卡想要回應他的這股熱誠。

即使對方貴為王國第二王子，既然事關算式與魔術式，莫妮卡就絲毫不打算妥協。

為了不因筆跡導致身分曝光，莫妮卡以刻意潦草的字跡，指正文中的謬誤與考察不足之處。然後，還在論文的空白處寫下這段話——

『內容非常耐人尋味。只要改善上述的問題點，添補魔力流動量方面不足的數據，相信就能令完成度更加提升。』

書寫至此，莫妮卡才猛然回神。

（這、這些內容，該不會其實失禮至極吧……唔哇啊啊啊啊，要、要是被他覺得，這是在大牌什麼，該怎麼辦……唔！果、果然還是，把最後這邊塗掉比較……）

這種念頭剛浮現腦海，背後就「啊」地傳來倒抽一口氣的嗓音。

回頭一看，菲利克斯竟然就緊緊貼在莫妮卡身後，隔著莫妮卡的肩膀一起看論文。

（哇啊啊啊啊！處處處、處刑？要以藐視王族罪把我處刑……？）

披著兜帽的莫妮卡嚇得驚慌失措，但菲利克斯並未露出絲毫不快的神情。反倒是一臉前所未有地感動，緊揪著胸口的衣料不放。

只見菲利克斯牽起坐在書桌前的莫妮卡的手，以一股彷彿要開口求婚的火熱眼神看著她，道出滿腔的熱情。

「沒想到有幸獲得妳如此評價……我深感光榮，艾瓦雷特女士。」

正在嚼麵包的尼洛，滿臉不解地插嘴。

「那不是你朋友寫的嗎？」

「……以上，如果是我那位朋友，一定會這麼說吧。」

輕描淡寫地補上這句話，菲利克斯拿起莫妮卡加筆過的論文抱在胸口。

「非常感謝妳，女士。我朋友一定也會很開心。」

「……」

在內心稍作糾結之末，莫妮卡從菲利克斯手中的論文抽出一張紙頁，在背面用小字寫下——

『我希望，能再多看些你的論文。』

看到這段文字的菲利克斯，臉上的表情豈止喜形於色可言！

那雙碧綠眼眸閃耀得有如高掛夜空的繁星，嘴角也不停出現想上揚的動作。

莫妮卡現在的行動，對於想要隱瞞身分繼續執行護衛任務而言，絕對是多餘的。

即使如此，寫在論文背面的這段文字，仍是魔術師莫妮卡·艾瓦雷特如假包換的真心話。

在校慶結束後的舞會，他曾仰望著星空說過：

——我所剩的自由，肯定已經寥寥無幾了。

（即使如此，我還是……希望你，不要就這麼放棄。）

如果說，他對〈沉默魔女〉抱著幻想，那自己就盡全力守護這個幻想吧——莫妮卡暗自立下誓言。

菲利克斯在書店說過，那份感情或許就是所謂的初戀，但莫妮卡不這麼認為。

在菲利克斯心中，對〈沉默魔女〉所抱持的，一定不是戀愛感情，而是對七賢人最純粹的尊敬與憧憬。

既然如此，莫妮卡就以他所憧憬的〈沉默魔女〉身分，未來也持續君臨七賢人寶座吧。

……所以說，希望他千萬不要放棄，那些能讓他發自內心沉醉其中的事物。

＊＊＊

廉布魯格公爵千金艾莉安奴．凱悅，正躲在暗處咬牙切齒地望著菲利克斯走進〈沉默魔女〉的房間。

（哎呀、哎呀、哎呀、哎呀，這到底是怎麼一回事呀？噯，我在問到底是怎麼回事？）

特地吩咐僕役們，去準備凱悅家女性代代相傳的「祕傳三寶」，是在晚餐會結束後的事。天曉得，事情就這麼剛好，就在這個時間點，菲利克斯來到廚房，誤把「祕傳三寶」當成果實水帶了回去。

所以艾莉安奴決定變更作戰，拿「長途旅行害人家興奮得睡不著，可以陪我聊聊天嗎？」當理由，去突襲菲利克斯的房間。

接著，就是和喝下「祕傳三寶」的菲利克斯愈聊愈有情調，直至留下一晚難忘的美妙回憶……誰想像得到，菲利克斯竟然就這麼帶上「祕傳三寶」，走進了〈沉默魔女〉的房間。

「啊咦，這不是艾莉咩。妳在這種地方幹嘛呀？」

向恨得牙癢癢的艾莉安奴開口搭話的人，是古蓮。

為什麼為什麼，每每在這種時候跑來找艾莉安奴開口的人總是這個男的，不是菲利克斯呢。

「哎呀～達德利大人才是呢，這麼晚了有什麼事嗎？」

聞言，古蓮收起那和善親切的笑容，一臉嚴肅地告訴強忍滿腔不耐，端莊回話的艾莉安奴。

「其實，我有件事無論如何都非得拜託艾莉不可。」
（哎呀、哎呀，難道、難道？）
這難不成就是那種所謂的，愛的告白嗎？
（不用說，我是對菲利克斯大人死心塌地的，這種男人的告白，我當然要拒絕……）
「其實我想上廁所，但這邊太暗了很可怕，陪我一起去好咩！」
「…………」
就這樣，艾莉安奴．凱悅的美妙夜晚，伴隨著為古蓮．達德利帶路去廁所的回憶，拉下了帷幕。

＊　＊　＊

暗中監視著〈沉默魔女〉房間的巴托洛梅烏斯，這會兒正一個頭兩個大。
認定那個小魔女絕對是冒牌貨，而在宵夜的水果蛋糕裡下了「祕傳三寶」的巴托洛梅烏斯，一直等著看哪位僕役會幫〈沉默魔女〉送宵夜到房間去。
然後，等〈沉默魔女〉吃加料蛋糕吃得酩酊大醉，再去逼問她「妳是什麼人，正牌的金髮美女上哪兒去了。」
誰知道，從廚房端走宵夜的人，竟然是第二王子菲利克斯．亞克．利迪爾。
而且他還連原本要交給艾莉安奴大小姐的「祕傳三寶」都一起帶走——帶到〈沉默魔女〉的房間去。
（喂喂喂，這下子，豈不是第二王子跟那個假〈沉默魔女〉，要一發不可收拾了嗎……）

巴托洛梅烏斯並不清楚。瓶裡裝的「祕傳三寶」也好，滴在水果蛋糕裡的也好，最後其實全都進了尼洛的肚子去。

巴托洛梅烏斯躡手躡腳跑去〈沉默魔女〉的房間一探究竟時，正好是菲利克斯離開房間的時候。

菲利克斯依然衣裝筆挺，不見一絲紊亂。可是，那個玉樹臨風的王子殿下，這會兒表情陶醉得活像剛進過桃源鄉。

臉頰既紅潤，碧綠眼眸又水汪汪地閃閃發光。這是人類在獲得某種滿足後的表情。

「晚安，艾瓦雷特女士……祝妳有個好夢。」

向一路跟到門口送行的嬌小〈沉默魔女〉，以幾近融化般的甜蜜嗓音細語道別後，第二王子返回了自己的房間。

巴托洛梅烏斯在此，得出了一個結論。

（難道說，第二王子跟那個冒牌〈沉默魔女〉本來就有一腿嗎！……哎呀～～意外發現不得了的祕密了呀！）

這可是掌握那個冒牌〈沉默魔女〉弱點的絕佳機會啊——巴托洛梅烏斯握緊了拳頭。

一定要拿這個祕密去要脅假〈沉默魔女〉，讓她帶自己去見正牌的〈沉默魔女〉——正牌的金髮美女。

就在巴托洛梅烏斯下定決心的同時，碰巧路過的老男僕彼得，一臉不可思議地開口搭了話。

「哎呀，巴托洛梅烏斯老弟，你在這兒做什麼？瑞士通管家說要商量檢修馬車的事情，正到處在找你喔。」

「啊～彼得老爹。沒啦～也沒在幹嘛。哇哈哈哈哈，我這就過去。」

問題在於，要挑什麼時機威脅那個假〈沉默魔女〉。
得設法製造兩人獨處對話的機會才行。

第四章　巴托洛梅烏斯・巴爾的提議

抵達宅邸的翌日早晨，古蓮抖擻著精神早早起床，整頓好儀容之後，來到宅邸的庭園。

打從這次的護衛任務定案開始，習慣睡懶覺的古蓮就幾乎天天硬逼自己早起，努力展開魔術修行。

首先是施展飛行魔術，讓自己的身體稍微離地飄浮。接著，就是在維持飛行魔術發動的狀態下，詠唱在指尖產生火焰的魔術。

這道火焰魔術沒什麼威力，純粹要發動一點也不困難。可是，一旦要同時維持兩道魔術，難度就會大幅攀升。

若要打個比方，就像是在走鋼索的同時，還要拋球玩雜耍。

一旦過於專注在走鋼索，球就容易漏接，反之則可能從鋼索上摔落。就是難在這種必須一心二用的地方。

雖然沒有親眼見過，但古蓮聽說，從前似乎有位天才七賢人，可以同時維持七道魔術。到達這種境界，根本就已經超凡入聖了吧——古蓮不禁心想。

「嘿……咻……哎唷喂……！」

在指尖點亮小小火苗的同時，古蓮漂浮在空中的身體不穩地搖晃起來。

結果，連三秒都撐不到，古蓮就一屁股摔在地面上。

「唔～痛痛痛。果然，同時維持還是很難啊～……」

要是能同時維持兩道魔術，就能一面用飛行魔術閃避敵方的攻擊，一面用攻擊魔術反擊了。

所以，與其無謂地習得新魔術，還不如學會怎麼同時維持現有的魔術——這番話，乃是師父的教誨。

（可是，總覺得能夠學會一大堆新魔術比較厲害，也比較帥氣……）

在賽蓮蒂亞學園的魔術課，古蓮姑且也是把自己不擅長的屬性學過了一輪。只要有那個意思，應該就施展得了。

不如就轉換心情，開始進行習得新魔術的修行吧——這種念頭才剛浮現腦海，古蓮立刻舉起雙手，用力拍了拍自己的臉頰。

「不行不行。腳踏實地，腳踏實地……」

已經跟敬愛的學長一起在冬精靈的冰鐘（奧爾提莉亞之鐘）前發過誓，要好好修行魔術了。

既然如此，豈能一遇到困難就選擇逃避。

就連記憶中的學長，都開始散發冷氣怒斥「不准半途而廢！」了。

（嗯，好，再來一次……）

就在詠唱飛行魔術，讓身體離地飄浮的時候，古蓮注意到了。在離這兒有點距離的地方，某人正遠遠凝視著自己。

那是身著長袍，兜帽深蓋過眼，嘴邊圍著面紗的嬌小人物——〈沉默魔女〉。

（把師父打得落花流水的危險分子！）

古蓮反射性解除了飛行魔術，呆立原地不知所措。沒想到，〈沉默魔女〉竟然就這麼把法杖抱在胸前，一步一步朝自己走來。

（怎麼辦，好像被她盯上了！她走過來想幹嘛，是要罵我嗎？該不會，是看我不順眼，要把我打飛之類的……？）

〈沉默魔女〉來到了面前，停下腳步仰頭，用兜帽下的雙眼緊緊盯著古蓮不放。

按師父所言，她似乎討厭人類，是個既無情又殘酷的魔女。

不管怎樣，總之先打招呼吧。這種時候最重要的就是打招呼。堂堂賽蓮蒂亞學園的學生，時時刻刻都不得怠慢問候與禮節還怎樣的，某副會長好像曾經這麼說過。

抽搐著面部的肌肉，古蓮扯開嗓子大喊：

「早、早安哩！」

不小心發出了高八度的嗓音。

（唔哇，好糗！）

古蓮正暗自難為情，〈沉默魔女〉忽然用手中的長杖，在地面嘎哩嘎哩地寫起字來。

這就開始收拾你——要是她寫出這種死亡宣告該怎麼辦？古蓮慌了起來，幸好，出現在地面上的並非攻擊宣言。

『同時維持的訓練嗎？』

一直在內心高度警戒的古蓮，這會兒總算鬆了口氣。

「沒錯哩！因為，我實在拿同時維持兩道魔術沒轍……」

〈沉默魔女〉又寫下了更多文字。

『請先試著，同時維持兩道火系魔術。』

「……咦？」

古蓮目不轉睛地望向〈沉默魔女〉，只見她以小巧的手掌揪住兜帽邊緣，再度補上文字。

『兩種同樣的魔術，同時維持起來比較容易。等習慣了，再開始練習飛行魔術吧。』

古蓮半信半疑地展開詠唱，先在右手指尖燃起小火苗。

然後就這麼維持著右手的火苗，重新展開同樣的詠唱，點亮左手的指尖。

「嘿、咻……喔、唷、唷……」

古蓮交互望向左右兩邊的指尖。

相較於一次射出十支火焰箭矢，同時發動兩道射出五支火焰箭矢的魔術，箭矢的精度會比較高，但難度也比較高。古蓮現在同時點燃的兩顆火球，自然也不例外。

火焰就有如風中殘燭般，顯得相當不穩定，好幾度都險些熄滅。即使如此，總算是成功維持了二十秒。

「啊，真的耶！這樣的話，好像行得通！」

距離同時維持飛行魔術與火系魔術的最終目標雖然還有很長的距離，但同時維持兩道魔術的感覺，似乎是約略掌握到了些。

『同時維持的重點，就在於掌握住感覺。請反覆練習，直到習慣為止。』

在地面寫下上述文字之後，〈沉默魔女〉便輕輕點頭致意，轉身起步離去。

好親切。這人簡直太親切了。

果然師父就是個大騙子——古蓮暗自對師父感到死心，並且湧現了某種確信。

也就是，路易斯肯定是因為自己在七賢人甄選會的魔法戰打輸，對此懷恨在心，才四處說〈沉默魔女〉的壞話。

「〈沉默魔女〉小姐！謝謝妳的建議——！」

古蓮大力揮手，向逐漸遠去的嬌小背影喊道。

＊　＊　＊

轉身背向古蓮的莫妮卡，隔著長袍按住怦通作響的心臟，快步離開了現場。

（會、會不會太多管閒事……了呀……）

既然必須隱瞞身分，理當避免不必要的接觸。恐怕，路易斯也是抱著這種想法，向古蓮灌輸了一些幾近恐嚇的謠言吧。

即使如此，看到古蓮如此努力修行魔術，莫妮卡還是想為他打氣。

畢竟，朋友是那麼地拚命，拚命的方向又剛好是莫妮卡最擅長的領域，想為朋友出一份力的心情自然是愈發強烈。

莫妮卡走上一陣子，已經看不見古蓮的身影時，轉頭環視了庭園一圈。

之所以一大清早跑到這個寬敞的庭園來，並不是為了散步。莫妮卡是來巡邏的。

今天就是法佛利亞王國的使者抵達的日子，莫妮卡想確認庭園裡有沒有什麼可疑的物件。

廉布魯格公爵宅邸的庭園不但寬敞，可以藏身的地點還相當多。

就算撇除這些不談，宅邸本身也位於森林與果樹園中間。萬一有人入侵，並且被入侵者逃到宅邸外的森林裡，想追蹤就相當困難了。

（這棟宅邸雖然養了很多擅長追蹤的獵犬……但先思考一些對策，是不是比較妥當？）

想著想著，莫妮卡來到了宅邸的一角。

從角落的另一側，傳來好幾條狗的嗚叫聲，是這棟宅邸養的獵犬。在狗叫聲之中，還參雜了有人對話的聲音。

停下腳步偷偷窺向聲音來源，便看到兩位男性僕役正在照料狗兒。

那是滿頭泛白金髮整齊梳理的五十來歲管家，以及一頭灰髮，嘴邊蓄鬍的六十來歲老男傭。

獵犬們雖然親近管家，卻好像不怎麼親近男傭。在嘶吼的獵犬面前，老男傭顯得不知所措。

管家一臉困惑地開口：

「彼得，你還是那麼不討狗的歡心啊。有摸過什麼其他動物嗎？」

「不，這我真沒什麼頭緒啊～……是了，從以前開始，我就很容易被動物討厭呢。」

被喚作彼得的老男傭困擾地回應，管家這會兒又露出想起什麼的表情。

「這麼一提，〈沉默魔女〉大人的隨從，那位亞歷山大大人也是這樣呢。只要一接近他，獵犬們就紛紛顯得坐立難安。」

偷聽到這段對話的莫妮卡，暗自倒抽了一口氣。

（那兩個人提到的隨從……指的應該是，尼洛吧？）

五十來歲管家一臉神經質地皺起眉頭，繼續抱怨：

「真教人頭痛。法佛利亞王國的使者大人們來訪後，招待貴賓打獵可說是交流的一環，到時要是獵犬怕東怕西的成何體統。」

「是呀，真教人頭痛。」

「打獵時艾莉安奴大小姐肯定會同行，絕不能因此造成大小姐的不安……」

情。

老實說，尼洛會被狗討厭的理由，莫妮卡心裡有數。只不過，那不是可以隨隨便便告訴別人的事

（我看，或許得叮嚀尼洛一聲，要他別靠近狗，比較好……）

準備離開現場的莫妮卡，為避免發出腳步聲，躡手躡腳地向後踏了幾步，接著咕嚕一圈轉過身去。

然而，就在打算順勢開跑的瞬間，莫妮卡撞到了某種物體，一屁股跌坐在地。

「呼啾唔！」

「喔唷～不好意思啊，〈沉默魔女〉大人。」

看來，是有人站在自己的背後。

保持著跌坐在地的姿勢，莫妮卡隔著面紗揉著撞疼的鼻子，仰頭望向對方。

莫妮卡撞上的，是一頭整齊黑髮的高個兒青年。年齡大概二十五來歲。身上穿著這棟宅邸的男性僕役專用的衣服。

莫妮卡從前遇過這個男的——而且，地點還不是這棟宅邸。

（這個人，是……）

上次看到的時候，他穿的是工作服，還綁了頭巾，所以給人的印象天差地遠，但構成這張臉的數字，莫妮卡還是記得很清楚。

大約兩個月前，在柯拉普東鎮邂逅的男人——巴托洛梅烏斯。

巴托洛梅烏斯當時因偷竊古代魔導具〈紡星之米拉〉的嫌疑，應該已經由琳引渡給〈詠星魔女〉。

只是，他在那之後有何遭遇，莫妮卡就不得而知了。

（為、為什麼這個人，會出現在這裡～……）

和他接觸過久絕非上策。難保身分不會曝光。
「這麼大清早就出來散步嗎？如果是這樣，不如讓我為大人帶路，介紹介紹這個庭園吧！」
莫妮卡大力搖頭，試著表明「不了，多謝好意」的意志。
可是，巴托洛梅烏斯卻帶著一臉和煦的笑容，擋在莫妮卡的去路上。
「哎呀好啦，不用跟我客氣嘛！萬一對客人招待不周，瑞士通管家可是會臭罵我一頓的！來來來，這邊走，快請跟我來！」
說著說著，巴托洛梅烏斯擅自帶頭走了起來。莫妮卡不由得小小糾結了一番。
（到這個地步，若還硬是拒絕，好像反而不自然？……反正，原本就打算要在庭園四處巡視……）
無計可施的莫妮卡，只好起步跟上巴托洛梅烏斯，保持一段距離走在身後。
走在前頭的巴托洛梅烏斯，不停介紹著許多平淡無奇的話題，好比常有鳥兒會停到那邊的樹上，又或是那邊那棵樹是在大小姐出生那年種的……等等。
隨興聽著這些話題，不知不覺間，兩人已經走到了宅邸的後方。
找遍這棟宅邸，就屬這個地方最容易避人耳目。雖然這裡不方便藏身，也沒有可疑物件，但絕對是需要留心確認的場所。
如此心想的莫妮卡，正轉頭來回四處張望，手腕忽然被人給抓了起來。是巴托洛梅烏斯。
巴托洛梅烏斯就這麼在極近距離下低頭俯視莫妮卡，咧嘴開口笑道：
「哈！哈———！逮到妳嘍，冒牌貨小姐～」
「……？」
為什麼，巴托洛梅烏斯會抓住自己的手腕不放？為什麼，會把自己喚作冒牌貨？

無法理解狀況，陷入混亂的莫妮卡，就連要趕緊施展無詠唱魔術的念頭都沒出現在腦內。

莫妮卡還在動搖，巴托洛梅烏斯又朝臉上的面紗伸出了手。

「還不給我亮出妳的真面目！」

緊接著，巴托洛梅烏斯的手粗魯地扯下了圍在莫妮卡嘴邊的面紗。

莫妮卡當場「啊」了一聲，幾乎就在同個瞬間，巴托洛梅烏斯也喚了聲少根筋的「……咦？」

「妳感覺，好面熟……啊，想起來了。在慶典那晚，穿松鼠耳斗篷的小不點魔術師。」

巴托洛梅烏斯緊緊凝視著莫妮卡的五官，一臉狐疑地皺起眉頭。

「為啥小不點，為跑來這裡冒充〈沉默魔女〉啊？」

「冒、冒充～？」

突然給人抓住手腕，又被扯下面紗，到頭來還被當成冒牌貨，什麼跟什麼完全一頭霧水，莫妮卡的精神已經瀕臨崩潰，雙眼也無意間濕潤了起來。

巴托洛梅烏斯眼見莫妮卡泛起淚光，一臉驚恐地放開莫妮卡的手。

「不等等，別哭，別哭啊！沒啦，雖然是我把妳弄哭的……哇嘎——？」

語調飛快出口的推託說詞，後半段突然變成悽慘的哀號。

原來是青年姿態的尼洛從天而降，落在巴托洛梅烏斯的頭上。看來，他是從二樓窗口跳下來的。

尼洛瞥都不瞥被自己踩扁在腳下的巴托洛梅烏斯，望向莫妮卡開口：

「喂，莫妮卡。要散步的話，就乖乖帶上本大爺一起啊。」

「自己回什麼『太冷不想起床』，只顧著窩在床上打滾還敢說……！」

面對莫妮卡淚眼汪汪的反駁，尼洛雙手抱在後腦交疊，嘟起嘴唇回應：

「有什麼辦法，本大爺本來就怕冷啊～……所以，這傢伙是怎樣？」

尼洛將目光投向腳邊的巴托洛梅烏斯。

被尼洛踩在腳底的巴托洛梅烏斯，抬頭看向莫妮卡。

「小不點……妳到底，是什麼來頭？」

「我、我是，〈沉默魔女〉……正、正牌德……」

「喔——唷，休想騙我～我早就都知道嘍。」

知道什麼？莫妮卡與尼洛的這項疑問，巴托洛梅烏斯中氣十足地道出了答覆：

「正牌的〈沉默魔女〉，是在柯拉普東鎮救了我的金髮女僕服美女吧！我可是全看到了。那個美女大姊，連詠唱都沒詠唱就操作風的畫面！」

莫妮卡與尼洛彼此轉頭對望。

在柯拉普東的慶典之夜，尼洛雖然在宿舍留守，但相信他光是聽到「操作風的金髮女僕服美女」，腦中應該就跟莫妮卡浮現了同樣的人物——不，浮現了同樣的精靈吧。

尼洛靈活轉了轉金色的眼珠，再度望向莫妮卡。

「名偵探可不是白當的，本大爺已經察覺真相嘍。這也就是說……」

「……嗯。」

用不著當名偵探也知道。巴托洛梅烏斯口中的金髮女僕服美女，是〈結界魔術師〉路易斯．米萊的契約精靈——琳茲貝兒菲。

原來如此，的確，那時候琳並沒有詠唱就操作風，抱起巴托洛梅烏斯飛上了天。

大概就因為這樣，讓巴托洛梅烏斯誤把琳當成施展無詠唱魔術的魔女了吧。

「那個～你那晚看到的女僕，叫做琳小姐……她不是人類，是精靈。」

待莫妮卡蹲下如此說明完畢，巴托洛梅烏斯在尼洛腳下難以置信地「啥～？」了一聲。

比起費盡唇舌解釋個沒完，或許先以行動證明自己不是冒牌貨比較快。

莫妮卡以無詠唱魔術在指尖產生一小顆水球，接著讓水球轉變成蝴蝶的形狀，飛上半空中。

水球變成的蝴蝶就這麼輕飄飄地飛舞，並在飛到巴托洛梅烏斯的鼻尖時，有如泡沫般啪嘰一聲迸裂，消失無蹤。

在啞口無言的巴托洛梅烏斯面前，莫妮卡收緊表情，用力報上了名號。

「七，七賢人……〈沉默魔女〉莫妮卡．艾瓦雷特，就素我。」

本來打算展現出正牌的威嚴，卻因為自介時賣力過度，反變得比平時更傻裡傻氣。

也不顧莫妮卡正暗自消沉，尼洛從巴托洛梅烏斯身上跳開，大搖大擺地挺起胸膛。

「然後，〈沉默魔女〉最強最帥的隨從——巴索羅謬．亞歷山大大人就是本大爺！儘管崇拜吧！」

按現在對話的走向，尼洛有自報名號的必要嗎？莫妮卡不禁懷疑。

大概只是覺得這樣好像很帥，所以跟著喊一喊而已吧。

依然不改趴在地面的姿勢，巴托洛梅烏斯凝視著低頭俯瞰自己的嬌小少女。

她是如此平凡、如此不起眼，感覺隨處可見的一位少女。甚至在方才扯下面紗的瞬間，巴托洛梅烏斯都沒能立刻回想起這位少女。

可是，這個瘦弱嬌小的少女，竟然才是如假包換的正牌〈沉默魔女〉莫妮卡．艾瓦雷特。實際上，她也的確露了一手無詠唱魔術。
（然後，奪走我的心的金髮美女是精靈，名字叫做琳！哇哈！連名字都這麼可愛呀，阿琳……！）
巴托洛梅烏斯的腦袋開始急速運轉，思考要怎麼做才能見到心愛的阿琳。
果然，掌握關鍵的還是眼前這位小不點。能不能設法攏絡她，讓她把自己介紹給心愛的阿琳呢？
得出這道結論後，巴托洛梅烏斯搖搖晃晃地起身，走向莫妮卡。
才剛掏出備用面紗，重新圍在嘴邊的莫妮卡見狀，立刻為之一顫，縮起身子躲到隨從背後。
妳是松鼠嗎！巴托洛梅烏斯忍著沒讓這句吐槽出口，擠出肉麻的嗓音說道：
「噯～小不點，要不要和我做個交易？」
「交、交、交易……？」
莫妮卡從隨從身後探了顆頭出來。
巴托洛梅烏斯擺出嚴肅的表情，繼續接話。
「請妳幫忙，把阿琳介紹給我。」
「咦？為、為什麼……？」
「那當然～是因為我喜歡上她了呀。是愛啊，我愛她。我真的迷上她啦。」
莫妮卡露出腦袋一片空白的神情，目瞪口呆地仰頭望向巴托洛梅烏斯。
「那個……琳小姐她，是精靈……」
「種族之壁什麼的，在我的愛情面前根本算不上什麼障礙啦。」
聽巴托洛梅烏斯如此斬釘截鐵斷言，莫妮卡一臉困惑地發出「唔耶耶……？」低吟聲。
就差臨門一腳了——巴托洛梅烏斯揚起厚實的嘴唇，咧嘴一笑。

「只要妳願意幫忙介紹阿琳給我～……我就幫妳守住那個祕密。」

「那、那個祕密……？」

「在鳴鐘祭那晚，妳在尋找的人……打扮成了冥府守門人的模樣。我猜～那人正是菲利克斯殿下，沒錯吧？」

「——！」

莫妮卡頓時瞪大雙眼，緊緊凝視著巴托洛梅烏斯。

果然沒錯，巴托洛梅烏斯笑了。

「如果妳願意當我跟阿琳的媒人，我保證對妳跟王子的祕密關係三緘其口。」

祕密關係——也就是，王子跟這個小不點有一腿。他們是一對暗中交往，不可告人的祕密情侶。

所以，兩人才會在鳴鐘祭扮裝私下幽會，她現在也才會用護衛的名義跟到王子外交的地點來，甚至才留宿第一天，夜裡就悄悄跑到房間溫存……巴托洛梅烏斯對這項推論有了更堅定的確信。

也沒弄清楚巴托洛梅烏斯把內情誤會成什麼樣子，莫妮卡就自顧自地在面紗下臉色發青。

（怎怎怎怎麼辦。祕密關係指的，就是護衛任務的事，沒錯吧～～～我在暗中護衛殿下的事情，穿幫了～～～！）

怎麼辦，怎麼辦，莫妮卡正抱頭不知所措，肩膀就忽然被尼洛伸手戳了戳。

「喂，莫妮卡。像這種時候，就是要那麼做對吧？」

「那麼做？」

若真有能解決這個狀況的方法，當然希望尼洛趕快提供。

面對莫妮卡求助般的眼神，尼洛一臉得意地回應。

「封口～～」

「不行～～～～！等等等等等等……」

莫妮卡抱著混亂的腦袋思考。

雖然不清楚理由，但巴托洛梅烏斯似乎得知了莫妮卡隱瞞身分在替菲利克斯進行護衛的事。

然後，如果不想要這件事被傳開，就得撮合他跟琳的姻緣。

（可是，精靈不是沒有性別嗎……）

就在莫妮卡冷汗直流地抱頭時，巴托洛梅烏斯又擺出一副好說話的大人態度遊說。

「擔心什麼～用不著那麼慌張啦。只要幫忙安排我和阿琳碰面，我也會知恩圖報，讓妳能跟殿下進展得更順利啦。」

讓莫妮卡跟殿下進展得更順利——意思應該就是，會協助進行護衛任務吧。

可是，這件護衛任務是隱瞞身分執行的極祕任務。如今機密洩漏給巴托洛梅烏斯這個平民百姓，事情一旦曝光……路易斯會有什麼反應，光想就令人恐懼。這跟讓同為七賢人的雷知情，狀況與立場可都是有著天壤之別。

「那個，我跟你說，這件事情真的是很重大很重大的祕密……絕、絕對不可以讓任何人知道……」

「放心，我懂啦。這種事情，當然不能透露給外人吧。」

巴托洛梅烏斯不停點頭，滿臉洞悉一切的表情眨眼示意。

「用不著把我的事情告訴其他人。我是妳專屬的祕密夥伴。這樣行吧？」

莫妮卡還在啊嗚啊嗚低吟，尼洛倒是先心滿意足地點頭「唔嗯」了一聲。

「就是說，你自願成為莫妮卡的跑腿是吧。很好，准你自稱小弟。」

「嘿嘿嘿～看嘛，這邊這位大哥都這麼說了……萬事拜託啦，小不點！」

為什麼，尼洛的適應力會這麼高啊。

實在無法當機立斷給予承諾，莫妮卡含糊其辭地「可是～……」推託著，沒想到，巴托洛梅烏斯乾脆牽起了莫妮卡的手。

他的雙眼閃閃發光，已經到了熱情過頭的地步。

「拜託啦，我很認真啊！我是真的一見鍾情啦！」

就在巴托洛梅烏斯以火熱無比的嗓音如此懇求時，一陣腳步聲從莫妮卡的背後響起。而且還是氣急敗壞猛踩地面的粗魯腳步聲。

回過頭來一看，映入眼簾的是快步朝自己走來的菲利克斯。莫妮卡的胃當場絞成一團。

（噫咽咽咽……殿、殿殿、殿下～……！）

菲利克斯一把抓住巴托洛梅烏斯的手臂，從莫妮卡的手掌上扯開。

「……不許碰艾瓦雷特女士。」

菲利克斯望向巴托洛梅烏斯的眼神，就有如寒冬湖泊那樣地冰冷。

但在轉頭面向莫妮卡的瞬間，臉上又出現宛若春日陽光那般和煦的笑容。

「女士，馬上就是早餐時間嘍。一起去用餐吧。」

說著說著，菲利克斯就有如要為千金小姐領舞似的，牽起莫妮卡的手起步離去。

尼洛露出一臉看好戲的表情，跟在戰戰兢兢踏步的莫妮卡身後。

轉過庭園角落，已經看不見巴托洛梅烏斯的身影時，菲利克斯擺出了嚴肅的表情看向莫妮卡。

「看來這兒有些令人傷腦筋的僕役呢。若是造成了妳的困擾，就由我通知廉布魯格公爵一聲，讓他別再靠近妳吧。」

聞言，莫妮卡趕緊搖頭。

一旦排除了巴托洛梅烏斯，難保他不會把莫妮卡暗中護衛菲利克斯的事情四處張揚。就只有這點無論如何都必須避免。

莫妮卡揪住尼洛的長袍，硬是扯得他彎下身子，說起悄悄話。

（幫我告訴殿下……請他別在意巴托洛梅烏斯先生的事！）

尼洛嗯哼嗯哼地點頭，轉身面向菲利克斯，大剌剌開口：

「那傢伙已經被本大爺收作小弟啦，你不用那麼在意。」

（明明就有其他更好的說法吧——！）

只見菲利克斯微微瞇細雙眼，以打量的視線投向尼洛。

臉上的笑容和煦依舊，卻散發出一股不由分說的壓力。

「……這樣嗎。那煩請務必好好管教你的小弟，確保他不會再度做出這種，對艾瓦雷特女士失禮的舉動。」

按著絞痛不已的胃，莫妮卡拚命壓下想當場大哭的衝動。

這下子事情不得了了。演變至此，莫妮卡只剩下兩條路可選，要不就協助巴托洛梅烏斯，要不就準備封口。

（想撮和姻緣，要怎麼做才好啊～……琳小姐她，又不是我的契約精靈～……）

莫妮卡並不清楚。菲利克斯表現出來的冰冷憤怒，更讓巴托洛梅烏斯堅信「果然沒錯，這兩人肯定有一腿」。

……以及，真正不得了的事情，現在才要開始發生。

✦ 第五章　肉食系男子的肉食議論

利迪爾王國第二王子菲利克斯．亞克．利迪爾留宿廉布魯格公爵宅邸的第二天上午，法佛利亞王國的使者一如預定抵達了宅邸。

不算上護衛人員，法佛利亞方面的使者總共有八名。每位都是上了年紀，經驗老到的外交好手。雙方互相拜會過後，外交會議隨即展開。不一會兒，菲利克斯便立刻確定，這次的會議進行起來會困難重重。

法佛利亞王國，原本就是由兩個不同國家——法爾王國與佛利亞王國所組成的。兩國合併後組成聯合國家體制，將國號變更為法爾＝佛利亞聯合王國，爾後歲月流逝，才演變成現在的法佛利亞王國。

因為有著這樣的歷史，法佛利亞王國自古以來，無論民間還是統治者高層，都存在法爾王國末裔與佛利亞王國末裔彼此鬥爭的傾向，內政絕對稱不上安定。

這次來訪的八名使者中，似乎也是由兩位首席外交官——巴洛伯爵與馬雷伯爵各自帶上三名部下，形成四對四的對立局面。

身為前法爾王國末裔的巴洛伯爵，對利迪爾王國是擺出比較友善——或者說，比較巴結的態度，不過身為前佛利亞王國末裔的馬雷伯爵，對於拓展與利迪爾王國的貿易就顯得面有難色。

比起利迪爾王國，馬雷伯爵大概更在意帝國的臉色吧——菲利克斯如此確信。

前佛利亞王國地緣上與帝國鄰接，向來也都與帝國保有合作關係。

（……換句話說，關鍵應該在於，要怎麼攻陷馬雷伯爵吧。）

過目外交資料的同時，菲利克斯不動聲色地觀察來自鄰國的使者們。

身材微胖的巴洛伯爵，大概很想強化與利迪爾王國的同盟關係吧。對菲利克斯巴結得相當明顯。

相對的，身形細瘦的馬雷伯爵始終扳著一張臉，打從抵達就不曾正眼瞧過菲利克斯。

不過，菲利克斯主動望向了馬雷伯爵，和藹可親地笑道：

「法佛利亞王國的葡萄酒，果真不同凡響啊。日前才剛收到裴露碌・丹蒂的新作，今年的味道格外令人激賞呢。」

刻意不提小麥這個主要目標，拿葡萄酒當話題開口，便見馬雷伯爵瞇起原本就偏細的雙眼，百般提防地凝視菲利克斯。

「……是啊，再怎麼說，提到我國的名產，就是頂級的葡萄酒。只不過，相信殿下今天的主題不是這個，而是拿來配酒的麵包吧？」

正如馬雷伯爵所言，這次外交談判的主題，就在於如何增加從法佛利亞王國進口的小麥量。

想與利迪爾王國拉近關係的巴洛伯爵自是興致勃勃，但馬雷伯爵十分露骨地反對。

「我聽說，貴國好像預定要在這個廉布魯格伯爵領地內，增設龍騎士團的駐屯所嘛。」

果然咬住了這點嗎——菲利克斯在笑容底下心想。

利迪爾王國內，龍害災情最嚴重地區的非東部地區莫屬。即使從王都派遣龍騎士團前往救援，過於漫長的路程也常導致遠水救不了近火，從以前就被視為一大問題。

正因此，利迪爾王國才會推動在東南部打造兵寨的計畫，好讓龍騎士團可以常駐，利於支援。

不過，這個駐屯基地的建設計畫看在其他國家眼裡，含意似乎就有點不同了。龍騎士團一如其名所示，指的是擅長討伐龍族的騎士團。可理所當然地，交戰的對象並不僅限於龍，一旦戰爭爆發，也會對他國軍隊兵戎相向。

供這樣的龍騎士團長期駐紮的設施，利迪爾王國準備要設置在與帝國及法佛利亞王國距離最近的廉布魯格公爵領地。

從帝國與法佛利亞王國的角度看來，會想作是軍事上的牽制也無可厚非。

更遑論馬雷伯爵本身還是親帝國派的，要他眼睜睜放著基地開工，自是天方夜譚。

（……也沒辦法～畢竟馬雷伯爵的懸念，實際上正中紅心。）

推動這次駐屯基地建設計畫的中心人物，是菲利克斯的外祖父——克拉克福特公爵。

而利迪爾王國與帝國的交戰，一直都在克拉克福特公爵的計畫中。

（到時真與帝國開戰，龍騎士團的駐屯所十之八九會被移作補給基地運用吧。）

即使表面上打著防治龍害的口號，克拉克福特公爵的目的，實際上還是以戰爭為考量的強化軍備。

馬雷伯爵恐怕是早已看穿克拉克福特公爵的盤算吧，只見他撥弄著鬍鬚，帶著試探性的眼光打量起菲利克斯。

「想建造新駐屯所，大量戰略儲備自然是少不了的嘛～好比小麥呀葡萄酒這些，愈多當然是愈理想嘍。」

一點也沒錯，所以才會想透過這次交易，提高來自法佛利亞王國的進口量。

尤其這個廉布魯格公爵領地，與法佛利亞王國的距離相對較短，想把進口的糧食運到新設的駐屯基地也比較容易——換言之，可以大幅節約運輸費。

「只不過，真有必要建設新的駐屯基地嗎？恕我失禮，但貴國現在不就已經能充分應對龍害了？」

「那是多虧了各地區領主的努力。然而對部分領主而言，龍害對策已經成為過重的負擔……正因如此，才有必要建設駐屯基地。」

即使菲利克斯答得頭頭是道，馬雷伯爵依舊是那副聽不進去的態度。

就好像要為馬雷伯爵的發言緩頰似的，同屬法佛利亞王國的巴洛伯爵向前微微探出身子開口。

「擅自插嘴干涉貴國事務，真的是非常抱歉，菲利克斯殿下。馬雷伯爵的領地在前佛利亞王國……那是龍害災情相對輕微的地區。相信是這個緣故，才讓馬雷伯爵沒辦法深切體會龍害的恐怖。」

「哼，龍害對策什麼的，僱那些便宜賣命的傭兵去處理就夠了吧。」

靜觀巴洛伯爵與馬雷伯爵鬥嘴的菲利克斯，忍不住在內心苦笑。

原本要討論的明明是小麥的進口，曾幾何時卻偏到了駐屯基地與龍害去。

（必須得設法重新帶起話題啊。此外，還得想想要怎麼說服馬雷伯爵才行……）

王儲的選拔迫在眉睫，這場外交談判絕對不容許失敗。

況且，最重要的是——菲利克斯瞥了一眼在牆邊待命的〈沉默魔女〉。

（看來，我似乎很想在憧憬的對象面前表現一番。）

沒想到，自己內心還留有這種衝動，他為此小小驚訝了一番。

在牆邊待命守候這場會議的莫妮卡，看到與他國使者周旋的菲利克斯，暗自為他落落大方的舉止感到欽佩。

（殿下果然，真的很厲害呢～……）

記得先前某次，希利爾也曾在學生會室用力闡揚菲利克斯在外交上的成果有多麼卓越。

那時候的感想，反而是佩服希利爾，怎麼能網羅菲利克斯的外交紀錄網羅得如此周全。不過像這樣實際目睹談判時的手腕，就深深體會到菲利克斯的過人之處。

平時在賽蓮蒂亞學園以學生會長身分行事時，舉止的確也非常落落大方，但這裡面對的可不是學生，全是年紀在菲利克斯兩倍以上的長者。

而在這樣的談判現場，利迪爾王國的貴族們卻都信賴著菲利克斯，法佛利亞的使者們也都將他認定為無法輕易攏絡的對手。沒有半個人以年紀為由看扁他。

菲利克斯從前談出的外交成果，就是這麼地有分量。

如斯厲害的人物，對待〈沉默魔女〉時卻是那麼地畢恭畢敬，莫妮卡實在愈想愈靜不下心。

（殿下他，好像有看過，我使用無詠唱魔術的場面……）

豈止如此，菲利克斯甚至還知道，阻止希利爾魔力失控的人就是莫妮卡。

（殿下到底，對哪些事情，明白到什麼地步呢……）

雖然好像沒發現莫妮卡．諾頓就是〈沉默魔女〉，但他一定非常好奇，非常想知道〈沉默魔女〉面紗下的真面目吧。

這方面，或許有必要想點對策因應。

（巴托洛梅烏斯先生說，會協助我進行護衛任務……該開口請他幫忙嗎？）

在柯拉普東的慶典之夜，巴托洛梅烏斯把迷路的莫妮卡引渡給菲利克斯時，有被菲利克斯看到過長相。

不過菲利克斯似乎並不記得巴托洛梅烏斯。這也難怪，畢竟當時已經入夜，兩人又只交談了短短幾句話。

主動提出要協助莫妮卡的巴托洛梅烏斯，在那之後雖然沒有明目張膽地接近莫妮卡，但只要在走廊碰面，就瘋狂眨眼送秋波，大概是想表達「我挺妳喔！」之類的吧。

而每當看見巴托洛梅烏斯，菲利克斯就會開始釋放冰冷的氣場，說真的，這狀況就莫妮卡而言，除了胃痛還是胃痛。

（啊啊～……我到底，該如何是好……）

思考的事情太多，腦袋已經開始有點昏頭轉向，莫妮卡於是開始讓沙姆叔叔的小豬馳騁腦海。

現在，莫妮卡腦內的小豬，正一隻、一隻、兩隻、三隻、五隻……地逐步增加。

總算，在小豬的數目到達十兆六千一百零二億九百八十五萬七千七百二十三隻的時候，莫妮卡的內心獲得了少許的平靜，而會議也在這裡暫且告一段落。

從小豬不停增加的世界返回現實的莫妮卡，耳裡傳來了菲利克斯平穩的嗓音。

「讓妳久等了，女士。會議拖得這麼長，真是不好意思。」

莫妮卡輕輕搖了搖頭，表示「不要緊」。

外交談判會言及的機密事項畢竟不在少數，尼洛與古蓮都被安排在隔壁房間待命。換言之，現場並沒有人能夠代替莫妮卡發言。

（呃——接下來的行程是……）

法佛利亞的使者接二連三走出了房間。

就在莫妮卡用眼神追著這些使者的身影時，菲利克斯又開口說道：

「待午餐會結束，似乎就要招待訪客們出外打獵。話說回來，敢問女士可有騎馬的經驗？」

＊＊＊

在舉行外交會議的房間隔壁，古蓮正與〈沉默魔女〉的隨從——巴索羅謬·亞歷山大隔著桌子對坐玩牌。看起來閒得發慌。

在剛抵達宅邸的時候，古蓮對〈沉默魔女〉的隨從有點唯恐避之不及。因為光看就覺得他實在蹺得二五八萬。

不僅如此，報上的名字還取自冒險小說的主角，長袍的款式又莫名復古，總之就是全身上下都寫滿可疑兩字。

可沒想到實際交談後，發現亞歷山大意外豪爽健談。況且明明是個大人，好奇心卻旺盛得不得了，還對古蓮帶來的牌顯得興致勃勃。

兩人現在在玩的，就是古蓮帶來的，用畫有龍爪、龍牙等圖案的卡牌湊成整條龍的遊戲。

「來喔，水龍完成。我贏哩。」

「唔喔喔喔，又輸啦～～～」

亞歷山大不甘心地嘶吼，把手牌攤在桌上。看了那些牌，古蓮不禁瞪大雙眼。

「亞歷山大先生，你又想湊黑龍嗎？」

在所有牌型中得分最高，又最難湊齊的，就是黑龍與白龍。

這種牌古蓮也算是玩了好段時間，但從未親眼看過有人實際湊成這兩組牌型，一次也沒有。

「既然要湊，當然就湊大的啊。在那邊東拼西湊集那些小嘍囉，有什麼意思。」

「說是這樣說，可你湊到現在都沒贏過不是嗎。而且，水龍不是什麼小嘍囉啦。」

「沒——這回事，就是小嘍囉。牠們就是連溝通意見都成問題的低等種不是嗎。」

龍的種類眾多，但可以粗略區分為低等龍種與高等龍種。

低等龍種裡，數量最多的是翼龍與草食龍。

次多的是火龍、水龍與地龍。這三種龍有時候在學問上會被分類成中等龍種，但基本上就是作為低等龍種看待。

而被看作高等龍種的，是紅龍、青龍、黃龍、綠龍、白龍、黑龍——這類在名稱上冠有顏色的龍。

一般而言，會把紅龍、青龍、黃龍、綠龍依序視為火龍、水龍、地龍、翼龍的強化版，雖然鱗片的顏色或骨架相近，高等種的體型卻壓倒性地大，魔力量也完全不在同個次元。

最重要的是，高等龍種可以理解人類的語言。其中似乎還有懂得使用高等魔法的個體。

白龍與黑龍更是沒有低等版的特殊龍種，存在本身就近似於傳說。正因此，在這款遊戲中才會被歸類為最高分的牌型。

「這麼一提，雖然基本上沒啥機會看到，不過高等種的龍都會講人話嗎？」

據說，高等種的龍具備與人類同等，甚至是在人類之上的智能。所以，牠們不常在人類面前現身，也不怎麼會襲擊人類。

亞歷山大望著卡牌上的圖案，不假思索地回答古蓮這單純的提問。

「高等種的龍就算理解人類的語言，也沒有能發音的聲帶。所以出口的都是跟精靈同樣的語言。唉～大部分人類都是聽不懂的啦。」

「是這樣嗎？」

「當然如果變化調整下聲帶，就可以發出人類的聲音啦。」

原以為他只是個目中無人的無禮隨從，沒想到挺博學多聞的。

古蓮還在坦率地感到欽佩，亞歷山大又開始把玩收有備用卡牌的盒子。

「喂，大嗓門。」

「拜託你叫我古蓮唄。」

「這個『詛咒』卡是什麼來著？」

說著說著，亞歷山大從盒裡抽出了一張寫有「詛咒」的卡牌。

「啊～因為咒龍是特殊規則，所以我先抽起來了。下把開始要玩有咒龍的嗎？」

「是怎樣的規則？」

「不限任何種類，只要湊齊一套龍，再加上手牌裡有『詛咒』時，『咒龍』牌型就會成立。」

古蓮從散亂在桌面的卡牌中取牌，組成火龍牌型，再添上「詛咒」卡。

雙手抱胸的亞歷山大聽著聽著，歪頭繼續發問。

「咒龍得分很高嗎？」

「只要組成咒龍，在有其他玩家湊齊牌型時，就可以讓那個牌型的得分變成倒扣。」

不分低等高等，只要受到詛咒的龍，就稱之為咒龍。

會將詛咒散播到周圍的咒龍，正是如假包換的災害，是最惡劣的一種龍害。

說歸說，即使找遍全歷史，咒龍的目擊情報也是一隻手就數得出來，堪稱與黑龍白龍同樣稀有的一種存在。

「原來如此，這遊戲設計挺到位的嘛。好，再來一把。」

語畢，亞歷山大開始整理卡片，豈料這時敲門聲響起，一位僕役開門走了進來。

那是被喚作彼得，一頭整齊灰髮的老男傭。

「失禮了。呃——午餐會結束後，老爺會陪訪客們出外狩獵……到時，就勞駕各位護衛大德也一起隨行了。」

「打獵啊，地點在這附近咩？」

「是的，乘馬小趕一段路就會抵達的森林。這兒已經幫各位準備好馬匹。」

聽彼得這麼說，亞歷山大金色的眼珠活溜地轉動，望向古蓮。

「大嗓門，馬，你會騎嗎？」

「騎是沒騎過。切的經驗倒是有。」

肉舖小開的回答，聽得亞歷山大跟彼得都滿臉驚愕。

＊＊＊

廉布魯格公爵千金艾莉安奴·凱悅正靜靜地不耐煩。

本來已經打定主意，要趁這次返鄉拉近與菲利克斯的距離，卻怎麼也等不到機會上門。

法佛利亞王國的使者到訪的前一天，菲利克斯就已經為了外交談判相關事宜，忙著與廉布魯格公爵討論。今天使者正式抵達，菲利克斯更是一刻也不得閒。

所以，聽到要與法佛利亞王國使者一同出外打獵時，艾莉安奴深感機會終於來了。

打獵基本上由男性參加，但艾莉安奴與母親也會搭馬車同行，在野餐的同時聲援打氣。

原本計畫趁野餐時表現出體貼周到的一面，讓菲利克斯對自己動心，天曉得人家三兩下就跑到獵場去，看也不看艾莉安奴一眼。

「今天的獵物好像是雉雞喔。不錯哩～雉雞。雉雞肉的油脂含量低，做成爐烤雞肉丸最好吃了。」

「本大爺最愛雞肉鳥肉嘍。只不過，牠們骨頭細得要命，都要小心翼翼剔個老半天，麻煩死啦～」

「啊～雞爪那邊的確很多細骨頭嘛。」

「以前，本大爺就因為這樣吃過大虧咧。」

坐在野餐墊上，天南地北閒扯淡的，是古蓮跟〈沉默魔女〉的隨從亞歷山大。

這兩人因為沒有騎馬經驗，只能像這樣充當野餐方的護衛待命。

乘坐馬匹與菲利克斯等人同行的，是〈沉默魔女〉與廉布魯格公爵的幾位部下。

古蓮雖然會用飛行魔術，但魔力似乎會消耗過度，沒辦法在狩獵期間全程持續飛行。所以到頭來，他還是在野餐方待命。

不停聽古蓮談論著哪種肉怎樣處理會好吃，這季節哪種肉正當令什麼的，艾莉安奴在笑容底下感到萬分不耐煩。

（為什麼菲利克斯大人沒留在我的身邊，這幫人卻坐在這兒呀？就算退一百步，讓他們坐在我身旁好了，三句話不離肉也未免太野蠻了吧。就沒有什麼稍微正經點的話題嗎？這種時候難道不該以適合貴婦參與的話題為優先嗎？……啊啊～能不能請母親大人主動開口，改變一下話題走向呀？）

艾莉安奴一瞥一瞥地望向母親，只見廉布魯格公爵夫人將扇子舉在嘴邊，露出端莊的微笑。

「哎呀哎呀，真是的，達德利先生懂好多肉的知識啊。」

「哈哈，誰叫我家開肉店的嘛！」

「哎呀～是這樣嗎？既然如此，是不是就趁機請教一下，兔肉有沒有什麼推薦的烹調方法呀？艾莉安奴挑食，總是不太願意吃呢。」

臉上依舊掛著淑女式笑容的艾莉安奴，在心裡慘叫了起來。

（母親大人？為什麼！要若無其事地跑去跟這些肉食議論湊一腳？）

公爵夫人舉例自己用過怎樣的調理方式，便見古蓮嗯哼嗯哼地，擺出一臉認真表情回應。

「兔肉的話，母兔的肉質會比較多汁可口。用清燉的雖然也不錯，但還是比較推薦和豬肉一起水煮，做成肉醬之類的……」

談論著肉的古蓮，臉上罕見地散發出一股知性的氣質。

要是能保持這樣，倒也不是完全稱不上英俊，偏偏出口的話題卻東一句肉西一句肉。

「再來就是煮湯也很好吃。訣竅在於下鍋前先用槌子把兔骨敲過，湯熬起來才會更鮮……」

歸根究柢，艾莉安奴之所以拿兔肉沒轍，原因出在小時候，曾經意外目擊料理人剝兔皮的光景。

有過這般經驗的艾莉安奴，聽到用槌子敲兔骨再熬湯這種烹調法，會開心才有鬼。

艾莉安奴靜靜地起身，登上鋪有側鞍的馬匹。

馬術雖然稱不上高明，艾莉安奴也是有本事獨自上下馬匹的，要到附近隨便晃個幾圈也不是難事。

正打算向僕役開口，古蓮就先出了聲。

「要上廁所嗎？」

可不可以來人，朝這個沒神經的男人腦袋狠狠巴一下呀。

內心煩歸煩，艾莉安奴還是擠出了淑女式笑容應答。

「我也想到周圍稍微逛逛了呢。」

「那～就看要我還是亞歷山大隨行嘍。」

「不用勞煩兩位啦。這座森林就跟我家庭院沒兩樣，連迷路的機會都沒有呢。」

像這種時候，會搶第一個開口要陪同的通常是瑞士通管家，不過今天他沒到場，忙著在宅邸為晚餐的準備下指示。

手邊有空的僕役只有兩個。最近剛僱用的黑髮新人，以及年資比他稍微長一點的，一頭灰髮的老男僕彼得。

艾莉安奴不曉得新人叫什麼名字，所以向彼得開了口。

「彼得，你跟我來。」

「是，謹遵吩咐。」

面對艾莉安奴的一時興起，彼得雖感到有點困惑，還是按艾莉安奴的吩咐牽起了馬。

被扯動韁繩的馬稍顯不悅地哼了幾聲，但也是老實地跨起了步伐。看來，彼得不是容易討動物歡心的類型。話雖如此，總是比交給年輕的新人來得安心。

以側鞍騎乘的姿勢握起韁繩，艾莉安奴大嘆一口長氣，暗自奢望著——要是能在森林裡巧遇菲利克斯就好了。

＊　＊　＊

「艾莉要不要緊啊～」

眼見古蓮不時朝森林一瞥一瞥的，廉布魯格公爵夫人遞出飲料，端莊地笑了起來。

「還請千萬別見怪喔。那孩子，個性就是有點任性。」

「……？見怪什麼的，絕對沒有那種事啦。」

古蓮咕嘟咕嘟喝著溫熱的茶飲，心直口快地答道。公爵夫人聽了，「哎呀哎呀，是這樣嗎～」地笑個不停。

夫人的笑法跟艾莉好像喔～浮現這種感想的古蓮又啜了一口茶，這時，〈沉默魔女〉的隨從亞歷山大開口了。

「比起茶，本大爺更愛酒啦！還有吃的也給我送上來！肉！」

「好喔，讓你久等啦，大哥。」

快步跑到隨從身邊，送上酒杯與肉乾的，是歲數相對輕的黑髮僕役。

亞歷山大就像隻心情愉悅的貓咪，從喉嚨發出笑聲接話。

「幹得漂亮，小弟。」

這人是把別人家僱用的僕役收作了小弟嗎？古蓮正感到傻眼，廉布魯格公爵夫人又露出心頭一暖的神情笑道：

「哎呀～兩位感情真好，是因為名字一樣嗎？」

「……名字？」

古蓮反射性歪頭，黑髮僕役則畢恭畢敬地行了記禮。

「我啊～名叫巴托洛梅烏斯。如果用利迪爾王國的語言，念起來就是巴索羅謬啦。」

「感覺好容易搞混喔。巴索羅謬先生～跟巴托洛梅烏斯先生。」

「怕搞錯的話，不如就叫我巴爾吧～」
原來如此，亞歷山大先生跟巴爾先生。這樣就感覺稍微好記點了。
這時，正在嚼肉乾的亞歷山大猛地抬頭，扭著脖子左右張望不停。
就平常總掛著陽光笑容的他而言，現在的表情是少見地嚴肅。
「出了什麼事咩？亞歷山大先生。」
「有什麼東西正以不得了的速度在接近……搞什麼，這啥鬼怪魔力？」
就連在回應古蓮疑問的期間，那雙金色眼眸都忙著環顧四周，最後，眼珠唐突地停在某個方向上。
他正以銳利眼神凝視的，是艾莉安奴所前往的方向。
「喂，小弟，大嗓門。去把那個輕飄飄大小姐帶回來。有個感覺很不妙的傢伙在接近。」
「很不妙的？大哥，是怎樣的傢伙啊？」
「我沒法知道得太詳細。不過，非常不妙。從這形狀跟大小看來……」
亞歷山大的發言有點不著邊際，難以令人產生緊張感。
其他僕役們也都滿臉困惑地望著他。
就在這種狀況下，亞歷山大當場「啊」地倒抽一口氣，眉毛直豎叫了起來。
「——是龍！……不，某種外形無限接近龍的東西正在靠近！」

第六章　身負詛咒者

廉布魯格公爵領地雖然靠近龍害頻繁的東部地區，可倒也算不上龍害特別嚴重的區域。確實是有少部分的龍與精靈，棲息在領地內魔力濃度偏高的森林內，但頂多也就每年出現幾隻走失的草食龍迷路到人類村莊的程度。打從艾莉安奴出生起，根本沒看過幾次大型龍出沒。

所以，比起罕見的龍，平時耳熟能詳的熊或野豬更讓艾莉安奴感到威脅。

而這座森林裡，那類大型野獸都不太會現身，可謂最適合散心的地點。

（啊啊～要是能在這兒與菲利克斯大人不期而遇，該有多麼美妙呀。菲利克斯大人先是一臉吃驚，隨即又朝我伸手，微笑道「過來吧，艾莉安奴」。不知所措的我，緩緩將手掌置於菲利克斯大人的掌心……豈料，菲利克斯大人就這麼硬是將我抱了起來。還告訴難為情的我「不好好抓緊會有危險喔」，害我只好戰戰兢兢地將手伸向菲利克斯大人的胸膛……）

艾莉安奴正陶醉在令人心曠神怡的夢想中，馬卻唐突停下了腳步。

「哎呀，怎麼了嗎？」

「不清楚。馬突然像在害怕什麼似的……」

彼得確認了下馬的狀況，似乎沒有受傷。只是馬匹很明顯地激動，就像受到了什麼驚嚇。

可是森林裡十分寧靜，就連草叢被大型動物擠開的聲音都沒聽見。

一陣強風吹來，艾莉安奴的裙襬隨之飄逸。是天氣轉陰了嗎，感覺有一點冷。

想確認是不是起了烏雲，艾莉安奴仰頭望向天空……隨後頓失言語。

「……咦？」

把陽光給遮住的並不是烏雲。

是某種龐大的物體在樹木上空盤旋。那巨大軀體所勾勒出的輪廓，令艾莉安奴背脊當場為之凍結。

「……龍。」

說起擅長飛行的龍，首先浮現腦海的就是翼龍。

翼龍的尺寸，基本上就與牛隻差不多。可是，上空盤旋的龍至少大上了兩倍。那光看就覺得堅硬無比的厚實鱗片，呈現為鮮豔的綠葉色。

「綠龍……是高等種……」

聽見艾莉安奴的呢喃，彼得也抬頭一探究竟。

接著雖然臉色泛青，他也沒忘記男僕護主的本分，迅速扯起韁繩。

可是，受到驚嚇的馬匹一動也不動。豈止如此，還一副稍受刺激就可能失控的模樣。

「大小姐，請趕緊先下馬！」

「可、可是，騎馬逃命不是比較……」

「遇到龍的時候，馬匹是很容易失控的！騎在這種側鞍上尤其容易被甩下來！」

聞言，艾莉安奴慌忙放開韁繩，按著裙子準備下馬。但就在這個瞬間，上空的龍發出了尖銳而高亢的鳴叫聲。

遭到龍鳴刺激，馬匹嘶吼並高高舉起前腳。

失去平衡的艾莉安奴摔下馬，彼得立刻牽起艾莉安奴的手拉開距離，以免遭馬匹踢傷。

這時，一陣更劇烈的強風再度迎面颳來。是綠龍在朝這兒急速降落。彼得與艾莉安奴只得驚慌躲到樹木的後頭。

朝地面下降的綠龍，伸出龍爪朝失控的馬就是一握。粗壯銳利的爪子直接陷入馬的軀體，瞬間把堅固的馬鞍連同馬體一併捏扁。

不欲面對馬匹臨死哀號的艾莉安奴，反射性塞住耳朵轉頭。彼得則是抓著艾莉安奴的手臂使勁猛拉。

「快離開這兒吧，現在馬上。」

「等、等一等。這種時候與其隨便亂跑，躲起來不是比較……」

綠龍沒有要吞食馬匹亡骸的跡象，就只是洩憤似地將馬體切碎、搗爛。舉動明顯地不尋常。

說到底，高等種的龍不比低等種，是有知性的。所以正常來說，高等種應該不會隨便襲擊人類。

（明明如此，為什麼卻……）

不動聲色凝視綠龍的艾莉安奴，忽然感覺好像有哪裡不對勁。

綠龍鮮豔的綠葉色鱗片上，隱約可見黑色的條狀紋路。

那黑影就如同大蛇一般，在綠龍的軀體表面蠕動。

（難不成……那是……）

軀體表面有蛇狀黑影蠕動的龍，艾莉安奴並沒有親眼見過，可是曾在故事裡讀到相關敘述。

結合魔力與負面感情而生的，世界的淤泥——人們稱之為詛咒。

然後，當侵蝕世間萬物，為世間萬物帶來痛苦的詛咒侵蝕到龍的時候，咒龍便隨之誕生。

咒龍單單存在便會向周遭散播詛咒，是最為惡劣的存在。其危險的程度，足以和同為傳說的黑龍匹敵。

——吼～～吼喔喔喔喔喔喔～～……

身負詛咒的綠龍，發出有如擠扁了喉嚨嘶吼似的，沙啞的低鳴聲。

緊接著，在綠龍體表蠕動的部分黑影滑溜地浮起，纏繞到馬匹的亡骸上。

曾經是馬匹的肉片，就這麼逐漸自內向外染黑，與大蛇般的黑影融合。

艾莉安奴本能地理解到——那匹馬被詛咒給吞噬了。

「彼得……啊啊，彼得……」

「咿、咿咿，啊、啊啊～……接著、就輪到我了……接著……接著……啊啊～」

彼得把大拇指的指甲咬得嘎哩作響，又用另一隻手不停搔著自己的頭髮。呈現精神錯亂的狀態。

眼見自己依靠的大人陷入恐慌，艾莉安奴也感染到了那份恐怖與混亂。

「不要、不要啊，不要、不要！竟然在這裡地方、像這樣……我不要～！……我不想死……！」

纏食著馬匹亡骸的黑影，開始滑溜地縮回綠龍身上。

綠龍緩緩扭動粗壯的頸子，瞪向艾莉安奴與彼得藏身的樹木。牠已經鎖定下個獵物了。

（不要緊、不要緊，這一帶的樹木密集，通道狹窄，身體龐大的綠龍過不來……）

然而，綠龍雙翼一揮，粉碎了艾莉安奴微薄的希望。

隨著長有厚實皮膜的飛翼上下擺動，周圍颳起一陣強風，樹木紛紛被肉眼無法辨識的風刃給劈倒。

就如同赤龍控火、青龍操水一樣，綠龍擁有操控氣流的能力。

正是這項能力，讓綠龍被歸類為翼龍的高等種。

「不要啊～……咿、咿嗚……嗚、啊啊……」

回到綠龍體表的黑影再度浮起，竄向艾莉安奴與彼得。
那個黑影就是詛咒的本體。萬一被黑影接觸到……會有怎樣的下場，艾莉安奴已經在數秒前直接見識過了。
「不、不要啊啊啊啊啊！」
艾莉安奴努力踏出顫抖的雙腿，想要逃離現場，但綠龍又再度揮動飛翼。
強風襲捲而來，將艾莉安奴的身體直接撞在地面上，這下再也逃不了了。
鎖定艾莉安奴與彼得的黑影，顯得蓄勢待發。
「艾莉——！……還有，男僕大叔！」
千鈞一髮之際，一隻強而有力的手臂，有如撈金魚般地舉起艾莉安奴的身體，抱到側腹旁。
「你們沒受傷唄？」
從低空軌道飛來救走艾莉安奴的人，是古蓮。
一手抱著艾莉安奴的古蓮，另一隻手還抱著彼得。
右手抱彼得，左手抱艾莉安奴，一下子負擔兩人份的體重，不論古蓮再怎麼年輕健壯，想必也十分吃力吧。可以看到古蓮使勁得滿臉通紅。
即使如此，古蓮還是緊緊將兩人抱在左右側腹，在確保兩人不會被甩落的狀況下，穿梭於樹林間。
因為綠龍長於飛行，飛得比樹高反而會成為絕佳的靶子。
綠龍舉起雙翼大力猛揮，飛上高空從樹叢上方追著古蓮。而且，黑影還如同觸手一般，從軀體向一行人延伸而來。
飛行魔術本該能發揮不下騎馬的速度，可現在古蓮卻只飛得比跑步再快一些。

是抱著艾莉安奴與彼得兩人的緣故。相較於先前，被他在校慶舞台抱在懷裡起飛的時候，現在的穩定度明顯低落許多。

仔細一看，古蓮在發動飛行魔術的同時，還飛快地詠唱著某些內容。可是，始終沒見到有飛行魔術以外的術發動的跡象。恐怕，是他還不習慣同時維持兩種魔術。

黑影已經逼近到正後方不遠處，彼得忍不住哀號起來。

「啊、啊啊啊～要被追上了～～～！」

影子即將接觸到彼得與艾莉安奴的腳，說時遲那時快，古蓮硬是轉換了飛行方向，繞到一棵大樹後頭。

維持飛行魔術，以浮空狀態躲到大樹後頭的瞬間，古蓮唱出了最後一節詠唱。

「這招……怎麼樣～！」

一顆火球出現在空中，以綠龍的眼睛為目標，筆直飛翔而去。

要在使用飛行魔術四處移動的狀況下發動攻擊魔術，古蓮還辦不到。所以，他才一度停止移動，讓第二道魔術成功發動。

由於只是停止移動，並未解除飛行魔術，故想立刻重新展開低空飛行也不成問題。

「趁現在～……！」

吃力地低吟一聲，古蓮用飛行魔術飛離了現場。

被古蓮抱在側腹的艾莉安奴，使盡渾身解數才轉過頭望向後頭。

眼中所見的，是四散的火焰，以及在火焰後頭掙扎的黑影。看起來，就像是被火焰燒得四處打滾一般。

但是，稍具魔術涵養的艾莉安奴發現了，火焰的威力其實不如想像中高。恐怕，是因為不熟悉同時維持魔術，害古蓮無法正常發揮火力。

（即使如此，如此醒目的火光與聲響，一定會讓人注意到，這兒發生了緊急狀況……！）

就有如要嘲笑這渺小的希望似的，火焰轉眼間煙消雲散。是綠龍操縱的氣流，吹熄了古蓮的火焰。

多虧選擇了樹木叢生的逃亡路徑，綠龍沒有直接追上來，可是黑影卻如同大蛇般延伸襲來。而且速度極快。

古蓮咆哮了起來，有如要扯裂喉嚨般雄叫。

「——唔，喝啊啊啊啊啊啊啊啊！」

奮力一甩，古蓮把抱在左右側腹的艾莉安奴與彼得，雙雙朝附近的矮叢扔了出去。

被拋向地面的兩人，在長滿青苔的地面一路翻滾了好幾圈。

「呀啊——？」

「咿咿咿咿！」

矮叢的樹枝與堅硬的葉片，劃傷了艾莉安奴柔嫩的肌膚，也和輕飄飄的秀髮勾成一團亂。

哪有人這樣對待淑女的！不好好念他幾句怎麼行——抱著這般念頭起身時，艾莉安奴看到了。

拯救艾莉安奴與彼得逃出魔掌的古蓮，雙腳已經被黑影給纏上。黑影就這麼沿著腳踝，爬上軀體、脖子，來到五官。

用飛行魔術飄浮在空中的古蓮，就彷彿遭箭射落的鳥兒，渾身脫力墜地。

「啊嘎啊、唔、嗚嗚啊啊啊咕咽啊啊啊啊、啊啊、啊啊，嘎唔啊啊啊啊啊啊！」

淒厲的慘叫自古蓮口中竄出，甚至讓人以為是在吐血。

教人不忍聽聞的慘叫，以及油然而生的恐懼，都令艾莉安奴忍不住想塞住耳朵。

黑影開始在古蓮的身體四處染上斑點。就像那匹馬的亡骸一樣，詛咒正試圖占據古蓮的身體。

古蓮那總是開朗快活的笑容，如今正苦悶地扭曲。

面對這道光景，艾莉安奴除了渾身發抖觀望之外，什麼都做不到。

（不要、不要，怎麼這樣，不要啊……）

古蓮的身體，已經有一半左右都遭到黑影的侵蝕。

睜著失去焦點的雙眼，嘴唇顫抖不停，低聲咕噥著些什麼。仔細一聽，發現那並非在痛苦呻吟——是古蓮拚了命在詠唱。

「……咕嗚，唔……給我，燃燒吧——！」

一顆火球出現在古蓮掌心。

從痙攣不已的手中釋放的火球，隨著震耳欲聾的爆裂聲，一把炸在綠龍臉上。與方才飛行中施展的不同，這次是火力十足的高威力火球。

侵蝕古蓮身體的黑影，只留下侵蝕中的部分，其餘滑溜地自古蓮身上抽開，返回了綠龍體表。

即使遭古蓮的火球直接命中，綠龍依然健在。龍鱗本就耐熱，除非命中眉心，否則攻擊基本上難以見效。

話雖如此，高威力火球或許還是令綠龍感到威脅，身纏詛咒的綠龍就這麼大幅盤旋，飛離了現場。

不停發出咿咿咿喘氣聲的彼得見狀，喃喃自語道「得、得救了……？」

艾莉安奴瞧也沒瞧彼得一眼，踩著顫抖的步伐走向古蓮。

「古、古蓮大人……？」

沒有得到回應。趴倒在地的古蓮，明明身體一動也不動，身上的黑影——詛咒的殘渣卻在古蓮的全身上下爬竄，不停蠕動。

「不要……不要啊……喂，你一定，沒事吧？醒醒……求你快醒醒呀……」

「別碰他！」

某人尖銳的叫聲自背後響起，接著一把揪住艾莉安奴的後頸。

用這種如同揪起小貓咪的方法揪住艾莉安奴的人，是黑髮的高個子——〈沉默魔女〉的隨從，巴索羅謬・亞歷山大。

「放、放開我。古蓮大人他……古蓮大人他，為了保護我們……」

「這傢伙，現在被詛咒纏身了。妳要是碰他，會被感染的。」

「可是，可是~……再這樣下去……古蓮大人，他會，死掉……嗚咽……嗚咕……」

眼見艾莉安奴終於啜泣起來，亞歷山大一臉不耐地皺了皺眉。

放開艾莉安奴後，他蹲到古蓮面前，開始觀察正在侵蝕古蓮全身的黑影。

「像這種詛咒，換作魔力量太低的傢伙，沒兩下就會被啃光了……嗯，果然，這傢伙的魔力量高到不像人類會有的啊……我看搞不好，比我那主人還多喔？」

念念有詞地咕噥不停，亞歷山大伸出指尖，戳了戳古蓮身上的黑影。

還以為黑影就要沿著指頭往上竄，卻不知怎地，出現好似在閃避指頭的反應。

「嗯，很好，看來本大爺碰了也沒事。」

說著說著，亞歷山大把古蓮扛上肩頭，交互望向艾莉安奴與彼得。

「總而言之，咱們先回安全的地方去。然後等回了宅邸，就把咒術專家找來。這玩意兒，門外漢應付不來的。」

＊　＊　＊

獵場除了菲利克斯與廉布魯格公爵，還有利迪爾王國方的八名貴族，以及法佛利亞王國方的八名使者，再加上同行的僕役與護衛，人數算是小有規模，好不熱鬧。

莫妮卡覺得，認真想打獵的話，應該各自散開比較有效率，但現場參與者都騎在馬上，悠閒地談笑風生。

狩獵終究只是名目，主要目的在於與使者交流。

（也好啦，大家聚在一起，我護衛起來是比較容易……）

這次，以護衛身分同行的莫妮卡，正側坐在鋪有側鞍的馬匹上。這是因為想穿著長袍騎馬不容易。連法杖都基於不方便攜帶的理由，暫時交給了尼洛保管。

雖然已經在賽蓮蒂亞學園的選修課學過了基礎的馬術，但這還是第一次坐側鞍。

側鞍騎乘完全不利於跑步，穩定性也不及跨坐，即使如此，還是多虧了馬術課的練習，讓自己不至於當眾出盡洋相。

要不是有選馬術課，只怕沒幾步就落馬了。

（話又說回來，好冷喔～）

莫妮卡讓握著韁繩的手反覆鬆開再握緊，促進血液循環。

今天的陽光溫暖，但畢竟身處茂密的森林，樹蔭下還是滿冷的。

早知道就戴手套了——正覺得後悔不已，菲利克斯騎著馬來到了莫妮卡身旁。瞧那穩定的步伐，轠繩還是控得那麼高竿。

望著莫妮卡，菲利克斯語帶關切地開口。

「女士，妳穿那樣想必很冷吧？這是我的手套，請用。」

太教人擔待不起了。莫妮卡拚了命猛搖頭。

這時，背後傳來獵犬的叫聲，隨後槍聲響起。是有人開槍擊中了獵犬追趕的雉雞。

轉頭一看，架著獵槍的人，是在開會時對菲利克斯唇槍舌劍的馬雷伯爵。叼著雉雞的獵犬，也跑回了馬雷伯爵身旁。

菲利克斯驅馬轉向，朝馬雷伯爵微笑道：

「槍法真高明呢，馬雷伯爵。」

「哪裡，不過就熟能生巧罷了……畢竟我也算是練了有段時日啊。」

馬雷伯爵用詞雖然懇切，卻也聽得出在諷刺菲利克斯是個「沒經驗的小毛頭」的弦外之音。事實上，馬雷伯爵投向菲利克斯的目光，確實帶有幾分耀武揚威的神色。

可是菲利克斯非但沒被激怒，還帶著平穩的笑容，望向馬雷伯爵腳邊待命的獵犬。

「動物遠比人類所想的，更看得清人類的本質。看得出來，這些獵犬認為伯爵是個值得信賴的人物。」

挑釁沒能成功，反被兜圈子讚美自己是個信得過的人，馬雷伯爵的表情似是有些掃興。

「真希望我也能像伯爵一樣，成為一個眾所愛戴的人。」

莫妮卡看見了，聽過菲利克斯這番話，馬雷伯爵鼻頭微微抽動了幾下。

打從狩獵開始已然經過好段時間，菲利克斯卻幾乎沒有舉過獵槍。這肯定，是為了把狩獵的成果讓給法佛利亞方，好讓他們感覺愉快吧。

（外交，真是難為啊～……）

這種檯面下的勾心鬥角，實在光看就感覺磨耗精神。

就在莫妮卡暗自嘆氣時，遠方傳出一聲轟隆巨響。比槍聲更低更沉，聽起來像某種爆炸聲。

「喂！那是什麼？」

率先出聲的人，是法佛利亞王國的馬雷伯爵。

傳出聲響的方向，可以在上空看見一隻雙翼大展的龍。輪廓雖與翼龍相近，軀體卻壓倒性地龐大。

（那個是……高等種綠龍？為什麼，會出現在這裡？）

訪客一片混亂，眼看就要引起騷動。這時，菲利克斯安撫著馬匹，向周圍喊話。

「各位請別慌張。目前看來，那隻龍沒有要朝這裡接近的跡象。現在先不動聲色地返回休息區吧。或許婦人們正感到不安呢。」

菲利克斯冷靜的發言，令一行人激動的情緒稍微緩和了些。

可是，一股不祥的預感，令莫妮卡緊揪著長袍胸口不放。

方才那聲巨響，恐怕是古蓮發動的攻擊魔術吧。尼洛不會用魔術。

以自己所處的位置為起點，莫妮卡快速計算出休息區的距離及方位。

（傳出那陣爆炸聲的地點，與休息區的方位不同……是古蓮同學單獨行動嗎？尼洛在做什麼？）

就好似要回覆莫妮卡心中的疑問，某人騎著馬從休息區的方向趕來了狩獵區。

騎在馬上的人，是把黑髮梳理整齊，有著深邃五官的男人——巴托洛梅烏斯。

隨著一句「抱歉恕我不下馬了」的聲明，巴托洛梅烏斯扯著嗓子喊了起來。

「大哥……不對，〈沉默魔女〉的隨從——亞歷山大閣下要我傳話！『有個不妙的傢伙在靠近。非常不妙』……以上！」

十足隨興的內容，非常有尼洛的風格。

危險正在逼近，要莫妮卡決定該怎麼處理——大概是這個意思吧。

存在感稀薄的廉布魯格公爵，用手帕擦拭浮現額頭的汗水問道：

「亞歷山大閣下有沒有提到，具體而言，是什麼在靠近呢？」

也罷，十之八九是龍吧——廉布魯格公爵喃喃自語接話，而巴托洛梅烏斯則答得有點含糊。

「……呃——照大哥提到的內容～好像是某種外形無限接近龍……的東西喔。」

這種不像尼洛會使用的曖昧描述，令莫妮卡胸口的悸動變得愈來愈強烈。

＊＊＊

待莫妮卡一行人返回休息區，現場已經亂成一片。

僕役們都處於恐慌狀態，艾莉安奴更是不停啜泣。

然後，被安置在地面的古蓮，全身都受到某種黑色的紋路侵蝕，滿面蒼白地躺著，一動也不動。

如此狀況下，平時穩重端莊的廉布魯格公爵夫人，正俐落地向僕役們發號施令。

「派使者快馬加鞭趕去王都。報出公爵的名號也不要緊。不管出什麼問題，我都會全面負責。那邊那位，請你先回宅邸安排醫師待命。」

轉頭瞥了一眼身旁啜泣的艾莉安奴，廉布魯格公爵夫人語調犀利地叱吒。

「艾莉安奴，妳要哭到什麼時候。不管妳再怎麼哭，狀況也不會有任何改變。要是幫不上忙，至少也躲回馬車裡去，別在這兒擋路。」

艾莉安奴再也忍不住，嚎啕大哭了起來。

平時存在感稀薄，性格柔弱的廉布魯格公爵見狀，快步跑到妻子身邊關切。

「老、老婆，這兒到底……到底發生了什麼事？」

「是咒龍，老公。達德利大人為了保護艾莉安奴，感染到詛咒了。」

咒龍——此語一出，現場氣氛立刻為之凍結。

咒龍就像是半傳說級的存在。至少，現場應該不存在實際親眼目睹過的人。然而有好幾座城鎮是遭咒龍所摧毀，這也是流傳至今的事實。

所謂咒龍，是指受到詛咒的龍，不過關於這個詛咒的詳細內容，即使到了現代還是沒獲得解明。因為詛咒雖是自然現象，但發生的機會並不太高。

應用魔術的原理，人為製造出詛咒並加以操控的技術，就稱之為咒術，雖然為數不多，也確實有咒術師存在。七賢人之一——〈深淵咒術師〉雷・歐布萊特就是其中的佼佼者。

然後，與咒術相關的知識，基本上都由歐布萊特家獨占——也就是說，就連身為七賢人的莫妮卡，都幾乎沒有任何關於詛咒或咒術的知識。

「喔，回來啦。」

一下了馬，正在觀察古蓮狀況的尼洛便朝莫妮卡走來。

莫妮卡還沒開口，菲利克斯就下馬搶先問向尼洛。

「謝謝你派人通知我們警訊。達德利同學的狀況如何？」

「非常不妙。換作普通人，老早就掛點了。還好，他體內魔力量高，勉強還能與詛咒對抗，大概這種感覺……絕對別碰他喔。一碰就會被詛咒感染。」

「這樣的話，你們是怎麼把達德利同學帶回來的？」

「本大爺碰他沒問題啊。因為本大爺很厲害。」

默默聽著菲利克斯與尼洛的對話，莫妮卡無詠唱發動感測魔術觀察古蓮。

古蓮全身上下，都布滿了條狀的黑影。這黑影就是詛咒。

遍布全身皮膚的黑影，就好似不停蠕動的大蛇，每分每秒都在改變形狀。

（這個狀態，代表著古蓮同學的魔力，與想要占據古蓮同學身體的詛咒，勉強維持在勢均力敵的局面……換句話說，咒術的性質上，能夠以魔力達成某種程度上防禦。可是，只用單純的防禦結界，恐怕是無法徹底抵擋。既然咒術具備與暗屬性魔術相近的性質，假如要編入專用術式……）

這時，某人突然發出慘叫，打斷了莫妮卡的思緒。是老男僕彼得。

「龍、龍龍、龍來了——！唔哇啊啊啊啊啊！」

朝彼得所指的方向看去，便見到全身染著黑斑的綠龍，正從上空朝這兒滑行而來。

展開雙翼的綠龍，大概就與小有規模的山間小屋差不多大。這般龐然大物正隨著帶有魔力的風，與條狀黑影一起滑空襲來。要是給牠撞個正著，根本不可能招架得住。

莫妮卡反射性地無詠唱展開防禦結界。但，即使這道防禦結界擋得住綠龍的衝撞與風，也奈何不了詛咒。

一如莫妮卡所擔心的，綠龍體表蠕動的黑影滑溜地浮起，自結界上方發起了襲擊。

黑影輕而易舉便穿過了莫妮卡所展開的結界。

就在周遭一片絕望的哀號聲中，莫妮卡一把抓起擺在野餐墊上的法杖，發動前一刻還在腦海裡構思的魔術式。法杖上的飾品頓時鏘鈴作響。

（拜託，生效吧……！）

那是莫妮卡即席開發的，反詛咒防禦結界。

理論還滿是漏洞，換作平時的莫妮卡，絕對不會在實戰中使用這種連驗證都沒驗證過的術。不過，現在顧不得那麼多了。

幸好，不管三七二十一展開的反詛咒防禦結界順利發動，把黑影彈了回去。生效了。即席開發的防禦結界生效了。

啊啊～得救了……周遭都鬆了口氣，只有一臉鐵青的莫妮卡，明白局勢有多麼絕望。

（不行。這個狀況下，沒辦法發動攻擊！）

莫妮卡能夠同時維持的魔術，以兩道為限。

而現在，莫妮卡已經發動了防禦龍本體攻擊的普通防禦結界，以及反詛咒防禦結界——換言之，莫妮卡現在無法展開攻擊。

周圍雖然有人帶著獵槍，但子彈無法穿過普通防禦結界。

這種情形下，要是沒有魔術師能使用從結界外發動攻擊的魔術，想攻擊就是不可能的任務。

更糟的是，若問現場誰有能力施展足以對龍造成致命傷的高威力攻擊魔術，答案恐怕只有古蓮。而古蓮正倒地不省人事。

（手不夠……攻擊手不夠……！）

黑影正從相對脆弱的部分著手，一步一步侵蝕著莫妮卡的結界。

反詛咒結界終究是即席開發的結界。破綻四處可見。再這樣下去，遭突破只是時間的問題。說到底，莫妮卡施展的防禦結界，根本無法持續太長的時間。

（如果是路易斯先生，不但至少能把兩道防禦結界濃縮成一道，而且結界的強度，也比我強得多……！）

〈結界魔術師〉路易斯．米萊，是在同一道防禦結界上同時附加多種效果的天才。

若是他，想必能把莫妮卡施展的兩道結界統整為一道，並且把空出的手拿來發動攻擊魔術吧。

莫妮卡的無詠唱魔術，是強在能夠即時發動。

因此若搶得先機，幾乎堪稱無敵，可一但淪為被動，陷入單方面防禦的戰況，便占不到任何便宜。現在正是這種情形。

（即使如此，還是得想想辦法……因為我是七賢人。是〈沉默魔女〉……！）

至少也要，讓在場所有人平安逃離。

可是，莫妮卡所展開的結界是半球體。也就是說，在場所有人雖然都受到結界保護，卻也等同於被關在結界裡，無路可逃。

（要把結界的範圍向後延伸，讓大家多少遠離一點嗎？可是，如果再把範圍擴大，結界的強度就會下降……還是把普通防禦結界解除一瞬間，趁隙發動攻擊魔術？可是，不擋下綠龍的風刃，一定會出現死傷……）

這種感覺，就如同下棋時，被逼到無路可走所產生的絕望感。

再怎麼仔細考察浮現腦海的每一手棋著，都無法將死對手。

（有沒有、有沒有，什麼方法……）

這般絕望的局面下，有一個人展開了行動。

架著法杖維持結界的莫妮卡身邊，出現了菲利克斯的身影。

（殿下，太危險了！請後退……！）

就在不停於內心哀號的莫妮卡身旁，菲利克斯架起了揹在背後的獵槍。

「女士，有沒有辦法只解除普通防禦結界的一小部分呢？拳頭大的空隙就行了。」

察覺到菲利克斯內心的盤算，莫妮卡雖為了這份有勇無謀感到驚愕，但也輕輕點頭。

即使在這種狀況下，他臉上仍然掛著與在學生會室時如出一轍，沉穩無比的笑容。

菲利克斯以熟練的動作架穩獵槍，鎖定目標。

「我會瞄準眉心。」

聞言，莫妮卡即刻根據獵槍的角度計算出子彈的軌道，並在結界上打開一個拳頭大小的孔洞，以供子彈通過。

緊接著，菲利克斯扣下了扳機。

砰——身旁槍聲響起，硝煙的味道撲鼻而來，莫妮卡在原地僵住了一會兒。

——吼喔喔喔喔喔喔啊啊啊，啊啊啊啊喔喔喔！

眉心遭子彈精準貫穿的綠龍，發出臨死前的哀號，直直墜落地面。

聽了那陣哀號聲，莫妮卡頓時渾身僵硬。

（剛才，的是……）

莫妮卡緊緊凝視著倒地不起的綠龍。可是，綠龍已經化作無言的亡骸。

原先在綠龍體表四處蠕動的黑影，也當場停下了動作。

「實在非常感謝妳，願意相信我的判斷。艾瓦雷特女士。」

放下槍口，菲利克斯向莫妮卡露出笑容。周圍歡聲四起。

「菲利克斯殿下與〈沉默魔女〉大人，打倒傳說中的咒龍了！」

然而，眾人的歡呼也好，菲利克斯甜美的嗓音也好，都傳不進莫妮卡耳裡。

莫妮卡的腦中，綠龍最後所留下的話語，正反覆不停迴響。

第七章　臨死傀儡湧現的思緒

被送回廉布魯格公爵宅邸的古蓮，直到入夜都依然處在不省人事的狀態。

安置古蓮的房間裡，除了古蓮之外，就只有莫妮卡跟尼洛。

殘留在古蓮體內的詛咒有再次活動，襲擊人類的可能性，因此房間禁止僕役們出入。

在燭台燈火映照下，可以看見古蓮的身體仍舊遍布著黑影。

由於打倒了綠龍這個詛咒的源頭，黑影已經停止活動。然而無論綠龍亡骸上的黑影，或古蓮身上的黑影，都並未就此消失。

古蓮雖然不時會發出痛苦的呻吟聲，卻連呻吟都顯得氣若游絲，論誰都看得出來，古蓮的生命燈火正有如風中殘燭，隨時可能消逝。

莫妮卡觀察著留在古蓮身上的黑影，小聲咕噥起來。

「……尼洛。那隻綠龍死前的遺言……你也聽到，了吧。」

「是啊。」

高等種的龍具備高知性，能夠理解人類的語言。只是，礙於發聲器官的構造影響，難以使用人類的話語發言，因此大多使用與精靈同樣的語言。

還在魔術師養成機構米妮瓦就讀的期間，莫妮卡曾學過精靈語言，所以能聽懂簡短的單字。

——饒不了他，那個該死的人類，絕對饒不了他。

那隻綠龍很明顯地憎恨著人類。而且，還是針對特定對象。

「那隻綠龍啊，在本大爺感測到的時候，就已經相當衰弱嘍。」

照理說，高等種的龍會具備與精靈同等，甚至超越精靈的強大魔力。

可是，那隻綠龍卻嚴重衰弱。也因為這樣，連尼洛都無法早早察覺其存在。

「本大爺感測到的，恐怕是糾纏著綠龍的詛咒魔力吧。那種跟蛇一樣扭來扭去的魔力竟然有整條龍那麼大，所以才懷疑搞不好是龍，結果還真給本大爺猜中了。」

綠龍之所以衰弱，相信是受到詛咒侵蝕吧。

（單是打倒綠龍，消滅詛咒的源頭，還是不行嗎？再這樣下去，古蓮同學會……）

如果將大量魔力注入古蓮體內，或許是能夠驅散詛咒。可一來效果只是暫時的，再者一個不好，還可能害古蓮魔力中毒。

就算想用比較粗暴的方式硬是剝除詛咒，也不曉得古蓮的身體能否承受得住。

想要突破現狀，手上與詛咒相關的情報實在太少太少了。現在唯一的辦法，就只有等待專家抵達。

（……古蓮同學，對不起，我沒能保護好你……）

朋友正飽受煎熬，莫妮卡卻無能為力。明明身為最高峰的魔術師七賢人，卻什麼都做不到。

忍不住為了自己的無力緊咬嘴唇，這時，房門突然被人輕輕敲響。

確認莫妮卡已經迅速圍上面紗後，尼洛將門微微開出一道縫隙。

正從縫隙望向房內的人，是艾莉安奴。

把眼睛都哭腫的她，隔著尼洛的肩膀，死命探頭窺伺房間的狀況。

「那個，請問古蓮大人……狀況怎麼樣……」

「不是跟你們說過，別靠近這間房間了嗎。」
尼洛正打算關門，艾莉安奴又慌張地靠到門上。
「古蓮大人有救嗎？他當然……會得救吧？再怎麼說，都有七賢人大人在幫他……」
「詛咒這玩意兒，跟魔術不一樣啦。除了專家，沒人有法子處理。」
尼洛答得淡薄，可艾莉安奴仍未善罷甘休。
「可是，〈沉默魔女〉大人不是用結界，把詛咒給彈開了嗎？只要按照這個要領，古蓮大人身中的詛咒應該也……」
「用結界彈開詛咒，跟解咒是兩回事啦。聽說要是不按照正規手續硬解，甚至可能讓中咒者休克致死咧。」
聽到尼洛這番說明，艾莉安奴咿了一聲，露出深受衝擊的表情。
根據聽來的報告，古蓮是為了保護艾莉安奴與男僕彼得，才會遭到詛咒侵襲。相信是因此，讓艾莉安奴覺得是自己的責任吧。
平時總笑得楚楚可憐的美少女容顏，如今就宛若枯萎的花朵般消沉。
「那我先告辭了……真的很抱歉，造成各位困擾……」
以顫抖的嗓音致歉後，艾莉安奴輕輕關上了房門。
即使隔著門扉，還是能聽見外頭傳來的啜泣聲。待確認哭聲已經遠去時，尼洛才一臉不耐煩地嘆了口氣。
「傷腦筋。每個人都半斤八兩，是把七賢人當成什麼萬靈丹了嗎？」
話雖如此，其實也是沒辦法的事。看在一般人眼裡，魔術與咒術恐怕沒什麼差別吧。所以才會一廂情願地認為，七賢人既身為魔術師的最高峰，要解咒肯定也輕而易舉。

莫妮卡只是憑著在書上讀過的少許知識，再以古蓮的症狀為基礎，即席製作出反詛咒防禦結界，其實就連這樣，都已經算是鮮少人能達成的偉業了。

話雖如此，莫妮卡依然無法停止自責。總覺得應該還能做得更好。

「咒龍什麼的，是連本大爺都沒看過的傳說級災害耶。從前還消滅過城鎮喔？光是沒釀成其他死傷，就已經是奇蹟了吧。」

「可是，我沒能幫到古蓮同學……到時候，該怎麼向路易斯先生，交代才好……」

這時，躺在床上的古蓮又痛苦地呻吟起來。反射性望向床鋪的莫妮卡，頓時陷入驚愕。

渲染在古蓮身體上的詛咒黑影，雖然並不明顯，但又開始動作了。

「莫妮卡，退開！」

尼洛一把將莫妮卡從床邊扯開，狠狠瞪向侵蝕古蓮的詛咒。

「大嗓門的魔力開始減少了……不對，這是……遭到了吸收？」

可是，若假設是黑影在吸收古蓮的魔力，活性化的程度似乎又顯得過於輕微。

（難道是在把從古蓮同學身上吸收的魔力，傳送到其他地方？該不會……）

答案同時閃過腦海，尼洛與莫妮卡不約而同地抬頭。

「該不會是，傳送給了綠龍？」

「絕非不可能。用詛咒的末端吸取獵物魔力，再送回到本體，大概就這種機制吧。」

走到窗邊，尼洛朝獵場的方向看去。

太陽早已下山，外頭一片漆黑，但窗外隱約可見微弱的光芒。這棟宅邸的庭園裡，種有會吸收魔力發光的花朵。

這類會吸收魔力的花雖然不只一種，但由於看起來就像是精靈停留在花裡休息似的，故有著〈精靈旅舍〉這樣的總稱。

受〈精靈旅舍〉微光映照的庭園，對面就是籠罩著深沉夜色的森林。尼洛瞇細雙眼，朝森林的方向仔細凝視。

「看樣子，又被咱們猜中了。那道詛咒，正一點一點地朝這兒接近。」

「所以綠龍還活著？又或者是，綠龍雖然死了，遺下的詛咒卻仍在活動……？」

莫妮卡有如自問自答般地低語，隨後，尼洛開口問了聲：

「要本大爺出手嗎？」

稍稍沉思了會兒，莫妮卡選擇搖頭，握起擺靠在牆上的法杖。

「我先試著，靠自己處理看看。不過……你願意一起來嗎？」

亮出銳利的牙齒，尼洛笑了起來——「當然！」

＊　＊　＊

結束招待法佛利亞訪客的晚餐會後，菲利克斯返回自己的房間，鬆開領帶嘆了口氣。

今天晚餐會的席位上，沒見到〈沉默魔女〉與那位隨從的身影。那也難怪，他們兩人都被安排去照護身中詛咒的古蓮．達德利了。

說照護只是聽起來好聽，實際上應該叫看守才對。

侵蝕古蓮的詛咒，會否轉變目標，襲擊下一個犧牲者，有此懸念者並不在少數。甚至有人覺得，既然如此，把古蓮．達德利殺掉不就得了。

當然，就是為了避免事態演變至此，菲利克斯才會早早隔離古蓮，派人在旁看守。

（諷刺的是，針對這起事件，法佛利亞訪客們的反應並不差。）

〈沉默魔女〉防下詛咒，將犧牲控制在最低限度。然後，由菲利克斯精準開槍了結咒龍。這一連串發展，受到法佛利亞方的人員——尤其是那個乖僻的馬雷伯爵，給予極高的評價。

晚餐會上，馬雷伯爵對於菲利克斯的槍法始終讚不絕口，心情貌似也不差。切身感受到龍害的威脅，似乎令他對於增設龍騎士團駐屯基地的事，也產生了一定程度的理解與接納。

（更重要的是，親身遭遇傳說級的災害還能生還，想在茶餘飯後耀武揚威，再沒有比這更好的話題了。）

到時法佛利亞的訪客們回國，肯定會幫忙大肆宣傳，咒龍是何等駭人聽聞的存在吧。

至於自己當時只是隨波逐流，絲毫沒有任何建樹這點，自然是巧妙地隻字不提，裝出一副從龍害威脅下生還的英雄嘴臉自誇。

就連廉布魯格公爵夫妻，也把菲利克斯當作英雄讚揚。再過不久，第二王子菲利克斯．亞克．利迪爾與〈沉默魔女〉攜手擊倒咒龍的故事，想必就會傳遍利迪爾王國了吧。

（……好個精心編排的劇本。）

露出一臉諷刺的笑容，菲利克斯瞥向扔在桌面上的信封。

在抵達宅邸時被轉交的這封信上沒有標明寄件人，只是簡潔地寫著這段文字——

『國王陛下已出現病兆。務必萬全應對。』

這個，是來自克拉克福特公爵的指令。

看在不知情的人眼裡，應該會解讀為「國王陛下體況不佳，務必做好萬全準備因應，以免造成國王負擔。」

可是，克拉克福特公爵的真意，菲利克斯自是瞭若指掌。

——國王死期近了。做好萬全準備，務必確保王儲寶座。

這次的咒龍騷動，正是為此安排的布局。

「……可惡。」

悻悻地咕噥，菲利克斯將信封扔進暖爐火堆中。

用火耙把信紙的灰燼推往深處後，一隻白色蜥蜴——威爾迪安奴從窗口縫隙溜進了房內。

直到剛才都在窺伺外頭景象的威爾迪安奴，語帶焦急地向菲利克斯報告。

「主人，大事不好了。白天那隻咒龍，正在朝這棟宅邸接近。」

「喔～？還想說應該已經射穿了牠的眉心，結果還活著嗎？了不起的生命力。」

菲利克斯答得眉頭也沒皺一下，便伸手拿起了擺在房屋角落的獵槍。

威爾迪安奴維持著爬蟲類特有的面無表情，以一種略顯困惑的態度仰望菲利克斯。

「主人……？」

「『務必萬全應對』——那個男人，是這麼命令的。」

菲利克斯臉上的表情消失了。

整齊的五官上已不復見沉穩柔和的笑容，某種散發虛無感，卻又足以令所有目睹者背脊凍結的冰冷氣場，開始支配這個青年。

「不如就展現一下克拉克福特公爵傀儡的本色，不為人知地收拾善後吧。」

換上便於行動的樸素衣物，偷偷溜出房間的菲利克斯，正揹著獵槍在夜路奔馳。

原本是想要帶上馬匹的，但在馬廄裡看到了馬伕的身影，只好放棄這個念頭。

因為即將開始進行的事情，絕對不能被任何人發現。

「威爾，咒龍的位置呢？」

化身成白蜥蜴的威爾迪安奴從胸前口袋探出頭，一臉歉疚地回答：

「北北東。至於距離……還無法正確掌握，實在非常抱歉。」

「這樣啊。那等確定了就告訴我吧。」

威爾迪安奴的感測能力稱不上高，因此只能大概抓個方向。話雖如此，既然龍的身軀龐大，只要接近到一定距離，相信就能夠視認了。

移動過程中，菲利克斯始終注意讓自己保持在咒龍的下風處。

要射擊的話，還是能找個小有高度的場所比較好。跑上一段路後，他找到了一座恰到好處的小山丘。這兒叢生著適度的林木，加上又有夜色助陣，正好適合藏身。

菲利克斯自懷裡掏出一只小盒子，從裡頭取出獵槍的彈藥。

「威爾。」

菲利克斯喚道，威爾迪安奴隨即將魔力灌注在彈藥內。在物質上賦予魔力的魔術，稱作賦予魔術，此舉就與賦予魔術的效果相同，而且，賦予的魔力還格外強力。

這次使用賦予魔力的子彈，應該就能確實處決掉咒龍了。

將子彈填入獵槍，菲利克斯自山丘向下俯視。差不多該是時候了吧。

不久，某種龐然大物在地面爬行的聲音傳進耳裡。是什麼東西發出來的，自然毋需多言。

從前曾經是綠龍的物體，正被全身蠢動的黑影給拖著，爬行於地。已經絲毫感受不出身為高等龍種的威嚴。

何等悲哀的存在。即使種族不同，尊嚴遭到玷汙的這身姿態仍舊值得同情。

「我馬上，就讓你解脫。」

要瞄準眉心並不怎麼困難，畢竟目標尺寸很大，更重要的是行動相當遲緩。狩獵小巧的雉雞要來得困難多了。

鎖定目標後，菲利克斯扣下扳機。

灌注了魔力的子彈，就如同受到吸引一般，準確地貫穿了咒龍的眉心。

這樣一來，綠龍就徹底死透了才對……應該沒錯。明明沒錯，咒龍的動作卻未見停止。

豈止如此，咒龍還轉而朝向菲利克斯行進。引領著咒龍移動的大蛇狀黑影，已經將菲利克斯鎖定為目標。

菲利克斯這才明白──那隻綠龍早就死了。只是，牠死後的亡骸仍受到詛咒的操控，硬是被拖著行動。

（就連已經死去，都必須成為傀儡的淒慘生物，是嗎。）

宛若自嘲般冷笑的菲利克斯胸前口袋裡，威爾迪安奴忍不住喃喃自語起來。

「怎麼會……受詛咒憑依的龍既已死去，詛咒就該跟著煙消雲散才對……」

菲利克斯扛起獵槍起步奔跑，並伸手按住胸前口袋，以免威爾迪安奴被甩落。

「既然如此，就代表那不是普通的詛咒吧。原本，咒龍應該是龍遭到自然發生的詛咒憑依而誕生的。可那恐怕是遭人下了咒術……說起來，就是人工製造的咒龍吧。」

聽了菲利克斯這番說明，威爾迪安奴帶著困惑的嗓音回應：

「實在無法理解。為什麼，要做這樣的事……」

「因為這場咒龍騷動，才是克拉克福特公爵安排的重頭戲。好讓第二王子菲利克斯・亞克・利迪爾能被拱為英雄。」

咒龍似乎已經完全鎖定菲利克斯了。

菲利克斯雖盡可能利用林木逃跑，詛咒的黑影卻融入夜間的黑暗，不動聲色地縮短距離。被追上只怕是時間的問題。

（強力到這種程度的咒術，應該會有作為媒介的咒具存在才對。）

邊跑邊回頭觀察自背後逼近的龍。然而在視線可及範圍內，並沒找到類似咒具的物品。

換作自己，會把咒具如何安置在龍的身上？答案顯而易見。

（會混在餌食裡，讓龍吞下去吧。）

只要咒具進了龍的肚子，想向咒具出手就幾乎形同不可能。

龍的體表有厚實的鱗片保護。難以讓攻擊深入體內。

（對下咒者而言，這應該也是出乎意料的發展吧……大概是咒術強力的程度超出想像，然後，就這麼失去控制了。）

填好下一發子彈，菲利克斯從樹木後方奪身而出，舉著獵槍朝大張的龍嘴扣下扳機。子彈雖然削掘了龍的口腔，但恐怕沒能到達腹部深處。

龍舉起了粗壯的前腳。在腦中想像利爪朝自己揮下的瞬間，菲利克斯浮現了空虛的笑容。

（……多麼諷刺的死法啊。）

這樣的下場，只怕就連克拉克福特公爵都料想不到吧。

面對迫在眉睫的死亡，菲利克斯內心冰冷地思考——

如果今晚死在這裡，自己的名字能以怎樣的方式，留存在多少人的心中。

（以自己性命為代價，守護子民免受咒龍侵害的王子……勉強算是及格嗎。）

以這個直到臨死前，都被固執妄念給支配的男人為目標，龍揮下了利爪——然後，在即將撕裂男人的同時，前腳隨著堅硬的撞擊聲彈開。

瞪大雙眼的菲利克斯，身後響起一陣傻眼的嗓音。

「受不了，好個熱愛夜遊的王子殿下。」

從咒龍背後趕來的，是身穿老派長袍的黑髮男子——巴索羅謬．亞歷山大。被他揹在背上的，則是手握法杖的〈沉默魔女〉。

在千鈞一髮之際保住菲利克斯性命的，就是她施放的防禦結界。

待〈沉默魔女〉下到地面，亞歷山大露出了與現場氣氛格格不入的笑容。

「看啊，主人。那個王子玩女人玩不過癮，這會兒乾脆追起母龍屁股跑了。」

菲利克斯則是沉穩到不似險些喪命的人，以柔和語調回應這份挖苦：

「喔喔，原來那隻龍是母的呀？」

「尾巴不是性感得很嗎。」

亞歷山大身旁的〈沉默魔女〉揮起了法杖。

緊接著，大約十支冰槍出現，從咒龍頭上射向飛翼，將巨大的雙翼刺穿釘死在地面。

與受鱗片包覆的軀體不同，飛翼是相對薄弱的部分，即使如此，若非高威力魔術，想貫穿依然絕非易事。

而〈沉默魔女〉卻在未經詠唱的狀況下，不費吹灰之力就辦到。

從被釘死在地，動彈不得的巨龍軀體上，黑影開始上浮，朝菲利克斯一行人襲擊而來。

〈沉默魔女〉法杖一揮，隨著鏘鈴清響，反詛咒結界彈開了黑影。

菲利克斯喚了起來。

「女士！那是咒術。至於咒具，恐怕存在於體內某處！」

此話一出，亞歷山大驚愕地瞪大了眼睛。

「咒術？那不是人類在用的嗎！用人類的咒術控制龍？這種事聽都沒聽過啊！」

當然，菲利克斯也從未聽說，世上存在能控制龍的咒術。只是，他幾乎可以確定——

——這絕對，是克拉克福特公爵手下的咒術師搞的鬼。

恐怕，這咒術原本的目的，是要自由操控龍的行動吧。

透過這個咒術，讓龍作勢襲擊法佛利亞的訪客，再由菲利克斯與〈沉默魔女〉同心協力擊退龍。

如此一來，就能向法佛利亞方強調龍害的危機，好讓龍騎士團駐屯基地的建設計畫過關，同時把菲利克斯包裝成「打倒傳說咒龍的王子」。

若還能給周圍留下「菲利克斯與七賢人彼此互相信賴」的印象，更是再好不過。

……可是，咒術卻脫離施術者之手，擅自失控了。

亞歷山大還一臉難以置信的模樣，但聰明的〈沉默魔女〉立刻展開了行動。

再度揮動法杖，刺穿咒龍的冰槍隨即消失，這次出現的是火焰長槍。

有如紅蓮般燃燒的火焰長槍，自龍口一路鑽進體內，從內側把肉體連同咒具一起以烈焰灼燒。

期間黑影雖然百般掙扎抵抗，卻都遭到反詛咒結界彈開，無功而返。

如果，綠龍本身的能力依然健在，肯定會用風刃攻擊菲利克斯一行人吧。但綠龍的魔力已經幾乎消失殆盡。

即使咒術可以硬是操控綠龍的肉體，也已經無法再颳起一絲氣流。

黑影的抵抗淪為白費，一陣砰轟悶響從龍的肚裡傳出。〈沉默魔女〉的火焰，在龍腹裡炸裂了。

大概，是這一擊摧毀了腹中的咒具吧。黑影的形體變得愈來愈薄，最後就有如被暗夜給吸收一般，溶入黑暗消逝無蹤。

留在現場的，只剩殘破不堪的綠龍亡骸。綠色鱗片上，已經看不見詛咒的黑影。

啊啊～嘆息聲自凝視著〈沉默魔女〉的菲利克斯口中流露。

（我又，得救了。）

就連覺悟死亡將至的瞬間都冷澈無比的心臟，現在就彷彿回想起該如何鼓動似地高響。可以感覺到，暖流正隨著血液回到冰冷的指尖。

傾聽著耳朵深處咕嘟流竄的血流聲，菲利克斯走到了〈沉默魔女〉面前。

「艾瓦雷特女士。」

出口的嗓音因感動而顫抖，幾乎連自己聽了都要吃驚。

明明早就習慣於眾人面前大方發言，現在卻難以壓抑感情。

「……我總是不斷，被妳帶來的奇蹟所拯救。」

尊敬、憧憬、敬愛、思慕——蕩漾於胸膛的好幾種強烈感情，激起了菲利克斯的衝動。

菲利克斯牽起〈沉默魔女〉的手，朝著手背就要獻上感謝的親吻。

沒想到，〈沉默魔女〉卻使勁甩開了菲利克斯的手。

「女士？」

「……唔！…………啊……」

面紗下的雙唇，吐出隱忍不住的哀號，〈沉默魔女〉雙腿一軟，跪坐到地面上。

她的左手，正遭到細如毛髮的黑色絲線給纏繞。

「糟了！」

亞歷山大一吼，粗暴地撥去纏在〈沉默魔女〉手上的黑線。

黑線在空中應聲斷裂，除了殘留在〈沉默魔女〉左手的部分，其餘都滑溜地縮回綠龍的亡骸。目睹此景，菲利克斯才終於察覺。

詛咒還活著——咒術還沒有破除。

左手中了詛咒的〈沉默魔女〉，就這麼緊握法杖，跪在地面縮成一團。

發現有細如毛髮的黑影，趁著夜色暗中接近時，左手已經被黑影纏上了。

這下就算無詠唱再怎麼快，再如何展開結界，都為時已晚。

莫妮卡現在能做的，就只剩甩開來到面前的菲利克斯手掌，與他保持距離。然後，把魔力集中到左手，以免詛咒擴散全身。

多虧尼洛撥得及時，莫妮卡身上只被附著了極為少量的詛咒。

（若是這點程度的量，或許可以靠我的魔力抑制住……）

如此心想而集中魔力的瞬間，左手手肘以下的部分，突然竄起劇痛，就好似血管遭到無數鐵釘刺進一般。

集中在左手的魔力頓時失控，流進撐著身體的法杖裡。杖上的飾品迸開摔落，隨著乾澀響聲墜地。

莫妮卡放開法杖，為了不發出哀號，咬住自己的右手。

隨著含糊不清的呼～嗚、呼～嗚喘息聲，莫妮卡不停呻吟。沒多久，身體被尼洛抱了起來。

尼洛，還有菲利克斯，兩人都滿臉焦急地喊著些什麼。

可是他們的嗓聲，都已經傳不進莫妮卡耳裡。就只有自己心臟鼓動的聲音，在腦海莫名吵耳地大肆作響。

「……哈啊……呼～嗚…………唔、咕……啊……」

為了多少延緩咒術的進行，莫妮卡再度將魔力集中到左手抵抗。

腦袋天旋地轉，眼前一會兒紅一會兒黑閃爍不停，視野模糊了起來。

在朦朧的視野中，莫妮卡看見了幻影。

倒地不起的龍——不是那隻受詛咒的綠龍。從只有一半大小的軀體，加上綠色的鱗片看來，恐怕是綠龍的幼體。

體表有八成以上都遭到黑影的侵蝕，已經變得一動也不動。

在幼小綠龍的屍骸旁，有一道身影站著。是人類。長相模糊不清。但從身體的輪廓，可以勉強辨認出是成年男性。

『明明到餵食咒具的階段都很順利……結果又失敗了嗎。該死。』

男人忿忿低語，放著幼龍屍骸不管，打算就這麼離開。

這時，一隻綠龍從天而降。體格龐大的這隻綠龍，恐怕是幼龍的母親吧。

狂怒不已的綠龍追殺著男人，但男人動如脫兔地逃進了岩石後方。

再這樣下去，恐怕會追丟那個可憎的男人。

——饒不了你！饒不了你！饒不了你！

綠龍只瞥見一眼，沒看清人類的長相。萬一讓男人混進人群裡，肯定就再也找不到他了。

——別想逃！別想逃！別想逃！

折回頭來到年幼愛子的亡骸身邊，綠龍低頭望向那副被咒具侵蝕的身體。

然後就這麼張嘴，開始啃食愛子的亡骸。

銳利的尖牙，撕裂仍在成長中的柔弱鱗片與皮膚，扯斷肌肉，連同害死愛子的咒具一同吞下肚。

咒具裡灌注了滿滿的施術者魔力。只要追尋這股魔力……就能夠找到那個男的。

——絕對要，把那個男的大卸八塊！

就這樣，綠龍化成了咒龍，張開雙翼起飛離去。

為了追殺那個以咒術殺害愛子的可憎男人。

（……啊啊～）

莫妮卡之所以會看見綠龍記憶的片段，相信是因為接觸到詛咒的緣故吧。在逐漸朦朧的意識中，莫妮卡明白了。

（是有人，用咒具詛咒了幼龍……所以，那隻綠龍才這麼憤怒……）

纏繞在左手的黑影，正不停吸收莫妮卡的魔力，傳送回綠龍的亡骸。

綠龍的軀體又開始緩緩動了起來。

雙翼已經千瘡百孔，肚子也從內側被燒得稀爛……生命活動老早就已經停止了，但綠龍染上詛咒的憎恨與執念，卻持續在驅使亡骸行動。

——一切，都是為了向殺死我心愛孩子的人類復仇。

綠龍怨恨的哀吼聲，迴響在莫妮卡的腦內。一而再，再而三，反覆不斷。

就在菲利克斯面前，綠龍的身體再度復甦，緩慢出現動作。

最糟的狀況出現了——菲利克斯忍不住咬牙切齒。

被隨從抱在懷裡的〈沉默魔女〉，渾身癱軟毫無動靜，恐怕已經失去意識了。

菲利克斯使勁握緊抓著獵槍的手。

單靠獵槍，即使能殺死龍的肉體，恐怕也消滅不了詛咒吧。即使如此，現在已經絲毫沒有什麼從容受死之類的念頭。

發自內心敬愛的〈沉默魔女〉為袒護自己倒下了。絕對不能讓她就這麼死去。

「……我會設法爭取時間，請你帶著艾瓦雷特女士快逃。」

菲利克斯架起獵槍，一臉嚴肅地向亞歷山大說道。

然而，亞歷山大瞄也沒瞄菲利克斯一眼，只是默默將〈沉默魔女〉的身體橫擺在地面上。

這個自稱〈沉默魔女〉隨從的男人，就這麼穿過菲利克斯身旁，以自然到反常的步伐，朝不停散布詛咒的巨龍走去。

黑影就如同布條般延伸，纏繞住亞歷山大的全身上下。

那是光接觸就會產生劇痛的詛咒。單單一根毛髮大小的量，就已經令〈沉默魔女〉失去意識。

可是，亞歷山大卻連眉頭也不皺一下，便伸手剝下在自己身上蠕動的黑影……更難以想像的是，他竟然將剝下的詛咒──將具備質量的黑影，放進嘴中一口咬斷。

強如菲利克斯，也不得不為眼前的光景頓失言語。

「這玩意兒，味道不怎麼樣啊。」

咀嚼般地動著嘴巴，他把咬過一口的黑影隨手扔向地面。被粗暴亂扔的黑影，就好似受到驚嚇的蛇，一溜一溜地竄回綠龍身體上。

瞇細從眼底閃著金光的雙眸，亞歷山大朝綠龍睥睨了一眼。

「妳弄壞了本大爺的主人是吧？」

明明沒有起風，他的黑髮卻忽然搖曳不停。

男人的身體，就有如緩緩溶入夜色一般，開始逐漸染成漆黑。在一片深沉宵暗中，只剩那雙金色雙眼依舊高掛，閃爍著強烈的光芒。

「念在同胞之情，我一瞬就讓妳化為灰燼，讓妳不必繼續用那悲哀的姿態見人。」

包覆著巴索羅謬．亞歷山大的黑暗，就這麼帶著明確的質量膨脹起來。

那片黑暗，與侵蝕綠龍的詛咒不同——是遠比夜空更加漆黑，更加深沉的高純度黑暗。

從膨脹到將近綠龍兩倍大的黑暗裡，一對飛翼伸展開來，遮住了月光。

散發著壓倒性強烈，又深具暴力性的威壓感，任由黑暗籠罩全身的生物，現出了他的全貌。

能夠輕而易舉撕裂牛隻的尖牙，隨手一揮便能奪去大量生命的利爪。

以及，生滿黑曜石般鱗片的龐大軀體。

——利迪爾王國最受人畏懼的一級危險生物，黑龍。

菲利克斯胸前的口袋裡，威爾迪安奴正不停發抖。菲利克斯雖是好不容易忍下了打顫的衝動，卻也難掩驚愕之情，掌心冷汗直流。

（〈沉默魔女〉的隨從是，黑龍？難道說……）

黑龍與咒龍一樣，都是傳說級的存在。不會隨便在人前現身。

但，菲利克斯記得一清二楚。豈有可能忘記。就在半年前，於柯貝可伯爵領地發生的那起奇蹟。以及據稱被〈沉默魔女〉給擊退的存在。

以柯貝可伯爵領地內的沃崗山脈為巢穴，率領超過二十隻翼龍的漆黑巨龍。

「沃崗的，黑龍……」

黑龍張開血盆大口，吐出大量漆黑火焰。那遠比詛咒黑影更深，比夜晚宵暗更沉的黑炎，僅僅只花了三度眨眼的時間，就把咒龍燃燒殆盡，不留一絲痕跡。

黑龍所吐出的火焰，是會吞噬地表萬物的冥府之焰。防禦結界也好，詛咒也好，在黑炎面前全都不堪一擊。

一旦黑炎降臨，再怎麼抵抗都是徒勞無功。火焰所及之處，一切都將平等地化為灰燼。

黑龍緩緩抬起長頸，低頭望向呆站原地的菲利克斯。

那雙金色的眼眸，正以爬蟲類特有的無機質眼神凝視菲利克斯。有如要打量他的真意一般。

菲利克斯這會兒才發現，自己似乎連呼吸都忘了。

菲利克斯握緊被冷汗濡濕的手，慎重地調勻呼吸，望著自己呼出的白色氣息消失在暗夜中。就這樣，按捺住有別於寒意的顫抖，菲利克斯抬頭望向那雙俯視著自己的金色眼眸。

黑龍從鼻子咻地噴了口氣，就好似在用鼻子發笑。

轉眼間，黑龍的軀體又開始滲出黑霧，宛若在水中化開的染料，隨後，黑霧凝聚壓縮，化作成年男性的姿態。

從黑霧下現身的，是一名身穿老派長袍的黑髮金眼青年——〈沉默魔女〉的隨從，巴索羅謬．亞歷山大。

「喔～？竟然沒嚇到拔腿就跑，膽識不錯嘛，王子。」

「別看我這樣，其實也相當吃驚了喔。」

我這是怎樣，也逞強得太無謂了吧——在內心如此苦笑的同時，菲利克斯設法將嗓子調回了平常的感覺。

「我以為你應該被艾瓦雷特女士給打跑了？」

「當作是那麼回事，你們人類才會比較安心吧。」

菲利克斯把到口的反駁又吞了下去。

這黑龍說的一點也沒錯。「傳說中的黑龍成了七賢人的使魔」這件事情一旦傳了開來，王國上下包準要陷入大混亂。

把龍收作使魔就已經前無古人了，更遑論還是傳說級的黑龍，找遍全人類歷史，也絕對沒有這樣的魔術師存在。

萬一此事公諸於世，肯定會有人想把〈沉默魔女〉與黑龍拱為戰爭兵器，或是作為嚇阻力拿來牽制他國。克拉克福特公爵無庸置疑就會這麼做。

然後，這並不是〈沉默魔女〉所樂見的發展。

化身成人類姿態的黑龍，露出尖銳的牙齒，向沉默不語的菲利克斯笑了起來。

「不安嗎？還是害怕？儘管放心吧。本大爺可是〈沉默魔女〉的使魔啊。只要這傢伙還是本大爺主人的一天，我就不會對人類出手。」

黑龍抱起自己主人的嬌小身軀，輕輕扭過頸子望向菲利克斯。

「不過呢～說得也是，你要是敢把我的真面目四處張揚，到時候……」

浮現凶惡笑容的嘴角，發出銳利尖牙反覆咬合的嘎嘰嘎嘰聲。

「保證把你從腦袋瓜開始啃個精光。」

✦ 第八章　求愛之徒，抵達

咒龍出現在廉布魯格公爵領地五天後的下午，那個男人到訪了廉布魯格公爵宅邸。

那個頂著一頭不對稱紫髮，容貌突兀的男人，一見到帶路的女僕，便瞪大粉紅色的眼珠死盯著瞧，卯足全力糾纏人家。

「非、非把我找來不可，就代表妳們是愛我的對吧？我可以相信自己是被愛的吧？拜託，開口說妳愛我吧。愛我吧，愛我吧愛我吧愛我吧……」

才剛到訪就讓女僕一個頭好幾個大，瘋狂求愛的這個男人，就是〈深淵咒術師〉雷．歐布萊特。與莫妮卡同為七賢人，利迪爾王國最精通咒術的人物。

＊＊＊

巴托洛梅烏斯揮舞莫妮卡的法杖，確認飾品的扣環後，滿足地點了點頭。

「好～修好嘍，小不點。」

身穿七賢人長袍，坐在客房沙發上縮成一團的莫妮卡，小心翼翼地伸手接下了法杖。

原先損壞的飾品，外表已經完好如初。動手揮了揮法杖，也立即發出鏘鈴清響。

試著將魔力灌進杖裡，可以感覺到魔力流動得十分順暢。流進先前飾品損壞的部分時，也沒有受到任何阻礙。

「好厲害……」

莫妮卡忍不住讚嘆起來。

七賢人的法杖是一種魔導具，裡頭編組了極度精緻又複雜無比的魔術。因此修理時，除了職人的技術之外，連魔術式的知識也不可或缺。

在米妮瓦就讀時，莫妮卡也學過簡單的魔導具加工技術，但當然不足以應付七賢人法杖這種高難度的物件。

尼洛用指尖戳了戳法杖上的飾品，一臉佩服地望向巴托洛梅烏斯。

「手挺巧的嘛～看來，你很好用喔，小弟。」

「以前呢～我在魔導具工坊混過幾口飯吃嘛。哎呀～話又說回來，竟然連這麼精密的魔導具都會被弄壞，詛咒這玩意兒可真不得了啊。喔唷，小不點，妳左手還是不能動嗎？」

莫妮卡將法杖靠在沙發上，以右手揉著左手點頭。

五天前夜裡上演的場面——與菲利克斯一起對抗咒龍，最後以尼洛的黑炎將詛咒燃燒殆盡，這件事除了自己之外，知情者就只有身為當事人的菲利克斯與尼洛。

至於被黑炎燒盡消滅的咒龍屍骸，菲利克斯向廉布魯格公爵轉達的內容是「曾幾何時已經不見蹤影，恐怕是詛咒吞噬之末，崩壞四散了吧」。莫妮卡左手的傷，則解釋為「在白天擊退咒龍時受的傷，後來愈來愈惡化」。

這樣的說法，對菲利克斯與莫妮卡而言都有好處。菲利克斯能夠不讓半夜偷溜出宅邸的事情曝光，莫妮卡可以繼續隱瞞尼洛的存在。

由於已徹底破壞咒具，侵蝕古蓮與莫妮卡的詛咒都消失了，然而古蓮卻依然沒有醒來。也不知是否詛咒的後遺症，古蓮全身與莫妮卡左手都留下了紅黑色的咒斑。形狀就如同血管，有著一條又一條的細長分枝。

莫妮卡的左手現在雖然別去動到就不會痛，但幾乎使不了半點握力，而且單是指頭稍微彎一下，就會產生激烈刺痛。

在這種不便的狀況下，幫忙莫妮卡張羅打點大小事務的人，是以協助者自稱的巴托洛梅烏斯·巴爾。

一會兒確認不省人事的古蓮狀況，一會兒修法杖，還開口拜託交情好的女僕，替莫妮卡更衣沐浴。再怎麼說，不必像找其他僕役時得透過筆談溝通，不但省事，委託起來也比較沒負擔。

（問題還是在於，要怎麼把琳小姐介紹給他就是了……）

在內心低吟煩惱時，巴托洛梅烏斯好似注意到了什麼，轉頭朝走廊望去。

「在幹嘛？玄關那邊好吵喔……不然～我去探探究竟吧～」

巴托洛梅烏斯快步離開了房間。待確認房門已經關上，莫妮卡便側身往沙發一頭栽進去。站在沙發後的尼洛，越過沙發背低頭貼到莫妮卡眼前。

「喔～累壞了是吧，主人。」

「嗯，真的已經，不曉得該從哪裡著手才好……」

要怎麼把琳介紹給巴托洛梅烏斯就已經是一大難題，而比這更令莫妮卡傷透腦筋的，是得知尼洛真面目的菲利克斯。

自從打倒咒龍的那晚起，就幾乎沒和菲利克斯好好促膝長談過。

菲利克斯本身有到莫妮卡的房間來探過幾次病，但都有僕役或護衛隨行，沒辦法商量尼洛的事。

（尼洛是說有下過封口令了……不過……嗚嗚嗚～尼洛就是沃崗的黑龍這件事，明明就連路易斯先生都不知道的說……）

就在莫妮卡無力地趴在沙發，嗚嗯嗚嗯低吟時，房間的門被人敲響了。

巴托洛梅烏斯的嗓音隔著房門傳了進來。

「啊～這邊有要找〈沉默魔女〉大人的客人喔。」

（找我的？會是誰呀？）

莫妮卡披上長袍的兜帽，圍上面紗遮住嘴巴，向尼洛使了記眼色。

點了點頭，尼洛打開房門。

從門縫內映入眼簾的，是一頭不對稱紫髮，以及閃亮燦爛的粉紅色眼珠。

「妳、妳愛我……嗎？」

尼洛無言地闔上了房門。

「尼洛，那個，讓他進來……」

「這種的應該趕走吧。」

「就說不行啦。」

皺著眉頭的尼洛，使勁一把拉開房門。

緊緊趴在門上的雷失去支撐，順勢下滑癱倒在地，然後就這麼維持趴在地上的姿勢，一路爬進房間。可能的話，真希望他用正常的方式走進來。

站在走廊的巴托洛梅烏斯，一臉困惑地看向尼洛。

「呃——大哥……這人是……」

「帶路辛苦啦。現在起，暫時別讓任何人靠近這間房間啊。以上。」

拋下這道指示，尼洛便將房門關了起來上鎖。

趴在地上爬行移動的雷，來到坐在沙發上的莫妮卡腳邊之後，便從地上仰頭望向莫妮卡。

莫妮卡語調生硬地問候。

「好、好久不見了。〈深淵咒術師〉大人……呃——你來得真快，呢。」

「因為有〈結界魔術師〉的契約精靈送我一程……」

「琳小姐？」

〈結界魔術師〉路易斯．米萊的契約精靈琳茲貝兒菲是風系高位精靈，因此能以高速飛行進行長距離移動。若是由她接送，能如此迅速抵達確實也很正常。

「所以琳小姐她，也到這裡來了嗎？」

「把我送到之後，她馬上就回王都去了……好像說是王都那邊，也為了準備新年的典禮忙得很。」

沒能順便讓琳載去王都雖然很可惜，但莫妮卡內心也同時鬆了口氣。

這間宅邸的僕役——巴托洛梅烏斯對琳一見鍾情。要是琳在場，巴托洛梅烏斯鐵定會吵著要自己把琳介紹給他。

（要是演變成那種情形，事情絕對會愈來愈無法收拾……）

還在暗自思考這種事情，趴在地板上的雷，就伸手扯了扯莫妮卡的長袍下襬。

「我聽說，這次的事件沒出現任何死者……咒龍都來了，哪有可能不死人……普通防禦結界撐不過詛咒的侵蝕吧……到底，實際上是怎麼一回事……？」

「呃——那個……是我做了，即席的，反詛咒防禦結界……剛好有順利生效……」

仰望著莫妮卡的雷，表情明顯地僵硬起來。

「……妳做了，反詛咒防禦結界？」

「呃——我從中了詛咒的護衛身上出現的症狀，假定詛咒的性質應該與暗屬性魔術相近，在防禦結界的第七節跟第十九節增設複合迴路……」

反詛咒防禦結界，是一種研究與驗證都還不夠充分的魔術。說到底，發生詛咒的案例原本就少，想研究也不是那麼容易。

所以，就莫妮卡而言，這道即席結界也不是什麼能抬頭挺胸自豪的術，不過雷還是滾倒在地板上，仰天花板長嘯起來。

「這根本，是足以讓教科書增加篇幅的驚人偉業吧……」

「不，那個～畢竟還未完成……」

「就是說，我這咒術師存在的價值蕩然無存了吧……已經沒人需要我了對吧……」

「沒沒沒沒沒有，那種，事辣！」

躺在地上的雷不停滾來滾去，滾著滾著，忽然抱住了莫妮卡的鞋子。已經有點希望他趕快去找張椅子坐了。

「……妳需要，我嗎？」

「是的，當當當當然……」

額頭不停冒出汗珠的莫妮卡，動作僵硬地點頭。

「需要我，就代表是愛我的對吧？那就說妳愛我吧……我想被愛我想被愛我想被愛……」

抱著莫妮卡鞋子的雷，忽然被尼洛抓著頸子一把從地上揪起來。

然後就像是在擺東西似的，把雷隨手扔到莫妮卡對面的沙發上。

「想人家說愛你是吧，我來跟你說個夠。我愛你我愛你。好啦，講完了，趕快動手診察。」

「……給男人愛有什麼好開心的。我只要女生。」

雷扭過頭去生悶氣，尼洛向莫妮卡擺出發自內心傻眼的表情。

「噯，莫妮卡。我可以把這傢伙攆出去嗎？可以吧。」

「等、等一下等一下等一下……」

雷是利迪爾王國最優秀的咒術師。關於這次的咒龍騷動，有堆積如山的事情想向他請教，讓他在這兒鬧彆扭會很傷腦筋。

可是，沒辦法在這種時候逢場作戲，送上一句「我愛你」，就是這樣才像莫妮卡。

「那個，呃——……該說是愛嗎，就七賢人的前輩而言，我、我很景仰，很尊敬尼！」

雖然講到最後又大舌頭了，但雷似乎在莫妮卡的發言中感覺到了什麼。

景仰、尊敬、景仰、尊敬……雷就這麼喃喃自語個不停，緩緩揚起嘴角，陰森地笑了起來。總覺得那副笑容，散發著幾分恍惚。

「……啊，不錯。景仰聽起來，給人一種特別感。特別……咕呼。尊敬……呼呼、呼呼呼……」

「噯，夠了吧。快點辦正事行嗎。」

尼洛已經快受不了了，雷則是乾脆地「知道了」點頭。

「首先，把妳中詛咒的地方讓我看看。」

莫妮卡翻起長袍的袖子，露出左手臂。纖細蒼白的手臂，從手肘到手指的部分都腫著紅黑色的咒斑。

望了一眼咒斑，雷誑細粉紅色的雙眼斷言：

「這個，不是自然發生的詛咒。是咒術。」

自然發生的詛咒與人為施展的咒術，莫妮卡雖然分不出來，但看在專家的眼裡似乎一目瞭然。

尼洛一副興致勃勃的模樣插嘴：

「這麼簡單就看得出來嗎？」

「看得出來。咒術很容易留下殘渣。若作為媒介使用的咒具有留下任何一丁點碎片，滲透在那片碎片裡頭的詛咒，就可能持續不斷留存。」

確實如此，就連莫妮卡直接朝龍的肚子裡攻擊後，詛咒都還死纏爛打地留著。

恐怕，是單憑莫妮卡的火焰魔術，沒辦法徹底燒毀咒具吧。

「……看起來，這次咒具是破壞得格外到位吧。詛咒本身已經漂亮地消失殆盡了。」

在語帶欽佩講解的雷身旁，尼洛擺起一臉得意的神情。這也難怪，好歹這次破壞掉咒具的，是尼洛的黑炎。

「呃——這些咒斑，會存在一陣子嗎？」

「痕跡本身大概兩周左右就會消失，但手臂的疼痛與麻痺感，應該會持續近一個月吧。也罷，只要好好靜養，遲早會痊癒的。」

聽雷這麼說，莫妮卡總算鬆了口氣。如果痕跡只要兩周就會消失，要趕上賽蓮蒂亞學園的新學期就不成問題。不過，還不能完全安心。因為，古蓮還沒有醒過來。

「那、那個……古蓮同學呢？古蓮同學他，症狀比我還要嚴重。」

表情陰鬱的雷皺起眉頭，就好像要道出極度不祥的預言一般，語調沉重地開口：

「〈結界魔術師〉的弟子，古蓮．達德利……我是有聽到消息了，但那傢伙……那傢伙……」

難道古蓮出了什麼事嗎？

在鐵青著臉探出身子的莫妮卡面前，雷舉手朝一頭紫髮嘎哩嘎哩地猛搔。

「不但長得高，個性天真浪漫，還一臉飽受疼愛的表情，看了就不舒服……想也知道那種傢伙肯定超受歡迎。每個人每個人，都會接二連三喜歡上那種的……啊啊啊啊啊，好嫉妒好嫉妒好嫉妒……去被詛咒吧！」

「那個，古蓮同學已經被詛咒了……所以，他的病情……」

「剛已經醒了。就在我抵達不久的時候。」

莫妮卡忍不住「咦」了一聲。

面對啞口無言的莫妮卡，雷用打從心底感到無所謂的語調接話：

「古蓮．達德利這個人，魔力量天生就超人一等。對詛咒抵抗力也很強，用不著擔心……啊啊～那種打出生就是天選之人的感覺好讓人討厭……嫉妒死了……」

「古蓮同學的魔力量……超人一等……？」

「雖然是非官方紀錄，但他的魔力量計測好像破兩百五。」

「超！超過兩百五十？」

一般的魔術師，魔力量大約在一百上下。想成為七賢人，必要的魔力量是一百五十。至於莫妮卡的魔力量，大概是兩百多一點。

根據官方紀錄，魔力量超過兩百五十的人，在利迪爾王國僅得四人。其中有兩人是七賢人，即〈砲彈魔術師〉與第五代的〈荊棘魔女〉。

（這麼一提，在選修課的觀摩會上，古蓮同學好像就把魔力量測定器給弄壞了……）

那時候，古蓮弄壞的測定器，刻度上限是二五〇。

換句話說，古蓮的魔力遠在測定器的容量之上。

「……我聽說，古蓮・達德利因為魔力量過高，過去曾引發魔力失控事件。然後，就在被大家互踢皮球的時候，〈結界魔術師〉收留了他。」

一般而言，魔力量會隨著使用魔術的程度逐漸增加。

可是，如果連魔術本領都尚未成熟，體內就已經具備龐大的魔力，無論幾時引發悽慘的事件都不足為奇。

（古蓮同學他，竟然有這樣的過去……）

曾經引發過魔力失控事件的人，即使對魔術心生恐懼也很正常。

這樣的他，究竟是抱著怎樣的心情，敲響冬精靈的冰鐘（奧爾提莉亞之鐘）的？

『魔術的修行，要拚嘍——！』

在喊出那樣的誓言之前，內心究竟經歷過多少糾結？

莫妮卡緊咬嘴唇，默默低下頭去，這時，雷又嘀咕了起來：

「如果是在擔心古蓮・達德利，勸妳別白費力氣吧。那傢伙，肯定是個粗神經……再怎麼說，他可是那個〈結界魔術師〉的弟子啊……」

＊＊＊

「嘰咿呀啊啊啊啊，痛～死～我～咧～比被師父拉去關在山裡修行，搞到全身肌肉痠痛的時候還要痛啊～～～」

望著在床上掙扎得死去活來的古蓮，菲利克斯語調沉穩地開口：

「到山裡修行？你們不是魔術師嗎？」

「那時候，是先跟師父對打，被嚴加指導到快要掛點之後，才一腳把我踢下懸崖，要我自己想辦法回去哩……啊咦？這樣相比起來，光是還能躺在床上，感覺好像已經很幸福了……」

那真的是在修行魔術嗎？

在對於〈結界魔術師〉過於火爆的教育方針感到疑問的同時，菲利克斯也觀察著古蓮的臉色。

雖然全身都腫著紅黑色的咒斑，不過按〈深淵咒術師〉所言，這些痕跡似乎遲早會消失。痛覺會殘留比較久，但頂多也是一個月左右就會自然痊癒。這件事實，令菲利克斯打從心底放下一顆大石頭。

菲利克斯在心裡，對於古蓮抱持著不輕的罪惡感。

這次的咒龍騷動，既非自然天災也非龍害，是咒術師用咒術引發的人禍。

而那個咒術師，十之八九與克拉克福特公爵有關。

這場為了鞏固菲利克斯地位而策劃的咒龍騷動，相信會在無人知曉真相，對打倒咒龍的第二王子異口同聲發出讚美的狀況中，拉下帷幕吧。

古蓮卻因為被捲進這場無聊的鬧劇，在生死關頭徘徊這麼多天。

菲利克斯正打算對古蓮慰勞幾句，躺在床上的古蓮卻忽然一臉消沉地望向菲利克斯。

「會長，那個……真是非常對不起。」

「為什麼你要向我道歉？」

「因為，我明明是護衛，護衛的工作卻沒半件做得像樣……」

即使是這個有如將天真浪漫一詞擬人化繪製而成的青年，似乎還是有事情會讓他消沉。

菲利克斯藏起湧現自內心的苦笑，將視線轉而投向通往走廊的房門。

「用不著這麼消沉。你表現得很出色了……而且我覺得，這麼想的人大概不只我一個。」

面對一頭霧水的古蓮，菲利克斯眨眼使了記眼色，躡手躡腳地走近房門。

接著，不發一語地把門打開。

「呀啊——？」

隨著可愛的尖叫聲，以險些向前摔倒之勢闖進房間的，是艾莉安奴。

慌張的艾莉安奴，無意義地揮著雙手，仰頭望向菲利克斯找起藉口：

「那個，偷聽人談話什麼的，這種不成體統的念頭，我當然一丁點兒都沒有喔。我是在那個、稍微靠在門上休息罷了。」

艾莉安奴語調反常地飛快，令菲利克斯忍不住伸手遮嘴，嗤嗤地竊笑。

「特地跑到達德利同學的病房前，靠在門上休息嗎？」

「我、我只是，呃——因為看到菲利克斯大人進了病房，打算來寒暄一聲……沒錯，就只是這樣而已喔。」

結結巴巴含糊其辭的艾莉安奴，在無意義撥弄裙擺的同時，一瞥一瞥地瞄向古蓮。

「你、你好呀，古蓮大人……那個……請問你的身體狀況，現在怎麼樣了？」

直到方才都還躺在床上掙扎的古蓮，俐落地挺起了上半身。

表情絲毫看不出任何痛苦。古蓮就如同往常的他，亮出雪白牙齒，開朗快活地笑著。
「已經完全沒事哩！啊——肚子開始餓啦～好想吃肉啊～！」
聽了這番回答，艾莉安奴這才垂下眉毛，安下心喘了口氣。
才剛這麼想，下一瞬間又把傻眼似的表情收起，凶巴巴地抬起下顎。
「說什麼傻話，病人怎麼可以吃肉。」
「可是不吃肉，我就提不起勁啦！」
「唉唷，真拿你沒辦法耶！」
說著說著，艾莉安奴快步轉過身去。
就在艾莉安奴走出房間，房門尚未完全闔上時，從走廊傳來了她的喚聲：
「瑞士通！瑞士通！快去準備肉來！要最高級的肉，記得燉久一點，燉得讓人方便入口！」
菲利克斯不禁傷腦筋地笑著，轉頭望向床鋪。
只見床上的古蓮，正「嘰咿呀啊」地呻吟，差點沒昏過去。照這樣子看來，艾莉安奴的喚聲恐怕都沒怎麼能傳進耳裡吧。
「你真夠紳士呢，達德利同學。」
古蓮整個人倒回床上，嘟起嘴唇抱怨：
「有什麼辦法，總不能讓那種小女生，為我操心唄……」
看來對古蓮而言，艾莉安奴就像個小女生——與鄰家小朋友沒太大差別的樣子。
伸手按住嘴巴，忍著不讓笑聲出口的菲利克斯，在腦海的角落思考。
（那麼，艾瓦雷特女士應該和〈深淵咒術師〉談得差不多了吧？）

＊＊＊

「唉～真好命啊……那種人見人愛的傢伙……哪像什麼咒術師，永遠都只會被大家嫌噁心，在背後指指點點……」

雷的發言逐漸脫線，現在已經幾乎全在吐苦水了。

尼洛以肢體語言向莫妮卡請示「要攆出去嗎？」坐在沙發上不知所措的莫妮卡只得猛搖頭。

「每年，新年典禮將近時我都好想死……反正大家肯定都覺得，慶祝新年的場子上，為啥會有咒術師在掃興吧。我自己都這麼想。魔術師可好了，總被吹捧奉承些好帥喔好聰明喔，咒術師卻只會被罵什麼陰森啊噁心的……我何嘗不想給人尊敬給人阿諛奉承被人愛……」

面對雙手掩面不停埋怨的雷，尼洛給出了辛辣的安慰：

「安啦，本大爺跟你保證。你就算不是咒術師，也一樣陰沉陰森又噁心啊。」

莫妮卡慌忙扯起尼洛的長袍下襬，努力擠出腦海裡為數不多的詞彙。

「那個，呃——我覺得咒術師是非常了不起的工作。一點都不會，噁心什麼的。」

雷從指縫間透出目光，瞄向莫妮卡。

「髮色也好眼珠的顏色也好，我都被罵噁心過……我自己，也覺得普通一點的顏色比較好……要是有機會，我也想生作金髮碧眼的美男子，當個高個子王子殿下……」

以「要是有機會」而言，後續的內容是有點獅子大開口。

雷那不存在於自然界的搶眼髮色與眼珠色，倒不是出自他的興趣，而是受到身體上刻畫的兩百多道咒術所影響。

這就與吸收大量魔力到體內時容易引發的魔力中毒類似。魔力與詛咒這類東西，無論如何就是對人類的身體有害，大量攝取就會在人體引發異常。

「那、那個，我覺得，紫色的頭髮，很漂亮。畢竟紫色是，高貴的顏色嘛……」

莫妮卡卯足全力拼湊詞句，雷則緩緩地緩緩地抬起頭來。

有如寶石般鮮豔的粉紅色眼珠，從眼底閃起陰森的光芒，凝視著莫妮卡。

「而、而且，只有咒術師才能勝任的工作，我覺得也是存在的。」

莫妮卡端正坐姿，以七賢人的身分面對雷。

關於這次的咒龍騷動，有事情想找雷請教清楚。

「〈深淵咒術師〉大人，請你告訴我……人類有可能以咒術詛咒龍，藉此令咒龍誕生嗎？」

才剛問完問題，雷立刻斬釘截鐵答道「不可能」。

「龍對於魔力的抗性高得恐怖。如果是幼體也就罷了，龍的成體根本不是人類憑區區咒術就奈何得了的對象。」

莫妮卡試著回想，在遭到詛咒侵蝕的時候，於劇痛中見到的記憶片段。

幼子遭到咒殺的綠龍，為了向人類復仇，連同詛咒將愛子一起啃食下肚。

「那……如果，是龍自己主動接受詛咒，的話呢……？」

聽了這個說法，雷沉默了一會兒，陷入沉思。

紫色的睫毛下垂，在鮮豔的眼珠上形成陰影。

「這個想法，畢竟沒有前例，我也說不準。況且高等龍種的生態，至今仍存在大量謎團……這次的咒龍，就是這種情形嗎？」

「要是留在我手上的咒斑，並非源自自然發生的詛咒，而是人為施加的咒術所致……那恐怕就是，這麼一回事。」

雷的表情陷入了僵硬。

身為咒術師的他，對這般發展心裡有點頭緒。

「難道說……是背叛歐布萊特家的，那個男人……」

「我也，在想一樣的事情。」

發生咒具混入賽蓮蒂亞學園校慶的騷動時，雷曾經這麼說過。

十年前，曾有一位咒術師背叛歐布萊特家，把咒具偷走逃亡。

雷舉起雙手，把紫髮嘎哩嘎哩地搔得亂七八糟。

「……糟透了。」

這次的咒龍騷動若是咒術師搞鬼，就相當於變相證明了能透過咒術令龍失控。

更遑論，下手的人若是背叛了歐布萊特家的咒術師，雷身為現任當家，這可是會影響他腦袋去留的問題。

「背叛歐布萊特家的那個咒術師，是什麼樣，的人？」

莫妮卡的提問，雷同樣抱著頭低吟回答：

「當時他自稱巴利．奧茲。黑髮。個頭不高，但體格不錯……現在的年齡應該五十歲上下。說真的，名字愛怎麼假報都有可能，再者都過了十年，外表更是很可能已經判若兩人。」

叛徒咒術師巴利．奧茲，原本是外部人士，據說是藉由入贅與歐布萊特家分家的女性成婚，才得以進入家族。

至於那位與巴利結婚的女性，似乎婚後數年便撒手人寰，兩人膝下無子。

「我呢，是沒怎麼跟他講過話……喔，對了。他看起來，感覺很溫柔、很親切。」

雷雙手掩住蒼白的面孔，揚起缺乏血色的嘴唇，自嘲地笑道：

「……明明咒術師，根本就不可能是什麼溫柔親切的人。」

頓時，莫妮卡感到背脊不寒而慄。

如此年少便接任咒術師當家的他，身上究竟背負了什麼，莫妮卡並不清楚。

但可想而知，當家這個頭銜，分量絕對不輕。

擺在膝上，還能自由行動的右手握緊拳頭，莫妮卡語調嚴肅地向雷提議：

「〈深淵咒術師〉大人，這次的事件，你願意瞞著其他各位，私下調查，嗎？」

「……可以嗎？」

「是的，我也會，提供協助，所以……」

就莫妮卡來說，也有些不希望讓這次咒龍事件公諸於世的理由。

（……雖然只是猜測，但關於那道咒術，殿下恐怕知道些什麼。）

莫妮卡趕到時，菲利克斯就已經斷定侵蝕咒龍的詛咒，是咒術所致。

他非常有可能，掌握著一些莫妮卡不知道的情報。

歸根究柢，菲利克斯趁半夜溜出宅邸，偷偷跑去與咒龍對峙，這件事本身就很詭異。以他的身分，理應找宅邸的人，或身為護衛的莫妮卡說一聲。

菲利克斯明顯隱瞞了些什麼。有必要，找他好好談談這件事。

暗自想著這些問題時，某人握住了莫妮卡的手。某人──當然不用說，是雷。

曾幾何時已從沙發上起身的雷，蒼白的面孔染上了薔薇色。

「那、那個，〈深淵咒術師〉大人……？」

「沒想到，妳竟然那麼為我著想……」

看在雷的眼裡，莫妮卡的提議，大概就像是顧慮到雷身為咒術師，在避免讓他立場為難吧。

他感慨萬千的雙眼，顯得有那麼一點濕潤。

「這已經是兩情相悅了對吧，我們情投意合對吧。一定是這樣。太驚人了，我是有人愛的……」

「那、那個～……？」

再這樣下去，感覺話題會脫線到非常駭人的方向去。

莫妮卡使出了渾身解數嘗試修正軌道。

「總、總而言之，既然事情就是這樣，咒龍這件事，就由我們兩個進行祕密搜查吧……」

「屬於兩人之間的祕密……祕密的關係，感覺真棒啊……一旦共享祕密，彼此的愛情也會加深……」

咕呼……」

「噯，那祕密本大爺也知情嘛。所以說，你們跟本大爺之間的愛也會變深嗎？」

已經聽膩冗長對談，在床上無所事事的尼洛傻眼地插嘴。

這時，房門被刻意壓低的力道敲響。是巴托洛梅烏斯嗎？

從床上起身的尼洛，一副嫌麻煩的態度前去開門。

「喂，小弟。不就跟你說要趕人嗎～」

「大哥，歹勢啦。是菲利克斯殿下說，有事情無論如何都想找〈沉默魔女〉大人談談。」

莫妮卡緊張得表情陷入僵硬。

這一刻，終於來臨了。

（首先得針對尼洛的事情，鄭重請他保守祕密……然後，我想問清楚，殿下到底在隱瞞些什麼。）

想達成這個目的，有雷在場會不太方便。

確認嘴邊面紗沒有戴歪的同時，莫妮卡向雷開口：

「〈深淵咒術師〉大人……方便，讓我稍微和殿下，談一會兒，嗎？」

聞言，雷惆悵地發出呵呵笑聲，低頭望向腳邊。

「果然，女孩子還是都喜歡王子殿下嘛……誰教人家是金髮碧眼的美男子，還是王族三兄弟中最帥的美男子呢，女生當然都愛他嘛……」

「不是，那個，我有很重要的事要談……」

「王族也太詐了吧，光是存在就好，什麼都不用做也有人愛……我也好想被人無條件愛上啊，好想被愛好想被愛好想被愛……」

尼洛不發一語，抓起雷的頸子，粗暴地打開房門。

門外可以看到巴托洛梅烏斯與菲利克斯的身影。

一聲「退下」，尼洛粗魯推開兩人，把雷朝走廊扔出去。對菲利克斯也好，對雷也好，一連串舉止中都感覺不出半點敬意。

「好，清掃完畢。你可以進來嘍，王子。」

「……那我就失禮嘍。」

側眼望向被扔到走廊的雷，菲利克斯邁步進入房內。

待菲利克斯一進房，尼洛便迅速關門上鎖。

莫妮卡將筆記用具移到手邊，拿起羽毛筆在紙上撰文。

『歡迎，勞駕你前來拜訪。』

將紙上的文字秀給菲利克斯看，彎腰一鞠躬。

然後，莫妮卡繼續補上文字。

『我們談談吧。』

「樂意之至，女士。」

菲利克斯露出甜美的微笑，坐到莫妮卡對面的座位。

那深不見底的美麗笑容，令莫妮卡感覺指尖一陣冰冷。

現在起，莫妮卡必須與菲利克斯展開對峙。

……而且好巧不巧，對峙的舞台是莫妮卡最感棘手的談判桌。

✦第九章　莫妮卡與尼洛的邂逅

「身體狀況還好嗎，艾瓦雷特女士？要是覺得難過，還請千萬別逞強，好好躺著歇息。」

出聲關切的菲利克斯，嗓音十分溫柔。

只不過，他在話語中蘊含的意念並不只是溫柔，這點莫妮卡很清楚。

這個人，在談判時強悍到令人恐懼。一旦被他的溫柔打動，沒幾下就會讓他牽著鼻子走了。

『我們進入正題吧。』

「嗯，說得也是。」

菲利克斯點了點頭，轉而望向站在莫妮卡沙發後方的尼洛。

尼洛正雙手抱胸，瞪著菲利克斯不放。

「首先，可以讓我請教關於他的事嗎？」

果然，還是得先從這個話題起頭吧。

莫妮卡還在腦海裡挑選用詞，尼洛就先挺起胸膛，得意洋洋地用鼻子哼氣。

「想更了解本大爺是嗎？行啊，好好聽清楚了。本大爺愛吃的東西是烏跟起司。喜歡的小說家是達士亭・君塔。」

「我想知道的不是你的嗜好，而是你成為艾瓦雷特女士使魔的經緯就是了……不對，在那之前，或許該這樣請教你吧——」

菲利克斯稍稍瞇細了雙眼，這麼個小動作，就讓場面遭到冰冷的氣氛所支配。
隨著渾身散發的冰冷威壓感，菲利克斯問道：
「可以告訴我，你率領成群翼龍襲擊柯貝可伯爵領地的理由嗎？沃崗的黑龍閣下。」
菲利克斯所散發的威壓感，是足以令在場人士無條件下跪服從的王族威壓感。
可是，絲毫不在意人類身分階級的沃崗黑龍，就只是嘟起下唇，有如在捉弄人似地「啥～？」了一聲。
「本大爺啥時襲擊過人類了？啊？這種應該叫什麼來著？……喔，對了。栽贓。你在栽贓！說到底，本大爺跟那票翼龍根本不是一夥的。」
「……不是嗎？」
面對困惑的菲利克斯，尼洛答以好似沒啥大不了的口吻。
「本大爺，本來是住在帝國的山上啦。可是，那邊搞什麼開發還啥的吵得要命，待不下去了，就在本大爺四處閒晃另尋新居時，是在沃崗山脈那邊嗎？那票小毛頭翼龍就擅自把本大爺當成了他們的老大而已。」
即使在下等龍種裡面，翼龍也算是知性偏低的龍。基本上就無法理解語言，難以和高等龍種進行正確的溝通。
「那票小毛頭好像以為有本大爺撐腰，就得意忘形地跑去侵襲人類聚落，但本大爺可從沒下過任何命令啊。」
「這樣的話，你又是在怎樣的經緯下，和艾瓦雷特女士形成主從關係的？」
聽到菲利克斯的提問，莫妮卡握著羽毛筆的手不由得徬徨了起來。

說實話，好想抱頭哀號。

（這、這件事……真的可以說出來沒關係嗎～～～？）

一反莫妮卡滿腦的糾結，尼洛乾脆地說出了答案。

「就我隨便補了野鳥吃，天曉得骨頭竟然刺在喉嚨裡～」

「嗯。」

「就在痛得受不了的時候，這傢伙幫我把骨頭拔掉啦。」

「……就這樣？」

「對啊。」

是真的。真的就只是這樣。

＊＊＊

大約在半年前，為了討伐沃崗的黑龍，隻身潛入沃崗山脈時，莫妮卡在森林深處見到的，是全身蜷在一塊兒，不悅地嘎嚕嘎嚕嘶吼的黑龍。

黑龍的軀體，比莫妮卡所住的山間小屋來得更加龐大。長滿銳利尖牙的那雙巨嘴，想一口吞下莫妮卡，只怕是不費吹灰之力吧。

莫妮卡的任務是討伐眼前的黑龍。既然如此，只要在黑龍察覺之前，以高威力攻擊魔術砸向眉心，任務就完成了。

可是，聽見黑龍的呻吟聲，莫妮卡忍不住停下了腳步。

莫妮卡在米妮瓦修課時學過精靈語言，可以聽懂簡單的單字。

那隻遍布漆黑鱗片的傳說惡龍，是這麼呻吟的：

——好痛，好痛，好痛。

所以，莫妮卡從樹木後探出頭來，戰戰兢兢地開口問道：

「……那個，請問，是不是有什麼問題，在困擾你呢？」

對於極度內向怕生的莫妮卡而言，相較於人類，向龍搭話實在容易得多。

即使那是一級危險種——黑龍也不例外。

——喉嚨，刺到了，拔不掉，好痛。

「……喉嚨？呃——……你嘴巴，可以像這樣，啊——一下……嗎？」

就像要回應莫妮卡似的，蜷曲在地面的黑龍緩緩抬頭，大大張開了嘴巴。

口內的一根根尖牙就如刺槍般銳利，鮮紅的舌頭更是長到可以輕鬆捲起莫妮卡。

即使如此，記得黑龍的舌頭不具毒性的莫妮卡，還是笨手笨腳地爬上黑龍的下顎，進入了口中。

主動爬進黑龍的嘴裡，根本不是正常人會有的舉動——相信無論是誰，都會這麼想。

可是莫妮卡認為，比起進入人類的社交圈，進到龍的嘴裡反而不是多恐怖的行為。

嘿咻～嘿咻～趴在黑龍舌頭上爬行的莫妮卡，在喉嚨深處發現了一根刺在肉壁上的白色物體。恐怕，是鳥類或小動物的骨頭吧。

「呃——我幫你，把這個拔掉……請稍微忍耐，一下喔……」

用雙手抓住骨頭，莫妮卡「嘿～～」地一聲，透過全身體重拔起了骨頭。黑龍的喉嚨隨即咕嚕咕嚕作響，莫妮卡也被振動給震得失去平衡，一屁股倒在黑龍舌頭上。

黑龍的舌頭很軟，即使摔在上頭，也沒有多疼。

「拔掉了……」

就在莫妮卡呼～地喘氣時，黑龍把長長的舌頭垂到了嘴外。

莫妮卡的身體就像在斜坡上滾落一般，從黑龍的舌頭開始一路向外滾。

「噫嗚喵啊啊啊啊啊啊啊？」

全身沾滿唾液的莫妮卡，啪唰一聲落到了黑龍嘴外。

莫妮卡眼花撩亂地趴在地上，黑龍則是愉悅地仰天長嘯——並在下個瞬間，全身為黑霧所籠罩。

巨大的黑霧開始變化輪廓，壓縮出指尖、腳尖、毛髮，轉變為人類的外型。

站在黑龍原先蜷曲位置的，是有著一頭黑色短髮，一雙金色眼眸，身穿老派長袍的男人，個頭還非常高。

男人以充滿神祕感的金色眼眸望向莫妮卡，開口說道：

「啊～～總算舒爽多啦！唉呀～沒想到隨便捕野鳥來吃，骨頭就這麼刺在喉嚨裡。本想說用黑炎燒成灰燼就好了，誰曉得卡在那種微妙燒不到的位置，害我傷透腦筋呢。」

用人類語言滔滔不絕地談天的男人身上，絲毫沒散發出半點威嚴或神祕感。

除了身上那件莫名老派的長袍之外，看起來就像個隨處可見的年輕人。

維持原本黑龍的姿態，要對話還比較容易的說——莫妮卡心想。無論再怎麼努力，莫妮卡就是會對身材高大的男性感到恐懼。

眼見莫妮卡趴在地上動也不動，變成人型的黑龍蹲到莫妮卡面前，讓彼此視線交錯。

「怎麼怎麼，本大爺帥到讓妳發抖了嗎？」

「噫……啊……」

莫妮卡向後挺起上半身，屁股貼在地上往後爬，嘎答嘎答地發抖。化身成人的黑龍見狀，鬧脾氣似地嘟起嘴巴。

「為啥看到龍妳都不怕，反而怕人啊？明明就這麼帥？」

「……嗚、嗚咽～……」

莫妮卡這會兒終於哭了起來，化身成人的黑龍一臉困擾地搔頭。

「啊～……人類的雌性，是喜歡什麼來著？唔嗯——好，這樣如何！」

成年黑髮男性的身影再度為黑霧籠罩，壓縮成更小的外型。

待黑霧散去，出現在莫妮卡面前的，是一隻黑貓。

「人類都喜歡貓對吧？誰教貓是最可愛的生物嘛！來啦，肉球隨妳摸喔。喵喵～」

黑貓把前腳按在莫妮卡臉上壓個不停。那柔軟的感觸，稍稍緩解了莫妮卡的緊張。

眼前的生物無論從什麼角度怎麼看，都是可愛的黑貓。

不過，維持黑龍姿態時明明無法說出人類的語言，變成貓的時候卻能自在發音，可見身體構造並不完全與貓一致。至少聲帶方面應該是有差別的。

望著左右搖晃的尾巴思考這些事情時，「好，看來已經冷靜啦。」黑貓一副安心的表情不停點頭。

「所以，為啥人類會跑到這種地方來？迷路嗎？」

「那個，呃——其實……」

呆坐地面的莫妮卡緩緩挺起上半身，坐在地上搓著指頭。

「可、可不可，請你離開這座山，呢……山腳下的人，都非常，害怕你……」

沃崗的黑龍
尼洛

「啥？這麼說來，好像有一大堆人類跑到山腳下來嘛？難不成，本大爺的生命其實正受到威脅？」
「該、該說……我姑且，也算是，來驅逐你的嗎……」
聽到莫妮卡憨直地表明自己的來意，黑貓露出傻眼的表情。
「我說，妳是傻了啊。本大爺現在要是變回原型，向妳噴口黑炎，妳可就連骨頭都不剩了耶？」
「這、這點，不成問題。因為我，應該可以在那之前，就把你……打倒……」
莫妮卡伸手朝附近的樹木一指，發動了無詠唱魔術。只見一棵頗為粗壯的樹木就像被打樁似的，中心瞬間遭到一根冰槍刺穿。
面對金色雙眸睜得老大的黑貓，莫妮卡忸忸怩怩地搓著指頭接話。
「黑炎發動前，需要花時間蓄力……我相信，只要在你噴火之前，先攻擊眉心，就能打倒你了。」
不是在威脅，對莫妮卡來說，這只是純粹的事實。
黑貓一臉不可思議地歪頭。
「那，妳為啥要幫本大爺拔骨頭？」
「咦？呃——……因為你好像，覺得很痛……？」
「我說，妳是不是常被人當作怪人啊？」
「啊嗚……」
莫妮卡對於自己是個無法融入社會的邊緣人有自覺。可真沒想到，竟然會被龍點出這項事實。
黑貓仰頭凝視著默不作聲，心境複雜的莫妮卡，「唔姆～」地低吟。
「明明怕都不怕黑龍，甚至敢進到嘴巴裡頭，卻會害怕人類的人類嗎……妳這人可真怪。本大爺最喜歡有趣的傢伙了。妳很有趣。」

「呃、喔……」

「好，決定了。今天起，特別准妳飼養本大爺。」

沉默了好一會兒，仔細咀嚼黑貓發言的含意之末，莫妮卡才傻里傻氣地應了聲「……什麼？」

黑貓則以一副理所當然的語調回話：

「還什麼，不是妳自己說，希望本大爺離開這座山嗎？」

「是、是的。」

「可是，本大爺又沒有其他地方可去。為了人類自己方便，本大爺就要被掃地出門，不覺得很可憐嗎！」

「確、確實是這樣，沒錯。」

「所以說，把本大爺趕出這邊的妳，就要負起責任飼養本大爺啊。」

總覺得，自己好像中了對方的話術。

可是，個性原本就軟弱的莫妮卡，根本無法在這種時候堅定地反駁。

能做的，就只有不斷重複「呃——那個～……」之類意義不明的隻字片語，這時，黑貓跳上了莫妮卡的肩頭，用肉球按在臉上猛壓。

「龍這種生物，對於比自己強大的傢伙是絕對服從的。妳比本大爺還強，所以特別收妳當本大爺的主人。記得為此驕傲啊。」

人類與龍對於絕對服從這個詞彙的解釋是不是不太一樣啊——感受著臉頰上柔軟的觸感，莫妮卡不禁如此心想。

＊＊＊

聽過尼洛的說明，菲利克斯臉上露出沉穩溫和的笑容。雖然是笑容，卻也明顯夾雜了困惑的神情。

「我聽說，沃崗的黑龍夜夜都不停發出陰森的嘶吼……」

「對啊，因為喉嚨很痛。」

「所以那些嘶吼聲……不是在對那票跟班的翼龍，下達攻擊命令？」

「『唔喔喔喔，痛～～死我啦～～～～』大概像這種感覺吧。從那天起，本大爺每次吃鳥，就學會把骨頭好好吐出來嘍。」

莫妮卡強烈感覺自己如坐針氈。

〈沉默魔女〉根本沒有擊退沃崗的黑龍。就只是，幫黑龍把刺在喉嚨裡的骨頭拔掉了而已。

視〈沉默魔女〉為英雄的菲利克斯，想必失望透頂吧。

莫妮卡提起羽毛筆撰文。

『你要告發我嗎？』

「當然不。」

菲利克斯的話語中，感受不到一絲躊躇或糾結。

「對黑龍伸出援手並收作使魔，絕非任何人都能辦到的事。我對妳的尊敬絲毫未減。只是……該說對龍有點小小改觀還是……」

面對語帶保留的菲利克斯，尼洛得意洋洋地接話：

「喔，心中對龍的印象大幅加分了對吧？」

為什麼能在這種對話走向之下，浮現這種感想呢——莫妮卡忍不住如此心想。菲利克斯恐怕也是同樣的心情。

在菲利克斯心中，對龍的評價無庸置疑已經偏向了「其實意外地脫線」。

菲利克斯摻雜著苦笑，再度開口問尼洛：

「我可以認為，你沒有想危害人類的念頭嗎？」

「當然。本大爺呢～對人類又沒那麼感興趣。」

即使被趕出一直居住的山脈，尼洛還是一副若無其事的模樣。他基本上就是不怎麼會記恨的性格。

不過，唉～嘴巴說對人類沒興趣，最近倒是對人類的文化與創作物顯得興致勃勃。主要像冒險小說或偵探小說之類的。

「你在化身成人類時，也能使用黑炎嗎？」

菲利克斯提到的黑炎，是指黑龍吐出的黑色火焰。

黑炎是連咒術或防禦結界都能燃燒殆盡的最強火焰。

追溯歷史淵源，似乎在數百年前有極為少數的魔術師能夠操控黑炎，但現代已不復存在，黑炎也已經被視為禁術的一種。

也就是說，與死者復活、操作天候同樣，黑炎成了魔術師最大的禁忌。

要是尼洛在化身人類姿態時一樣能使用黑炎，就算是菲利克斯，只怕也無法坐視不管。

但，尼洛乾脆地搖搖頭，否定了這個疑慮。

「不行喵，黑炎沒變回原型用不了。想也知道啊，要是變人類時也能用，早就暗地裡用個痛快了。」

「……我想也是。」

尼洛沒有說謊。化身成人類時，尼洛的體能雖然出眾，但既無法自由飛行，也沒辦法使用黑炎。

或許是接受了這個答案，菲利克斯向不安的莫妮卡送上一記笑容。

「請安心，女士。關於他的事，我不會告訴任何人。這是我和妳之間的祕密。」

『非常謝謝你。』

請菲利克斯為尼洛的身分保密——第一個目的達成了，莫妮卡總算鬆一口氣。

可是，還不能讓談話就此結束。莫妮卡有另一個目的尚未達成。

（我想知道，殿下到底在隱瞞些什麼。）

這次輪到自己提問了，莫妮卡飛快地用羽毛筆書寫文字。

『我也有事情，想要向殿下請教。』

「……是關於那晚，我為什麼會和咒龍對峙嗎？」

莫妮卡輕輕點頭。準備在紙上提問，那晚，菲利克斯為什麼會一個人偷跑出宅邸。

然而，莫妮卡還沒動筆，菲利克斯就先回答了起來。

「那天夜裡我不知為何，胸口一股騷動遲遲不退。光是用獵槍射中眉心，真的就能打倒傳說中的咒龍了嗎？實在百般不安……所以，膽小的我就悄悄跑去確認咒龍的屍骸。沒想到，咒龍真的動了起來，結果就這麼展開對峙。因我個人的獨斷行動，給女士添了麻煩，希望妳接受我發自內心的道歉。」

從表情看得出來，菲利克斯道歉得非常誠懇。實際上，對於莫妮卡身中詛咒的事，他應該是真的很過意不去。

……只不過，他還是隱瞞了些什麼。
『為什麼，不找護衛同行？』
「是因為我不想對妳老實說『我怕咒龍沒有真的死去，請妳陪我一起去確認……』然後被妳當成膽小鬼。全都怪我太愛面子，我已經深切反省了。」
騙人——莫妮卡的直覺如此告訴自己。可是，想指稱這是謊言，需要的手牌還沒湊齊。
試著在腦內回顧當晚的情景，莫妮卡從菲利克斯的一舉一動裡尋找蛛絲馬跡。
那時候，菲利克斯是這麼告訴莫妮卡的：
——女士！那是咒術。至於咒具，恐怕存在於體內某處！
就是這個。莫妮卡再度執起羽毛筆。
『殿下為什麼，可以斷定侵蝕咒龍的詛咒，是咒術所致呢？』
就連身為七賢人的莫妮卡，都無法看出自然發生的詛咒與人為咒術的差別。明明如此，菲利克斯為何能斷言那是咒術呢？
面對這道提問，菲利克斯並未顯得動搖，只是一臉自信缺缺地回應。
「其實，我並沒有真的確定那是咒術。只是我從前，曾經到咒術師向罪人下咒的現場觀摩過……因而浮現這種推測，就只是這樣而已。」
恐怕，菲利克斯早就事先假定莫妮卡可能提出的各種疑問，準備好表面上合理的答案了吧。無論莫妮卡再怎麼追問，都反覆遭到四兩撥千斤，得不到正面回應。
（還有沒有，什麼能問出真相的方法……）
莫妮卡非常不擅長談判，但還是為了避免話題就此結束，讓大腦全速運轉。

然而，還來不及祭出下一著，菲利克斯就先以若無其事的口吻起了頭。

「這麼一提，艾瓦雷特女士。」

反射性抬頭的同時，菲利克斯的雙眸映入了眼簾。有如在水藍色眼珠中點綴一滴綠色水彩的美麗眼眸，正因笑容而瞇得細長。

「請問，『妳是賽蓮蒂亞學園的相關人士嗎』？」

「——！」

一時過於動搖，莫妮卡忍不住縮起肩頭打顫。

目睹此景，菲利克斯笑得更深了。就好似得到了確信一般。

（……糟了！）

在焦急的莫妮卡記憶中，〈結界魔術師〉路易斯．米萊正嗤嗤地笑道「同期閣下」。還記得，那好像是自己被硬拉去玩牌時的事。

——心生動搖時會縮起肩膀的習慣，勸妳改一改比較好喔。

實在是一針見血。

那時候，路易斯還這麼說——勝負打從上牌桌之前就開始了喔。

有別於貿然上陣的莫妮卡，菲利克斯事先進行了周全的準備。

無論是要怎樣化解莫妮卡的追問，或是如何引出自己想要的情報，肯定都仔細地沙盤推演過。

「艾瓦雷特女士。以前，希利爾——校內的學生因魔力中毒而失控的時候，妳曾經幫忙阻止他對吧？」

沒錯。尼洛與菲利克斯，就是在那時遇到對方的。

在面紗下咕嘟嚥了口唾液，莫妮卡以顫抖的手動筆撰文。

『我只是，碰巧路過罷了。』

「是這樣嗎。」

原以為會遭到排山倒海般的追問，菲利克斯卻乾脆地打了退堂鼓。

正有點為此反應不過來，菲利克斯又鄭重地低頭。

「還請容我，在此向妳鄭重致謝。多虧妳出手相助，我們學生會的『書記』才沒有釀成大禍。」

（……咦？）

這次雖然沒出聲，但卻很明顯陷入了錯愕。

而莫妮卡困惑的反應，當然逃不過菲利克斯的眼睛。

（……啊！）

莫妮卡動搖得一臉鐵青，菲利克斯則是以一如往常的笑容接著說下去：

「啊啊，失禮。我說錯了。希利爾不是書記，是副會長才對。」

希利爾．艾仕利是學生會副會長這件事，只要身為賽蓮蒂亞學園的學生，任何人都清楚。

可是，外界人士——更遑論是與社交界無緣的〈沉默魔女〉，竟然對這項事實心知肚明，就顯得非常不自然。

明明如此，莫妮卡卻不慎對菲利克斯發言中的錯誤做出了反應。

（被發現了……〈沉默魔女〉就在賽蓮蒂亞學園內的事，被發現了……！）

凝視著莫妮卡的那雙碧綠眼眸，洋溢著藏不盡的喜悅。

「在傷患的房裡聊太久，還是不太妥當呢。恕我差不多該告辭了……請妳務必好好靜養，讓左手早日痊癒，女士。」

菲利克斯露出一副體貼的微笑，自椅面上起身。

無論那笑容是多麼溫柔、多麼甜美，莫妮卡還是除了渾身嘎答嘎答打顫之外，什麼都做不了。

沒能從菲利克斯口中問出自己想知道的祕密，卻讓菲利克斯帶走了想要的情報。

這場談判，是莫妮卡徹底敗給了菲利克斯。

＊＊＊

菲利克斯離開房間後，莫妮卡咻嚕咻嚕地貼著沙發脫力往下滑。

「嘩啊啊啊啊～搞砸了啦～～～……我這個笨蛋笨蛋笨蛋～～～……」

在莫妮卡身後雙手抱胸的尼洛，一臉搞不清楚狀況的表情發問。

「所以說，是怎麼一回事？」

「〈沉默魔女〉！是賽蓮蒂亞學園相關人士的事！被殿下發現了！」

「妳！妳說什喵～？」

早知道會這樣，根本就不該亂出手打探的。在尼洛的身分確定能保密時，就該結束對話才對。莫妮卡發自內心後悔。

歸根究柢，以擅長外交的菲利克斯為對手，不善言辭的莫妮卡哪可能在談判桌上占到便宜。

「嗚嗚、嗚嗚……本來想打探殿下在隱瞞什麼，卻反而，自己露出馬腳了啦～～～」

等寒假放完，菲利克斯一定會開始尋找躲在校內某處的〈沉默魔女〉行蹤吧。

護衛任務還有將近半年的時間得執行，真不曉得今後到底該怎麼辦。

「明明是想要問清楚，殿下為什麼會發現是咒術，又為什麼要晚上一個人溜出去的說……嗚嗚～」

莫妮卡正消沉得𣺌，尼洛又道出了更勁爆的消息。

「也罷，那個王子好歹也是有契約精靈跟著的，感覺原本就懂得不少啊～況且啊，既然有精靈當靠山，不帶護衛也沒什麼好怕嘛。」

「……咦？」

一時之間，莫妮卡無法理解尼洛到底在說什麼。

莫妮卡地板上緩緩起身，仰頭望向尼洛。

「殿下的契約精靈，是什麼意思？」

「之前不就講過。王子身邊跟了隻晃頭晃腦的白蜥蜴啊。那個，八成是水系高位精靈喔。」

「等一下等一下等一下……」

菲利克斯有契約精靈跟著什麼的，根本從沒聽過。不過，尼洛提到蜥蜴云云的事，確實是依稀有點印象。

（記得是，殿下指使蜥蜴去打探尼洛還怎樣的……那時好像說到一半就被打斷了吧？）

不過，莫妮卡認為，菲利克斯要與水系高位精靈締結契約，恐怕是不可能的。

與高位精靈的契約，除了精靈本身的同意、用來當契約石的寶石，還需要具備相當於上級魔術師的知識與魔力量。因此，成功與高位精靈締結契約的魔術師，在利迪爾王國甚至不到十人。

最重要的是，即使滿足了這些條件，菲利克斯本身也存在一項，無法與水系高位精靈締結契約的理由。

「尼洛，我跟你說，人類打從出生起就有自己擅長的屬性存在……精靈的屬性若不是自己擅長的，就沒辦法締結契約。召喚精靈王之類的，也一樣受到這個限制就是了。」

好比說，莫妮卡擅長的屬性是風。所以莫妮卡能夠召喚風之精靈王，但想召喚其他屬性的精靈王就辦不到了。

「這樣的話，那個王子擅長的屬性就是水吧？」

「我覺得，殿下擅長的屬性，八成……是土。」

莫妮卡答得不乾不脆，尼洛則一臉狐疑地皺起眉頭。

「妳明明就沒看過那個王子用魔術的場面，為啥會知道這種事啊？」

「殿下的全名，不是以亞克作為中間名嗎？」

在利迪爾王國，有著從擅長屬性的精靈王名稱裡取字，作為中間名命名，以期得到精靈王加護的習俗存在。

若要拿身邊的人舉例，就是學生會總務尼爾。他的全名是尼爾．庫雷．梅伍德。中間名庫雷的由來，就是取自司掌土屬性的大地精靈王亞克雷德。

「殿下的中間名亞克，是源自土屬性的精靈王，擅長的屬性照理來說是土。所以，應該是不可能與水系高位精靈締結契約才對……」

「本大爺對這些雖然不是很懂，但就沒有人擅長的屬性在成長過程中改變的嗎？」

「擅長什麼屬性，基本上是遺傳自雙親的某一方，也已經有研究結果指出，擅長的屬性不會在成長過程中改變。」

魔力與遺傳有關，莫妮卡父親的研究也恰恰為了這件事背書。在波特古書店，莫妮卡讓人幫忙買下的父親著作，就曾提及這個性質。
「總覺得，聽起來沒什麼頭緒耶，真的是這樣嗎？」
「像火龍，也不會某天突然變成水龍吧。」
「喵來如此，的確。」
尼洛不停點頭，用手按在下巴擺出沉思的動作。
「那～就剛好取了個跟擅長屬性無關的中間名之類的。」
「堂堂王族，會特地取一個，和擅長屬性無關的中間名嗎……？」
「天曉得，很難說吧？」
對名字不怎麼執著的尼洛答得輕描淡寫，但莫妮卡無論如何就是覺得有股不協調感。
（該不會，殿下之所以不能在外人面前施展魔術，理由也跟這些有關……）
經過這次的咒龍騷動，對菲利克斯產生的疑惑與不協調感，在莫妮卡心中一點一點地膨脹了起來。
對咒龍擺出的不自然態度。
把高位精靈這個手牌藏起來的理由。
以及，對王位固執的理由。
可是，就算莫妮卡基於好奇心，硬是找出這些答案，又能得到什麼呢。莫妮卡只是區區的護衛，與這些事情八竿子打不著邊。不應該出於好奇就去隨意打探。
……這時候的莫妮卡，是這麼想的。

＊＊＊

（啊啊～果然被我料中了！）

菲利克斯抱著幾乎想跳舞的雀躍心情，離開了〈沉默魔女〉的房間。

他的胸膛猛烈怦通作響，喜悅得顫抖不已。

打從校慶時，得知校內被安裝暗殺用魔導具〈螺炎〉的那一刻起，「難道說」的念頭就始終在腦裡揮之不去。

再看到〈沉默魔女〉方才的動搖，菲利克斯終於得到了確信。

菲利克斯敬愛到無以復加的〈沉默魔女〉，就在賽蓮蒂亞學園內。

（……好想見她。可能的話真想看看她的長相。聽聽她的聲音。）

強忍著不讓嘴角上揚，朝自己房間移動時，瞥見一個在走廊角落抱著膝蓋縮成一團的男人，停下了腳步。

男人帶著黃金法杖，身穿施有金線刺繡的奢華長袍。從兜帽邊緣見到的，是世間少有的紫色毛髮。

那是七賢人之一——第三代〈深淵咒術師〉雷．歐布萊特。

他窩在走廊做什麼？是身體不舒服嗎？

「……啊啊～好想被愛好想被愛好想被愛……」

菲利克斯曾數度目擊〈深淵咒術師〉向王城內侍女求愛的場面。

喔，是常見的那個吧——暗自領悟之後，菲利克斯從雷的背後出聲叫喚：

「失禮了，這位相信是〈深淵咒術師〉歐布萊特卿。敢問身體有何不適嗎？」

聞言，縮成一團的雷緩緩抬起頭來。

然後就這麼凝視著菲利克斯，舉起雙手遮住眼睛。

「眼睛被王族的氣場閃瞎了……」

他的發言應該有九成隨便聽聽就好——菲利克斯做出了如此判斷。

藐視王族什麼的，菲利克斯不打算跟他囉嗦這些。至少，國王是在明知他性格有問題的前提下，還任命這個男人就任七賢人的。

「歐布萊特卿，這次有你前來真是幫大忙了。果然還是有咒術專家在場才令人安心……其實我剛好有件事，想請教你這位咒術專家。」

被哄抬身價的雷，稍微挪開了遮住眼睛的手掌，從指縫間仰望菲利克斯。

菲利克斯開口提問：

「想以咒術恣意操控生物，是有可能的嗎？」

「……那不是，咒術的本質。」

雷緩緩自地面起身，在不對稱的瀏海下，有如寶石般的粉紅眼珠，以輕蔑的目光投向了菲利克斯。

「咒術不是為了操控他人而存在的。是為了使人痛苦。想操控他人，該用的是精神干涉魔術吧。」

「……真是一針見血。」

「如果，真有打算利用咒術去操控生物的傢伙在，那傢伙就根本算不上什麼咒術師，只是個純粹的垃圾。」

看在一般人眼裡，不管是操控他人，還是讓人痛苦，其實都半斤八兩，同樣地邪惡，不過咒術師似乎也有著咒術師自己的信念。

（透過這種受唾棄的能力，被人拱上來繼位的王子嗎。）

克拉克福特公爵為菲利克斯・亞克・利迪爾所鋪好的道路，是在眾多犧牲之下鞏固的染血之路。即使如此，他也早就無法回頭。

「我學了寶貴的一課。非常感謝你，歐布萊特卿。」

簡短答謝後，菲利克斯背向雷離去。

直視前方的那雙眼睛，裡頭所寄宿的，是微弱卻堅定的妄執之火。

有無論如何都想要實現的心願。無論得犧牲什麼。無論得放棄什麼。無論得被奪走什麼。

（……再等一下，就快了。）

不經意望向窗外。冬日的午後，天上還看不見星光。

即使如此，他也能在腦海裡勾勒描繪，摯友所熱愛的，英雄星座輝煌燦爛的夜空。

（我一定會讓你的名字，永遠刻劃在歷史上……『亞克』。）

✦ 第十章　知曉韋內迪克特・雷因的人物

就在莫妮卡與古蓮都因為與咒龍交戰負傷，於房內療養的期間，菲利克斯與法佛利亞王國的協議推動得十分順利。

當初可謂窒礙難行，可當實際被捲入龍害後，原本對於龍騎士團駐屯基地計畫面有難色的馬雷伯爵，態度似乎就軟化了許多。

協議在今天告一段落，到了明天，菲利克斯就會啟程離開廉布魯格公爵領地。

為此，今晚似乎想舉辦一場小小的宴會。莫妮卡還收到通知，表示希望〈沉默魔女〉大人也能夠出席。

從咒龍的侵襲下守護大家的〈沉默魔女〉，以及動手討伐咒龍的菲利克斯，是解決這次事件的最大功臣。

法佛利亞王國的使者們，也都想藉此機會向救命恩人〈沉默魔女〉表達感謝之意。

「……人家這麼說喔，妳去不去啦，莫妮卡。」

聽完尼洛的說明，趴在床上的莫妮卡一頭鑽進了毛毯內。

「不要……我不想再跟任何人見面了……我只想思考算式跟魔術式……要不然就變成貓……」

「貓用不到算式跟魔術式啦。」

白天與菲利克斯的談判徹底落敗，令莫妮卡內心嚴重挫折。

現在完全不想見任何人。尤其不想見菲利克斯。萬一見了面，搞不好這次真的會被旁敲側擊，套出自己的真實身分。

光是想到寒假放完，回到賽蓮蒂亞學園時該怎麼辦，就滿腔的憂鬱。

「談判或，交談之類的，明明都已經向冬精靈的冰鐘（奧爾提莉亞之鐘）宣誓，要在這方面更拚了……希利爾大人對不起，殿下太可怕了。絕對贏不了的。對我來說還太早了……殿下好可怕……嗚咽～～～噫～～……」

眼見莫妮卡把自己包在毛毯內，整張臉埋在枕頭裡嚎啕大哭，尼洛忍不住嘆氣道「沒救啦」。

「順便跟妳說，本大爺可是要去喔。那邊美食可以吃到飽呢。」

「……是是是。一路順風。」

莫妮卡的敷衍回應，尼洛完全不當一回事，嘴裡哼著「晚餐～晚餐～本大爺的晚餐～」就走出房間了。好個薄情的使魔。

就算已經被菲利克斯得知自己的真實身分，尼洛的態度肯定也不會有什麼改變吧。真羨慕他的粗線條個性。

（今天已經，不想再離開房間了……）

莫妮卡把枕頭抱到胸口，在床上翻過身來。

（背叛歐布萊特家的咒術師，到底躲在哪裡呢……關於製作咒具的咒術師，殿下，會不會知道些什麼？……肯定是知道的吧。該不會，殿下其實還跟對方有來往，幫對方藏身之類的？……殿下到底，對內情了解到什麼程度呀？）

換作平時的莫妮卡，一定早就沉浸到算式或魔術式的世界去了，現在卻被咒龍騷動與菲利克斯的事占據了思緒。

不停翻來覆去的莫妮卡，視線無意間停留在窗外。

冬天太陽下山得快。從日落到現在已經經過了一、兩個小時。

夜幕低垂的宅邸庭園內，可以看見幾株發著微光，散布細小發光粒子的花朵。那是有〈精靈旅舍〉之稱，會吸收周圍魔力再加以釋放的花。

在〈精靈旅舍〉的微弱光芒間，可以看見一道拳頭大的火光浮現，並在轉眼間消逝無蹤。

過了數秒，這次又浮現兩道差不多大小的火光，持續數秒後消失。

（那是……）

莫妮卡慢吞吞地起身，走到窗邊。

在只維持數秒的微小火焰映照下，可以看見人的身影。是古蓮。

古蓮正雙手掌心朝上，在左右手掌心各維持一道火焰。

他是在練習，莫妮卡提點過的同時維持訓練法。

（古蓮同學，明明今天才剛恢復意識而已……）

橘紅色火焰所映照出的古蓮，表情顯得苦悶，但又十分認真。

莫妮卡手掌扶在窗邊，貼牆蹲向了地面。

（……古蓮同學，很加油。他有努力要遵守，對冬精靈的冰鐘（奧爾提莉亞之鐘）立下的誓言。）

莫妮卡把額頭貼在牆壁上，沉默了一會兒。

然後，就這麼緩緩深呼吸，自地面起身，披起掛在椅子上的長袍，把面紗圍到嘴邊。

（就只去露個臉……一下下就好……如果只是向廉布魯格公爵、向法佛利亞王國的使者們道別、在遇到殿下前就撤退的話……）

莫妮卡拿起立在牆邊的法杖。
法杖上飾品發出的鏘鈴響聲，與響徹冬日青空的冬精靈的冰鐘（奧爾提莉亞之鐘）有幾分相似。
反覆揮動法杖，隨著鏘鈴鏘鈴的響聲入耳，莫妮卡用鼻子大力哼一口氣，走出了房間。

＊＊＊

莫妮卡一行人被分配到的客房在宅邸二樓，宴會則是在一樓的大廳舉行。
走在二樓走廊的莫妮卡，在樓梯前停下了腳步。
從樓梯下方，可以聽見一樓傳來的熱鬧聲響。宴會已經開始了。
只要走下樓梯，很快就會抵達大廳。
好，出發嘍……就在如此一鼓作氣，準備邁出步伐時，一道景象映入了莫妮卡的眼簾。
那是從抵達樓梯前的走廊轉角，朦朧浮現的蒼白面孔，以及閃閃發光的粉紅色眼珠。
「～～～噫？」
幸虧有隔著面紗反射性按住嘴巴，才免於發出慘叫，但還是當場嚇得腿軟。手杖就這麼隨著響聲，從不小心鬆開的手掌摔在走廊地板上。
「〈沉默魔女〉……」
從直不起腰的莫妮卡上方低頭俯視的人，是在走廊轉角只探出一顆頭的〈深淵咒術師〉雷・歐布萊特。
說實話，看起來簡直就像飄浮的人頭，陰森得可怕。

「啊、啊，〈深淵咒術師〉大人……你在那裡……做什麼……」

「前任當家說，凡是這類宴會，都要我盡可能出席……可是，咒龍又不是我討伐的……肯定會有人在背後指指點點，說我這個來晚一步的人，憑什麼大剌剌地跑來參加宴會……啊啊啊啊，光是想像起來就好想死……好不想去……」

雷把一頭紫髮搔得亂七八糟，嘎答嘎答地渾身發抖。

怕到不想出席宴會的心情，莫妮卡非常能夠體會，所以莫妮卡自地面起身，小聲地向雷提議：

「那個，〈深淵魔術師〉大人……不、不如我們，一起到會場，去吧？」

見雷停下了猛搔頭髮的手，莫妮卡繼續接話：

「像這樣，兩個七賢人同時在場……應該就能分散視線，待起來也會稍微輕鬆點。」

「原來如此……聽起來確實，有點道理……」

兩人彼此互望，點了點頭，握住法杖雙雙邁出腳步。

立於王國魔術師頂點的兩位七賢人，就這麼飄盪著有如要動身前往龍窟的緊張感，慎重無比地一步一腳印走下樓梯。

此時一樓的盛況超乎想像，熱鬧非凡。都還沒進入大廳，歡聲已不絕於耳，僕役們也都忙著送上餐點或酒。

「是宴會特有的興高采烈氣息……光是感受這些氣息，我好像就快噎死了……喔嘔嘔～」

剛走下樓梯，雷就蹲下縮成一團，渾身不停打顫。

至於莫妮卡，則在一旁呆呆地站著——不過，倒不是因為被人潮給嚇住。

（剛才的，是……）

碰巧經過眼前的僕役，不知怎地令莫妮卡莫名掛心。

總覺得曾在哪裡見過那位僕役。而且還是最近，才剛在這棟宅邸以外的地方看過。

身高、肩寬、手臂與腳的長度、頭與身體的比例——這類構成人體的數字，在莫妮卡的腦內反覆馳騁。

（哪裡？是在哪裡看到的？宅邸外……在狩獵場是也看過……但不對，不是這樣。是在更遠離這裡的地方……）

在昏暗森林的深處，莫妮卡曾經看過這個男的——不，並不是莫妮卡看到的。

繚繞在耳朵深處的，是被奪走愛子的綠龍，那憎恨的吼聲。

（……沒有，錯。看到那個人的，並不是我……）

就有如對復甦的記憶片段出現反應一般，莫妮卡的左手痙攣了起來。

「〈深淵咒術師〉大人，我找到了……」

以右手按住嘎答嘎答打顫的左手，莫妮卡小聲地告訴雷。

「……對龍下詛咒的，那個咒術師。」

＊　＊　＊

（啊啊～歐布萊特家的追兵，終於追到這裡來了……）

從宴會會場回到廚房的這個男人，偷偷用衣服擦去手上的汗水。

周圍的僕役們各自正忙得囚，沒有人會去留意男人不尋常的行徑。即使如此，來自周遭的目光還是令男人在意得不能自已。從以前就是這樣。

無論是善意或惡意，只要是投向自己的視線，男人都無法不去在意。

（不要緊，雷·歐布萊特根本沒發現是我。都已經過了十年，我外表也變了許多。）

只要保持平常心，一定可以蒙混過去。等過了這一關，再趕緊繼續那份研究。

男人悄悄伸手插進口袋，緊握住藏在裡頭的咒具。

『操縱咒龍去讓第二王子討伐。』

這是那位大人的命令。

令咒龍誕生，並恣意操控——這絕非能輕易辦到的事。為此，男人拿來當成實驗台的，是綠龍的幼體。

幼體的魔力抗性不如成體那般高。所以，只要把咒具混進餌食，讓幼龍吞進體內，咒術或許就能生效了。男人這麼想。

結果，的確是有效。有效過頭了。

原本是要用咒術恣意操控龍，咒術卻侵蝕起幼龍，最後甚至令幼龍死去。

還不只如此，最糟的是，母龍竟然把咒具連同幼龍一起啃食，主動承受詛咒，進而失控。

第二王子之所以能打倒咒龍，純粹是多虧了〈沉默魔女〉碰巧在場。

（不對，往好處想……我算是走運了。雖然沒能順利操縱咒龍，卻也達成了閣下吩咐的『讓第二王子討伐咒龍』。再來，就只剩盡早完成傀儡咒……）

無論對方是龍是人，都能恣意操控的咒術——傀儡咒。男人的悲願，就是要完成這道咒術。

一旦傀儡咒完成，就再也沒有什麼能阻擋自己了。財富也好、名譽也好，全都手到擒來。就連七賢人都不必放在眼裡。

（屆時，閣下一定也會認同我的努力，讓我重回身邊。）

他所侍奉的閣下，想要忠實的傀儡。只要完成了傀儡咒，想當然，一定會願意重用他。

就現狀而言，咒術的知識在利迪爾王國是由歐布萊特家所獨占。

相信正因此，閣下才會想把他這個歐布萊特家容不下的咒術師留在身邊。

如此一來，有朝一日與歐布萊特家展開對峙，才能把他當作王牌。

（我是被閣下選上的。跟那個只會捅妻子的維克托．松禮不一樣。）

每當焦躁起來，或對未來感到不安時，他的腦海裡總會浮現，那些明明才能出眾，雖然卻走向毀滅的人。

啊啊～這傢伙也好、那傢伙也好，明明都那麼才華洋溢，就偏偏要去闖禍，闖到命都沒了。痛快！真是痛快！

那幾個傢伙，就不是真正的天才。但自己跟他們不同。一定會活到最後，闖出一番大名堂。

就在男人嘴角浮現黑暗的笑容，動手收拾酒杯時，同僚跑來搭話了。是最近新來的巴托洛梅烏斯。

「啊，歹勢。方便商量一下嗎……其實啊，我指頭不小心挫傷啦。想去緊急處理一下，可以麻煩你替我去搬柴嗎？方便的話，明早再換我去採買吧。」

雖擺出一副不甘不願的表情，勉為其難地答應，但男人內心其實鬆了口氣。這樣就有理由離開這裡了。

追兵不可能認出自己——即使如此說服自己，其實還是不安得很，滿腦子都是想盡可能遠離宴會會場的念頭。

男人提著提燈，動身前往宅邸後頭的劈柴小屋。

自己畢竟上年紀了，一次搬不了太多根──就拿這個當藉口，分好幾趟慢慢搬拖時間吧。

想著想著，男人朝小屋伸出了手。

「……？這是，怎麼回事……」

握住門把的手，就好像被吸盤吸住似的，緊緊黏在門把上放不開。

錯愕地提起提燈照亮門把，便發現手把與手掌間附著了一層黑色的物體。這個淤泥狀的黑色濃稠物體是什麼，男人心裡有底。

這個，是顯現化的咒術。

「『讓手緊緊貼住分不開的詛咒』……要是我也跟可愛的女生手貼手不分離，該有多好……」

從劈柴小屋暗處飄然現身的，是身著七賢人長袍，手握法杖的青年──第三代〈深淵咒術師〉雷．歐布萊特。

然後，站在他身旁的，是身穿同款長袍，嘴邊圍著面紗的嬌小人物──〈沉默魔女〉。

男人陷入了思索。

他懂得如何使用解咒術。「讓手緊緊貼住分不開的詛咒」他也解得開。然而，一旦施術解咒，就恰恰證明了自己正是咒術師。所以，男人選擇故作狼狽。

「請問，這到底是在做什麼，七賢人大人？」

他刻意語帶困惑地發問，沒想到，在宅邸內始終保持沉默的〈沉默魔女〉，靜靜地開了口：

「你就是，十年前背叛了歐布萊特家的咒術師──巴利．奧茲對嗎？……男僕彼得．山姆先生。」

＊
＊
＊

來到宅邸後始終保持沉默的莫妮卡突然開了口，對方或許是因此受到驚嚇吧，只見彼得一臉錯愕地望著她。

男僕彼得．山姆，他是留著一頭梳理整齊的灰髮，體格細瘦的男人。嘴邊蓄著鬍鬚，外表看起來年過六十。

巴利．奧茲現年五十歲左右，據說原本是體格不錯的黑髮男人。之所以顯得如此老邁，究竟是為了想讓歐布萊特家的追兵認不出來，又或是逃亡生活的煎熬所致呢。

莫妮卡以冰冷的眼神望向彼得，淡然地接話：

「狩獵的時候，最先遭遇咒龍的，是你和艾莉安奴大人。」

「是的，沒錯。就在遭遇咒龍的時候，承蒙達德利大人相助……」

「第二次遭遇咒龍，是在狩獵場的休息區。那時候，你也在那兒。」

將法杖抱在胸口，莫妮卡以還能自由活動的右手豎起三根手指。

「然後是，第三次。雖然不清楚你是否知情，但咒龍後來又展開了行動。就有如被詛咒拖行似的，以這棟宅邸為目標行進。」

咒龍每次來襲，目的地一定有彼得．山姆在場。

這其中的緣由，莫妮卡很明白。左手遭到詛咒侵襲時，莫妮卡已經看見了綠龍的憎恨。

「那隻綠龍，想要向你復仇，向咒殺愛子的你。」

被菲利克斯的子彈貫穿眉心，被莫妮卡的魔術貫穿雙翼，渾身殘破不堪，遍體鱗傷，即使如此，那隻龍還是拖著再也飛不動的身體，死命向前爬行。

那隻龍所前往的，是殺害心愛幼子的咒術師所在地。

「有些動物，對於龍的魔力格外敏感。你之所以不受動物親近，是因為接觸過幼龍對吧？」

「您突然，胡說些什麼呢，〈沉默魔女〉閣下……咒術什麼的，我根本……」

彼得雖然嘴角抽搐不停，還是試圖維持僕役應該有的風度。

莫妮卡以無詠唱魔術，在彼得身旁燃起幾道小火苗。藉著火光的映照，開始讀取眼前這個男人——構成這個男人身體的數字。

對於莫妮卡而言，數字既是令人深愛的美麗世界，也曾是用來逃避現實的場所。

（……現在，不同了。）

閃過莫妮卡腦海的，是被詛咒侵蝕而痛苦的古蓮身影。以及，痛失愛子的綠龍哀嘆。

一定要解讀構成世界的數字，進而掌握真實。

抱著這樣的覺悟，莫妮卡道出了父親的話語。

「人也好，物品也好，魔術也好……『這個世界是由數字所構成的』。」

此話一出，彼得就有如遭到鞭打，身體為之一顫，露出看到某種駭人物體的眼神凝視著莫妮卡。

「我看過咒龍的記憶了。在記憶片段中，有一個對幼龍下咒，把幼龍害死的男人。」

在龍的記憶中，那個男人的長相朦朧，無法順利辨識。但是他的身體，莫妮卡卻看得非常清楚。

鞋子的尺寸、雙腿的長度、身體的長度、手臂的長度——一切的一切都牢記在心裡。

「我能夠，把雙眼所見的事物尺寸分毫不差地說中。咒龍所目擊到的咒術師，身體各部位的尺寸，都與你完全吻合。」

緩緩抬起披著兜帽的頭，莫妮卡已經把彼得身體的尺寸全數辨識完畢。

為了看清楚彼得的模樣而抬頭，令莫妮卡的眼睛也跟著暴露在火光下。

光線映照下微微泛著綠光的雙瞳——就在目睹這對眼睛的瞬間，彼得出現了劇變。

「咿，啊啊……唔哇啊啊啊啊啊啊！」

彼得伸手插進口袋，掏出某種物體舉向前。

那是在螺旋狀的金雕內，鑲有漆黑色寶石的裝飾品。

受到莫妮卡用來照明的火光照射，漆黑色的寶石閃爍起水汪汪的光芒。

這時，莫妮卡看到了。一滴黑色液體自黑色寶石滲出，沿著螺旋狀的金雕滑落，滴在彼得的腳邊。

（那是魔導具？……不對，是咒具！）

魔導具與咒具非常相似。雙方都是只需灌注少許魔力，就能不經詠唱直接發動編組於內部的術。

一滴接一滴垂落地面的漆黑色濃稠液體，從地面以滑動的方式朝莫妮卡與雷逼近而來。

那個是，與控制咒龍的黑影同樣的東西。

莫妮卡立刻嘗試展開反詛咒結界。但，莫妮卡舉起的法杖，卻被雷單手按了回去。

「……免了。」

雷在喃喃自語詠唱的同時，向前邁出一步，將左手舉到了面前。

刻在他指尖的咒印發出紫色的亮光，浮出皮膚表面，延伸得有如細長樹枝。紫色咒印就這麼伸向沿地面滑行的漆黑詛咒，將其纏繞捕捉起來。

接著，雷的咒印開始膨脹得凹凸不平，彼得施放的詛咒顏色隨之逐漸轉淡。很明顯，是彼得的詛

咒，正在被雷的咒印給吞噬。

雷以陰鬱的嗓音，喚向瞪大雙眼的彼得。

「詛咒怎麼可能殺得了我……我可是——〈深淵咒術師〉啊。」

彼得施展的咒術，是足以殺死幼龍的危險咒術。即使是魔力量相對高的莫妮卡，僅僅手臂遭到一根頭髮粗的黑影侵蝕，都要因為劇痛而昏迷。

就連如此強力咒術都輕而易舉吸收吞噬的，利迪爾王國最優秀的咒術師。

這正是歐布萊特家當家，第三代〈深淵咒術師〉——雷．歐布萊特。

將彼得的詛咒吞噬殆盡後，雷語調低沉地放話：

「……你倒是搞了套自己高攀不起的咒術嘛。那未老先衰的肉體……是咒術的反動吧？」

咒術是相當危險的術，不但會侵蝕使用者的肉體，有時甚至會引起變異。

雷是從小就讓身體少許少許地按部就班習慣咒術，所以只是頭髮與眼珠顏色變質的程度就了事。至於彼得．山姆的情況，相信是這些反應以老化的形式反映在肉體上吧。

彼得．山姆——本名巴利．奧茲現年五十歲左右。從前據說是體格不錯的黑髮男性。

可是，如今站在眼前的，是一個消瘦衰弱的老人。外表比實際年齡老了起碼十歲。

「勸你別不信邪。趁那副肉體還沒被深淵吞噬之前，投降吧。」

「該死的混帳……歐布萊特家的怪物！」

斥聲咒罵的彼得，從門把上抽回了右手。是趁咒具啟動的期間，偷偷施術解咒了吧。

彼得拖著瘦弱的軀體回過身去，開始跑離現場。

絕不能眼睜睜看他溜了。

得追上去才行——就在莫妮卡也打算起步衝刺的同時，雷就好似依偎在法杖上一般，抱著法杖蹲向了地面。

只見他單手遮住嘴巴，原本就蒼白的臉色變得更不健康，一臉痛苦地呻吟起來。

「詛咒引起消化不良了……那咒術遠比想像中更強……唔嘔～」

彼得使用的咒術，是足以殺害幼龍的凶惡咒術。吞噬這種東西，還能夠只是一聲「唔嘔～」了事，光這樣就已經非常驚人了。

「我、我這就，去追他。」

「靠妳了……唔噗……」

踩著笨拙的腳步起跑，莫妮卡拚命朝彼得身後追了上去。

雖然很想用攻擊魔術拖住彼得，可對方畢竟對庭園地形瞭若指掌，逃跑時還不忘巧妙地以植栽景觀為掩護移動。再加上夜間視野不佳，實在難以確實瞄準。

即使想增加照明的火光，也受限於大量存在的植物，深怕一個不小心引起火災。

（既然如此……）

莫妮卡無詠唱發動魔術，將法杖咚一聲敲向地面。現在施展的，是對周邊土壤賦予魔力的簡易魔術。

不一會兒，便有幾株栽種在庭園裡的花隨著淡淡的光芒綻放，釋放出白色的發光粒子。

這個庭園裡，栽種著有〈精靈旅舍〉之稱，會吸收魔力再釋放的花。

吸收到莫妮卡對土地賦予的魔力，〈精靈旅舍〉開花發光，剛好用來代替照明。

如此一來，就不用擔心火苗波及植物引發火災，再者一度賦予魔力後，〈精靈旅舍〉就會開花開上好一段時間，所以也不用持續發動魔術照明了。

在花朵光線所及範圍內，並未找到彼得的身影。恐怕，他正躲在光線無法觸及的樹蔭下，打算伺機而動吧。

彼得身上持有超過一件咒具的可能性並不是零。隨隨便便發起攻勢，難保不會被反將一軍。

——既然如此，把埋伏企圖攻擊的彼得，從暗處逼出來就是了。

莫妮卡使勁握緊法杖，集中了意識。龐大的數字開始於腦內馳騁。這些一個接一個流竄的數字，都被莫妮卡完美重現為魔術式。

「……請把接下來的光景烙印在眼中。」

手中的法杖淡淡閃耀起來，在光線照射下，莫妮卡的雙眼反射出燦爛的綠光。

〈沉默魔女〉打破沉默，無情地宣言：

「仔細看清楚，你的詛咒帶來了什麼。」

潛伏在黑暗中，彼得．山姆正死命找尋機會。彼得的手上，還有咒具在。

那是能將活人化為傀儡的傀儡咒——的失敗作。原本是用來操控生物的，卻因效力過於強大，而會導致目標的死亡。

不過，想用來突破現在的困境，可說是十分堪用了。這個節骨眼，誰還顧得了對方是生是死。對方可是七賢人啊。

（什麼七賢人。什麼鬼天才。根本就一票怪物集團！）

彼得非常優秀。正因優秀所以明白——
反過來吞噬彼得詛咒的〈深淵咒術師〉也好，能無詠唱使用高難度魔術的〈沉默魔女〉也好，都是無法用天才一詞簡單帶過的怪物。
（只要稍微露出一點破綻，我馬上咒殺你們！）
就在彼得手插口袋緊握咒具的瞬間，眼前突然出現一道巨大黑影，遮蔽了〈沉默魔女〉的身影。
（這是，怎麼回事？）
那是一具俯臥地面的巨體——為綠色鱗片包覆體表的龐大軀體，正遭到黑影的侵蝕。
美麗的雙翼千瘡百孔，口腔也遭燒灼潰爛，垂在下顎的舌頭更是焦黑變色。
一對巨大的金色雙瞳顯得灰白混濁，完全感受不到一絲生氣——但，眼珠又突然猛力轉動，緊緊盯住彼得。
感受到寄宿在那雙眼眸中的憎恨，彼得忍不住發出慘叫。
「啊、啊啊～咿～～啊啊啊！」
那不就是，那條吞噬了詛咒的綠龍嗎。為什麼，會出現在這種地方。為什麼，到現在還活著。
綠龍拖著巨體在地面爬行，朝彼得逼近。
「唔哇啊啊啊啊啊啊！」
躲在樹木後頭的彼得再也按捺不住，飛奔而出。
確認到從樹蔭下逃出，二話不說拔腿就跑的彼得身影後，莫妮卡解除了幻術。

幻術在魔術中的定位非常特殊，是一種非常高難度的術。說實話，莫妮卡雖然能夠無詠唱發動幻術，卻也還無法運用得淋漓盡致。

在使用幻術的期間，莫妮卡既無法移動，也施放不了其他的魔術。

此外，重現的幻影精緻度並不是那麼高，離逼真還有段很大的距離，若打算控制幻影，動作起來也都極度不自然。

所以，莫妮卡基本上不常使用幻術。若真有本事以幻術完美重現生物，早就在各種典禮儀式派自己的幻影出席了。

（還好現在是晚上……）

入夜後昏暗的視野，巧妙地幫忙掩飾了幻術的種種不自然。

至於幻影生硬的動作，只要想像成瀕死邊緣的綠龍，就沒那麼突兀了。

拔腿就跑的彼得，不停咿咿喘氣，彎過了宅邸轉角。到此為止都符合莫妮卡的預測。

緊接著，轉角的另一側便傳來彼得的哀號，以及狗叫聲。

踩著啪噠啪噠的腳步，追在彼得身後的莫妮卡，同樣彎過了宅邸的轉角。

「嗨～小不點。我照妳的吩咐，在這兒待命嘍。」

經過轉角後，映入莫妮卡眼簾的，是摔倒在地，遭獵犬咬住腳不放的彼得，以及指揮著獵犬的黑髮僕役——巴托洛梅烏斯．巴爾。

巴托洛梅烏斯望著莫妮卡，輕輕舉起單手接著說：

「哈哈！怎麼樣，我很靠得住吧？」

「非常，謝謝你。可以，讓獵犬們退開嗎？」

巴托洛梅烏斯一聲「退下」，獵犬便迅速離開彼得身旁。待確認此景，莫妮卡立刻在彼得周圍展開防禦結界。

彼得的表情恨恨地扭曲，舉起緊握在掌中的咒具。

自黑色寶石滲出的黑影，外型變得有如一條細蛇，試圖破壞結界。但，黑蛇隨即撞上看不見的牆壁，硬生生落至地面。

莫妮卡面無表情地凝視著彼得。

「沒用的。我已經編入反詛咒術式，了。」

「該死，該死該死該死該死該死！」

眼見彼得怒罵得口沫橫飛，巴托洛梅烏斯的眼神中流露的，不知該說是悲傷還是同情。

「真沒想到，你真的是咒術師啊～……彼得老爹。」

但在彼得眼裡，早已沒有巴托洛梅烏斯的存在。

就只是把雙眼睜得老大，瞪著莫妮卡不放，渾身嘎答嘎答地顫抖。

為什麼，他會用如此恐懼，彷彿看到什麼駭人景象的眼神望著莫妮卡呢？他狼狽的程度，簡直，就與遇到了死者沒兩樣。

彼得操著顫抖的嗓音，呻吟了起來。

「你果然還是不肯原諒我嗎……韋內迪克特．雷因。」

莫妮卡的思考，中斷了短短一瞬間。

「……咦？」

巴托洛梅烏斯一臉不可思議的表情，咕噥著「那誰啊？」可是，莫妮卡認得那個名字。沒有任何遺忘的理由。

韋內迪克特·雷因——那是，七年前被處刑的，莫妮卡的父親。

（為什麼，爸爸的名字會……）

莫妮卡陷入了混亂，不過，彼得的錯亂程度更在莫妮卡之上。

只見彼得渾身豆大汗珠直流，伸手在自己的臉頰猛搔。

「啊啊～啊啊啊，你就連死了都不放過我，都還要苦苦相逼嗎，韋內迪克特！這就是，你為了遭我出賣的事，要對我做出的復仇嗎……！」

那雙布滿血絲的眼睛，已經不是在看莫妮卡了。他正透過莫妮卡，凝視著並不存在此地的死者。

彼得扭動痙攣的雙唇，露出扭曲的微笑。

「啊啊～啊啊～哈、哈哈、哈哈哈，誰要重蹈覆轍，我才不會落得，跟亞瑟一樣的下場！我，我要，要讓那位大人……要讓閣下認可……嘻嘻、嘻哈，哈哈哈哈哈哈！」

彼得猛力伸出了緊握咒具的手。手裡握著的咒具，雖然與先前的很像，尺寸卻大了一圈。

黑影自手中的咒具滴落、膨脹。比方才更猛烈、更巨大。

（威力比剛才，還要更強！）

反詛咒結界擋得下來嗎？莫妮卡正焦急得咬緊牙關，黑影卻做出了意想不到的舉動。

膨脹後的黑影，沒有襲向莫妮卡的結界，反倒纏上了彼得的手臂。

「……咦？」

錯愕開口的人，並不只是莫妮卡。就連彼得都以驚愕的眼神望向自己的手臂。

「等等，不對，不是這邊，你的獵物是……咿咿，啊啊！」

彼得大大張開了嘴巴，但哀號聲還來不及出口，黑影就先鑽進了口內。是咒術失控了。

「喂，彼得老爹！」

巴托洛梅烏斯緊張得大喊，然而為時已晚。

單憑莫妮卡的魔術，無法阻止咒術的侵蝕。更重要的是，侵蝕的速度實在太快了，快得可怕。還眨不到兩次眼睛，彼得就已經全身染黑，倒在地上動也不動。

遭到咒術侵蝕全身的，曾經是咒術師的漆黑物體，抖動著打顫的嘴唇，道出了最後的話語。

「……韋內迪克特……這就是……你的復仇嗎……」

有著人類輪廓的黑影，就這麼嘩啦嘩啦崩解碎裂，化成灰燼隨風飄散，直至消逝無蹤。

遺留下來的，就只剩用金雕裝飾漆黑寶石的咒具。

（為，什麼……？）

眼前過於衝擊的光景，莫妮卡一時片刻還無法理解。

最重要的是，彼得留下的遺言，更加速了莫妮卡的混亂。

（為什麼，他會提到，爸爸的名字？）

莫妮卡的父親——韋內迪克特·雷因之死，與彼得有關。彼得把莫妮卡的父親，出賣給了某個人。

那個某人……恐怕就是彼得口中的閣下。

這次的黑龍騷動，幕後黑手是否就是那個閣下？

莫妮卡忍不住低下頭，舉起顫抖的雙手覆面。

（為什麼，對龍下詛咒的咒術師，會跟爸爸認識？）

「喂，小不點，妳還好嗎？喂！」

就連巴托洛梅烏斯憂心的喚聲，都傳不進莫妮卡耳裡。

指縫間能夠瞥見的，泛綠的褐色眼珠模糊了起來。

胸口好難受。感覺每次呼吸，就好像吸進了死去咒術師的殘渣一樣，引起嘔吐的衝動。

為什麼，怎麼會，疑問不停浮現心頭。然而，能夠解答的人並不存在。知曉真相的男人，已經在眼前被詛咒給吞噬了。

莫妮卡現在，只知道一件事——

（……爸爸，是被某人為了某種目的殺害的。）

閃過眼皮內側的，是父親遭到焚燒的身影。

在耳朵深處復甦的，是行刑官處決父親時的宣告。

——此人，韋內迪克特·雷因，在暗中研究一級禁術，圖謀顛覆國家。故，在此處以火刑。在我等偉大的精靈神之火燒灼下，淨化寄宿於那身肉體的罪孽吧！

（不對。不對。不對！爸爸他，才不是什麼罪人！）

反覆呼——呼——地急促呼吸，莫妮卡瞪向彼得所留下的咒具。

這個一定是，能引導自己找出真相的關鍵。

（爸爸，你等我……）

莫妮卡伸出小巧的手掌拾起咒具，緊握在掌心，暗自立誓。

（我一定，會證明爸爸不是罪人。）

面對把父親綁在木頭上扔石頭的群眾，以及點火焚燒父親的行刑官，年幼的莫妮卡完全無能為力。

但現在的莫妮卡，已經不再是無力的小孩了。是七賢人〈沉默魔女〉。

蹲在地面撿拾咒具的莫妮卡緩緩起身，仰頭望向一臉憂心地注視自己的巴托洛梅烏斯。

「我有事，想找巴托洛梅烏斯先生，商量。」

「嗯，好喔？」

率先察覺到咒術存在的菲利克斯。

被自己研發的詛咒給吞噬的，咒術師彼得。

彼得所提到的，閣下與亞瑟這兩名人物。

一切的一切，或許都不只與這次的咒龍騷動有關，甚至可能牽扯到莫妮卡父親的死。

莫妮卡想知道真相。然後，想替父親取回應有的名譽。

為此，莫妮卡需要在賽蓮蒂亞學園外也能夠自由行動的協助者。

「請你，讓我僱用，吧。」

第十一章　各自的返鄉

希利爾出生的故鄉——艾宣達爾汀，是位於利迪爾王國西南部的小鎮。

名產物是紡織品，鎮上的女性打從懂事起，就會在大人的指導下學著如何操作紡織機。

希利爾的母親平時在家，也總是坐在紡織機前，梳引五顏六色的紡線，編織紋樣美麗的織布。

最近由於利用水力運作的自動紡織機問世，手織品有日漸沒落的傾向。即使如此，艾宣達爾汀出品的手織品——艾萱德織品仍以其精緻的紋樣與繽紛鮮豔的色彩，在國內外保有大批的忠實主顧。

造訪久違的故鄉，已經看到不少街景與希利爾回憶中的景象有所出入。不過，四處都可聽見紡織機啪盪啪盪運作的響聲這點，還是與小時候如出一轍。

走下驛站馬車的希利爾，手持旅行袋，獨自漫步在懷念無比的街道上。

在決定返鄉時，義父海恩侯爵曾表示可以派海恩家的馬車接送，但希利爾鄭重婉拒了。那輛馬車豪華到一眼就能看出是貴族御用的，要停在老家門口，實在過於招搖。

母親最不喜歡用那種方式引人注目了。所以希利爾今天穿的，也不是海恩侯爵買給自己的高檔衣物，而是一身樸素的旅裝，還戴上一頂帽子。

擁有一頭亮麗的銀髮與深藍色雙瞳，秀麗端正的五官——天生一副貴族容貌的希利爾，總是與周遭的孩子們顯得格格不入。

而最在意這件事的人並非希利爾本人，而是母親。直到現在，這點都還令希利爾印象深刻。

母親總是在希利爾身上看到父親的影子，並為此感到恐懼。深怕或許有一天，希利爾會變得像父親那樣。

希利爾重新把帽子壓低，視線也落到了腳邊。

旁人要覺得自己可怕、或把自己看成珍禽異獸，都早已司空見慣。只不過，唯獨讓這樣的目光落在母親身上，是怎樣都無法忍受的。

希利爾成長的老家，雖已暌違數年未歸，仍位於與從前同樣的場所。

海恩侯爵所提供的金錢援助，數目足以讓希利爾的母親早早退休享清福，但母親還是過著一如既往的勤儉生活。

希利爾咕嘟一聲嚥下口水，站在家門前不知如何是好。原想敲門而舉起的右手，卻不自然地停在半空中。

如果，打開大門，說出「我回來了」之後……母親的回覆卻是「這裡不是你的家吧」該怎麼辦——這樣的想法不停在腦海打轉。

「……唔……」

明明是自己的家，卻連一句「我回來了」都說不出口的希利爾，在糾結之末，導出了一項結論。

（有了，首先就說「好久不見」吧。如此一來，就能夠自然地展開對話。然後再根據對話走向觀察母親大人的態度……）

「哎呀，你回來啦。」

背後傳來的嗓音，差點讓希利爾不小心鬆手把行李掉到地上。

動作僵硬地回過身去，只見手持掃把的母親正站在身後。看來應該是正在房子周圍打掃。

希利爾轉眼間把方才東想西想的內容全都拋在腦後，慌忙開口回應：

「我、我回來，了！」

這下子，可沒法取笑莫妮卡·諾頓了——回應時的高八度語調就是如此不像樣。

母親先是帶著好似有點茫然的表情望著希利爾，隨即將掃把擺在牆邊，動手打開家門。

「外頭很冷吧。我這就去給暖爐升火。」

「讓、讓我，讓我來吧。」

「這樣嗎？那，就交給你嘍。」

就只是被交付稀鬆平常的瑣事，就只是返家時的問候沒有遭到拒絕，希利爾卻放心到差點哭出來的地步。

久違的老家，裡頭就與外觀相同，都和希利爾回憶中沒兩樣。

房間的角落擺了生財工具紡織機，五顏六色的紡線勾勒著精緻的美麗圖樣。

在群青色布料上以帶有光澤的紡絲描繪著白薔薇，若仔細觀察，還能發現薔薇使用了好幾種光澤與色調都微妙不同的紡線，令立體感更加逼真。

為暖爐升好火後，母親也煮滾了水沖茶。

「請用。」

「謝謝。」

接過茶杯的希利爾，想起自己緊張到連土產都忘了拿出來，慌忙從行囊內取出一只紙袋。

「那個，這是……土產。還請不吝使用。」

稍微打開紙袋確認內容物後，母親輕輕眨了眨眼。

「香皂？」

「那個，我是跟學弟妹一起，到店裡挑的。那兒賣的是各種有香氣的東西……但我覺得這個的香味最令人安心，所以……」

「味道真不錯呢。」

見到母親露出微笑，希利爾嘴角也舒緩了下來。

（有挑這塊香皂真是太好了……到時可得好好感謝諾頓會計一番。）

希利爾暗自鬆一口氣，舉起茶杯。那是從小用到大的，希利爾專用的茶杯。

這個茶杯有留下來真是太好了。沒有拿客人用的茶杯，而是用這個茶杯沖茶給自己，真是太好了。

隨著這些思緒湧現心頭，希利爾舉起茶杯就口。

溫度適中，讓怕燙的希利爾容易入口的這杯茶，已經調進了些許的甜味。是希利爾小時候最喜歡的味道。

啜下一口，便感到滿腔的回憶令胸口一緊。

久未會面的母子，連一句交談都沒有，就這麼無言地喝了好一陣子茶。

然後在杯中物只剩半杯左右時，母親以生硬的語調開了口：

「在學校，過得怎麼樣？」

希利爾緊張到當場挺直背脊。

在搭馬車返鄉的途中，明明一直在思考回家後該聊些什麼，等真的和母親碰面，腦袋卻一片空白，沒法正常發言。

說到底，和校園生活有關的事，平時都已經寫在信上了，一時之間根本想不到什麼有新意的話題。

將茶杯擺上桌，希利爾開始思索。

（有了。像這種時候，聊殿下就對了。）

如果是聊菲利克斯，希利爾有絕對的自信能一口氣聊到太陽下山聊不停。

每當聊起菲利克斯，艾利歐特那傢伙總是會向自己露出一種極度遺憾的眼神，那只代表他對殿下的敬意還不夠，希利爾總是這麼想。

「學生會的工作很順利。這學期有新會計上任，雖然有點為此繁忙了些，但多虧殿下卓越的人事安排，才讓所有活動都平安順利落幕，令我再度切身體驗到殿下的指揮能力是多麼出色，實在深感欽佩。尤其在校慶時，殿下的致詞更是……」

「我想聽你談的不是菲利克斯殿下，而是你呀。」

母親靜靜道出的這句話，令希利爾頓時停下動作。

視線游移了一會兒，希利爾才語帶結巴地回應：

「那個，若是我的事情……我幾乎，都已經寫在信裡了，所以……」

「同樣的事也無妨。我就是……想聽你親口跟我說。」

希利爾表情陷入了僵硬，默不作聲。

從小，還在上民間小學的時候，每每考出好成績，或是被老師稱讚，都會得意洋洋地回家告訴母親，可現在卻對於要讓自己的事情出口，感到無比的恐懼。

——母親大人，今天考試我考了滿分。是全班最高分的！

每每如此志得意滿地報告，母親就會交雜著嘆息，一聲「這樣嗎」別開視線。

如果是用寫信的，要怎麼冷靜回顧報告都沒問題，可這會兒要面對面開口，又突然害怕母親會出現怎樣的反應，致使希利爾的舌頭有如凍結般動彈不得。

然而，也不能一直這麼沉默下去。

況且，還有件消息非得向母親報告不可。

「新年的問候……已經決定，會讓我一起，陪同入城了。」

所謂新年的問候，是指新年初日在王城內舉行典禮後，全國貴族們依序在一週內陸續進城，向國王噓寒問暖的例行公事。

這項例行公事，基本上只開放擁有爵位者參加，其家族按慣例不得參與。

唯一的例外是，僅限將來預定繼承爵位的嫡子，准予同行。

而海恩侯爵已經宣言，今年的新年問候會帶上希利爾一起。

這就代表，身為養子的希利爾，已經獲得海恩侯爵認可為自己的後繼人。

雖然成為侯爵養子早已經過數年，希利爾仍總是感到不安。自己的頭腦不如克勞蒂亞，這是不論誰看了都明白的事實。

為了培養自己專屬的特長而苦學魔術，卻落得過剩吸收魔力症發病的下場。

自己總是在繞遠路白費工夫。

沒有成功回應他人的期待。

再這樣下去，是不是會遭到侯爵捨棄——

像這樣的不安，總是緊緊逼迫著希利爾。

雖然說，這幾個月來，其實根本忙到連湧現這份不安的閒工夫都沒有……主要是那票令人操心的學弟妹害的。

寒假時，返回艾仕利家的希利爾，聽到海恩侯爵提起新年問候的事，差點當場淚流不止。就是高興到這種地步。

可是，不安也同時湧上心頭。

——母親大人聽了這個消息，會露出怎樣的表情？

無論想像幾次，記憶中的母親永遠都是交雜著嘆息如此說道：

『啊啊，你果然，還是貴族之子啊。』

如果，這次又是同樣的反應……這樣的恐懼，令希利爾指尖不停顫抖。

好可怕，不敢看母親的表情。要是母親一臉無奈地嘆氣，自己到底該怎麼辦才好。

面對低頭不語的希利爾，母親靜靜道出了回應：

「……你很努力喔。」

希利爾纖瘦的肩頭顫了顫，緩緩從原先的姿勢抬頭。

坐在自己面前的母親，正露出祥和的表情。

「校慶時幫我帶路的女孩告訴過我了。她說，你總是很細心地指導她工作……還說，你很溫柔。」

「……咦。」

「一定是你的這些努力，都被海恩侯爵好好看在眼裡了吧。」

濕潤的視野中，映入眼簾一角的，是母親的紡織機。

小時候最喜歡看母親紡織了。隨著啪盪啪盪的響聲，漂亮的圖案一點一點出現在織布上的景象，年幼的希利爾總是待在這個位子看得目不轉睛。

『最重要的就是有恆心，一點一滴仔細織出成品。』

所以希利爾才會從小腳踏實地，一步一腳印累積扎實的努力。

不停在胸口反芻母親給出的「你很努力喔」評語，希利爾帶著有點喜極而泣，卻又無比驕傲的表情回答：

「因為，我是妳的孩子啊。」

＊＊＊

利迪爾王國第二王子菲利克斯·亞克·利迪爾結束與法佛利亞王國的外交會議，從廉布魯格公爵宅邸啟程離開，是在入住第八天的事。

雖然發生了遭遇咒龍這種大事件——不，正是多虧了這場騷動，與貿易相關的交涉才會順利談成，順利到令人生懼。因為原屬於貿易擴大反對派的法佛利亞王國馬雷伯爵，在擊退咒龍後，態度就顯而易見地軟化。

共同跨越這場危機，似乎令法佛利亞王國的訪客們，對菲利克斯產生了一種共患難的連帶感。

為了應對今後的龍害，希望利迪爾王國與法佛利亞王國雙方，可以將共享情報與共同演習納入考量——聽到菲利克斯如此提議，法佛利亞方的使者紛紛臉色大變，爭先恐後附議。

就現狀而言，每個國家針對龍害的對策都不同，不太會出現國與國彼此協力抗龍的情形。

可是，利迪爾王國與法佛利亞王國若能在此組成協力體制，不但能在龍害對策上領先他國，更重要的是，將會更加鞏固兩國之間的邦交。

菲利克斯這趟外交行，不僅成功增加了從法佛利亞王國進口的小麥量，還贏得強化邦交的契機。成果可謂不凡。

想到第二王子既打倒咒龍這個巨大災厄，又在與鄰國的外交談出豐碩成果，第二王子派的貴族想必是喜出望外吧。

（……唉，不過那隻咒龍不是天災，是克拉克福特公爵主導的人禍就是了。）

在駛回王城的馬車內，菲利克斯心不在焉地望著窗外的景色，並在腦海裡回顧廉布魯格公爵領地內發生的一連串大小事。

昨晚，有一位僕役從廉布魯格公爵宅邸內消失了。是名叫彼得．山姆的老男僕，菲利克斯剛抵達這棟宅邸時留意的人物。

恐怕，那個男人就是動手安排這次咒龍騷動的實行犯吧。目的是把菲利克斯拱成英雄。

（……原先的劇本，是要操控咒龍讓我打倒，沒想到咒術失控，場面一發不可收拾。差點把我害死的彼得，害怕遭到克拉克福特公爵追究，才會連夜自宅邸潛逃，大概就這麼回事嗎？）

以艾莉安奴為首的廉布魯格公爵宅邸成員們，都非常為了失蹤的彼得擔心。

打從遭到咒龍襲擊開始，彼得似乎就極度心神不寧。是不是害怕到生了心病，才暗自離開廉布魯格呢，這是目前流傳的主要說法。

（看來克拉克福特公爵，也差不多開始不擇手段啦。）

在啟程離開廉布魯格公爵宅邸前的最後一刻，菲利克斯收到了一封書信。

記載在信中的內容，簡單說來就是第三王子派已經歸順第二王子派了。

照這樣說來，應該是第三王子的母后——菲麗絲王妃和克拉克福特公爵私底下達成了某種協議。

歸根究柢，第三王子派原本就屬少數勢力，是三派中距離王位最遙遠的一方。想必是因此，為了子嗣前途著想的菲麗絲王妃，才會早早決定投靠克拉克福特公爵吧。

如此一來，第三王子就算沒能當上國王，也至少能確保一定程度的地位。

（國王病倒、第二王子以打倒咒龍的英雄身分享譽內外，然後，第三王子派又低頭歸順……王位交替的時刻近了。）

精心設計來讓菲利克斯走向王位的台階，可說是幾乎都打造完畢了。

一直以來扮演克拉克福特公爵的傀儡，對公爵言聽計從的菲利克斯，也該是時候展開行動了吧。

打算把龍當作傀儡操控的咒術師彼得．山姆。研究精神干涉魔術的賽蓮蒂亞學園前教師維克托．松禮——只要想想克拉克福特公爵找來的爪牙在研究些什麼內容，其目的也就顯而易見。

（你是想要把「我」，改造成真正的傀儡吧，克拉克福特公爵？）

精神干涉魔術雖然能干涉他人的記憶與精神，卻還不存在能夠完全控制他人言行的術。

克拉克福特公爵之所以會廣召優秀的魔術師與咒術師，相信是打算開發能完全令他人成為傀儡的術，進而掌控整個利迪爾王國。

當然，國王陛下所在之處是全國戒備最森嚴的地方，想令國王陛下本人成為傀儡是難如登天的。

可是，對象換作自己的孫子菲利克斯，想下咒的機會自然要多少有多少。

（為了對抗克拉克福特公爵，還需要更多棋子……幸好，這次的事件讓我個人也有很大的收穫。）

第一項收穫，是與古蓮．達德利的交流。

古蓮的師父〈結界魔術師〉雖然是第一王子派，但古蓮本身對於政治鬥爭似乎並不特別感興趣。

（他身懷的龐大魔力量實在魅力十足。經過這次事件，他一定也獲得了不少成長。）

古蓮絕對是未來的七賢人候補。能夠趁現在盡早馴服他，將來肯定派得上用場。

可能的話，希望今後也能和古蓮建立友好的關係。菲利克斯不但對古蓮的天分給予極高評價，況且那表裡如一的個性，菲利克斯其實也挺喜歡的。

（然後，另一項收穫則是……）

從行李中掏出一疊紙束，菲利克斯的嘴角浮現起淡淡的微笑。

那是特地請〈沉默魔女〉批改過的論文。

趁公務與校園生活之餘的零碎時間，一點一滴積沙成塔寫成的論文，竟然真有這麼一天，能夠讓憧憬的魔術師過目，實在有如美夢成真。

（我終於，朝她更近一步了。）

連沃崗的黑龍都能馴服的偉大魔術師——〈沉默魔女〉就在賽蓮蒂亞學園內。

會是學生？還是老師？又或是僕役呢？無論如何，想縮小對象範圍肯定不怎麼難。

按〈深淵咒術師〉所言，〈沉默魔女〉與古蓮．達德利身中的詛咒，即使痕跡消失了，疼痛也還會殘留一個月左右。

既然如此，只要清查賽蓮蒂亞學園內，有哪些女性左手疼痛就行了。

（……馬上就可以，見到面紗下的她了。）

難以壓抑的喜悅，讓菲利克斯喉嚨微微顫抖，呵呵呵地笑了起來。

「歡迎回來，王兄。」

前來迎接回到王城的菲利克斯的人，是第三王子亞伯特。

亞伯特是今年剛滿十四歲的伶俐少年，有著一頭平整的金髮，以及榛果色的眼珠。

對菲利克斯擺出的態度雖然懇切，但那副不似這個年齡會有的銳利眼神，正毫不鬆懈地凝視著菲利克斯。

「謝謝你特地迎接，亞伯特。陛下的病情呢？」

「……說是實在稱不上樂觀。醫師表示就連想會面都有困難。話雖如此，似乎是能夠出席新年的典禮就是了。」

「是嗎。」

亞伯特就好似要刺探真意，仰頭望向一臉愁容的菲利克斯。

按克拉克福特公爵的書信所言，第三王子派已經放棄了王位，低頭歸順第二王子派。只是……瞧這個反應，亞伯特好像仍對此頗有微詞。

亞伯特的母后菲麗絲王妃，似乎已經放棄了讓兒子登上王位的想法，但最關鍵的亞伯特本人，只怕是還沒有接受這件事實。

菲利克斯瞇細碧綠色的雙眸，盡可能擺出了溫柔王兄的表情。

「亞伯特。你好像要辭退米妮瓦，插班到賽蓮蒂亞學園來嘛。」

「……是的。」

回答的同時，亞伯特的表情苦澀地扭曲。

米妮瓦向來為人矚目的地方，都是身為魔術師養成機構的最高峰這點。但其實米妮瓦還有一項特徵，那就是——在政治立場上保持中立。

原本就讀米妮瓦的亞伯特，插班到克拉克福特公爵傘下的賽蓮蒂亞學園，此舉所意味的，即是表態歸順第二王子派。

恐怕，這並非亞伯特的本意，而是菲麗絲王妃安排的。

「能夠和可愛的弟弟上同一間學校，我很開心喔。賽蓮蒂亞學園無論設備、師資，還是授課內容，絕對都堪稱一流。你要好好用功向學，別辜負了菲麗絲王妃的期待。」

菲麗絲王妃的期待——也就是，退出王位繼承權之爭，確保某種程度的地位，讓母后有面子。

相信亞伯特自己也明白這個道理。

還無法徹底控制自己感情的亞伯特，抽搐著臉龐，渾身忍受著屈辱而顫抖，即使如此，還是卯足全力擠出了回應。

「……會的，我必定孜孜不倦，以成為王兄這樣傑出的人物為目標努力。」

還有許多想與菲利克斯交談的大臣們等在亞伯特身後。應該已經沒有必要，繼續陪亞伯特交談下去了吧。

簡短道出「期待你的表現喔」，菲利克斯便穿過了亞伯特身旁。

與大臣們彼此寒暄，討論關於今後安排的菲利克斯，一直遭到亞伯特以灰暗的眼神狠瞪。不過，菲利克斯已經連一眼都不再瞥向亞伯特了。
強忍下想要猛踩地板離去的心情，亞伯特直到彎過走廊兩個轉角，才總算起步奔跑。
「派翠克！派翠克！」
待亞伯特在走廊盡頭停下腳步，喚起隨從的名字後，與亞伯特年紀相仿的少年，便悠哉地走到了亞伯特身邊。
「是，亞伯特大人。你找我嗎～」
隨從派翠克是個一頭輕飄飄薄茶色頭髮，有點發福的少年。不只是蓬鬆的頭髮，就連他的笑容和講話方法，都給人一種飄飄然的感覺。
被那種毫無緊張感的態度激得有點惱火，亞伯特怒踩地板。
「派翠克！你為啥還能這麼悠哉啊！主人都用跑的了，隨從難道不必跟著跑嗎！」
「可是，在走廊跑步不好啊～」
無懈可擊的大道理。可是，亞伯特就像個鬧脾氣的孩子嘟起了嘴唇。
「派翠克。你看到沒，王兄那個態度。」
「一如往常呢～」
「根本就不把我當一回事，都寫在臉上了！」
「就是說，一如往常呢～」
「我這邊可是被王兄害得連米妮瓦都不能念了啊！我跟王兄不同，是有魔術天分的耶？如果能留在米妮瓦深造，一定能留下更多更優秀的成績！明明就可以的……」
亞伯特焦躁地把頭髮搔得亂七八糟，派翠克再一點一點地幫忙梳平。

放著派翠克幫忙梳理頭髮，亞伯特開口下令：

「派翠克，去給我徹底調查王兄在校園生活時的一切。擅長的學科、棘手的學科、嗜好、特長、要好的朋友、未婚妻候補、稍微不可告人的小祕密，諸如此類！什麼都好！總之就是給我查個清楚！或許，會有辦法找到王兄的弱點也說不定！」

聽到這番命令，派翠克以一如往常的悠哉語調回了聲：「咦～～」

「那個完美的菲利克斯大人，會有什麼弱點可找嗎～」

「設法找出來就是你的任務啊，派翠克！」

「唉～好啦，我就努力試試嘍～」

轉身背向悠哉樂天隨從的同時，亞伯特腦海裡激盪不已。

啊啊～受不了，無聊透了。為了自身利益操弄亞伯特的大人也好，徹底認定自己根本不是對手，輕視自己的王兄也好，全都無聊透頂。

相較於同年代的孩子們，亞伯特可說是很擅長用功的。

就只是運動神經稍微差了點，揮劍砍不到目標、騎馬時會害怕、跑得又慢罷了。可是相對的，在靜態學科方面也比別人更加努力呀。

明明如此，卻完全沒有人願意關注亞伯特。每個人都認為，第三王子在或不在沒什麼兩樣。

（……實際上，我這什麼第三王子，確實是在與不在都沒兩樣啊。沒有人把我當一回事。父王也好，母后也好，菲利克斯王兄也好……萊歐尼爾王兄應該沒這樣就是了。）

說實話，亞伯特並沒有多討厭第一王子萊歐尼爾。不如說，其實還挺喜歡的。

雖然是個有點熱血過頭的人物，卻很疼愛弟弟，也從不拿馬術差當理由數落亞伯特，反而常陪著自己一起騎馬。

旁人總愛說什麼萊歐尼爾王子是個莽夫，但亞伯特覺得，比起乍見之下溫柔的菲利克斯，萊歐尼爾才真正是個溫柔的人。

（大人們都說配得上王位的人是菲利克斯王兄，可那種心裡在想什麼都搞不懂的人到底有哪裡好？……而且，父王都病倒了，他卻連眉頭也不皺一下。）

得知陛下病情不樂觀時，菲利克斯雖然有露出哀愁的表情，可眼神卻一丁點都不悲傷。

（當然我也知道，王族過於感情用事或許並不好，可即使如此，那也未免太過冷淡了吧。萊歐尼爾王兄可是動搖到飯都吃不太下了耶。）

明明是自己的二哥，卻總是莫名有種古怪感。讓人忍不住懷疑他那張俊美的臉蛋底下，到底藏了些什麼東西。

（既然如此，就由我來揭穿菲利克斯王兄的本性……等開學就要跟王兄上同一所學校了。這絕對是掌握菲利克斯王兄弱點的絕佳機會！）

＊　＊　＊

時值冬至假期開始後一週，希爾達．艾瓦雷特這會兒正不知如何是好。

今年就要滿四十歲的她雖然獨身，但畢竟是王立魔法研究所的研究員，收入還算可觀，因此在王都買了棟整齊漂亮的住家生活。

希爾達的家事能力低落到堪稱毀滅級。所以家事基本上交由幹練的宅邸女僕瑪蒂達一手包辦，不過冬至到新年這段為期兩週左右的假期，瑪蒂達是休假的。

貼心的瑪蒂達，為了家事一竅不通的希爾達，已經事先製作大量耐久存放的料理，擺放在餐桌上。好讓希爾達的養女要是回了家，就可以一起用餐。

就在這樣的某天，希爾達心血來潮挑戰煮湯，結果瑪蒂達的用心良苦一口氣全泡了湯。

「太奇怪了，明明只是想要煮個湯，為什麼會變成這樣呀？」

被隨手扔進食材，以最大火力烹煮又一度也不曾攪拌的湯，就這麼在煮滾後溢出鍋外，鍋底更是焦成一片黑，慘不忍睹。

慌忙想收拾湯鍋的希爾達，也不曉得鍋子已經煮到連握把都是滾燙的，就這麼豪邁地砸了鍋。

她是個能幹的研究員，同時也是精通各種實驗器材的才女，但很悲哀地，一旦論及家事，她就連自家鍋子的構造都把握不了。

光是砸鍋就已經悽慘到足以讓宅邸女僕看了當場跪倒在地，然而悲劇卻並未就此落幕。

為了清理灑在地板上的湯水，希爾達想用水系魔術洗去髒污。天曉得，附著在地板上的污垢，怎麼沖都沖不乾淨。

一時衝動了起來，希爾達詠唱愈唱愈長，水流的勁勢也隨之愈發猛烈……

「……啊。」

結果，勢頭猛烈到堪比攻擊魔術的水流，硬生生沖斷了其中一根桌腳。

成了三角桌的餐桌當場傾倒，而瑪蒂達擺放在桌面上的心血結晶，就以雪崩之勢滑落在鬧水災的地板上。

就這樣，面對眼前上演的大慘劇，希爾達・艾瓦雷特站在地板前不知如何是好。

當事人雖然供稱「明明只是想要煮個湯」，可任誰看了都明白，原因絕對不只如此。
就在希爾達半逃避現實地構思如何改善魔術式時，叩叩兩聲，後門被人放低了力道輕輕敲響。
難道說——抱著滿腔的期待，希爾達咕啾咕啾地踩響浸水泡濕的鞋子，一把打開後門。
「我、我回來……了。」
總是喊得如此生硬的「我回來了」，出自一位淺褐色頭髮的嬌小少女——希爾達的養女莫妮卡・艾瓦雷特。
希爾達忍不住隨著一聲「哎呀～！」緊緊抱住莫妮卡纖瘦的身體。
「歡迎回家，莫妮卡。之前有收到妳的冬招月（雪露古利亞）賀卡，就想說妳今年搞不好會回來呢……話說，為什麼特地走後門？」
「呃——剛是先敲了敲正門的叩環，可是沒有回應……我才……」
直到數年前都還住在這裡的莫妮卡，當然有這個家的鑰匙。
明明可以直接用鑰匙開門進來的，卻總會不小心顧慮太多的個性，似乎從以前到現在都一個樣。
「外頭這麼冷，站在這兒聊也不好，快進房裡來吧……不過，要走玄關喔。」
「咦？」
「可愛的女兒難得回家來了呀。我可要好好在玄關迎接才行呢。」
說著說著，希爾達用自己的背擋住了慘不忍睹的廚房。
從玄關進到家裡的莫妮卡，往久違的家轉頭環視了一圈。

王立魔法研究所 研究員
希爾達・艾瓦雷特

希爾達的家以女性獨居而言，寬敞程度雖然是充足過度了，但也因為擺放了大量書本與實驗器材等物品，而顯得雜亂無章。

即使如此，也沒有四處可見的塵埃或蜘蛛網，就這點看來，還是能感受到宅邸女僕的努力。

（好懷念，啊……）

在希爾達催促下，坐到沙發上的莫妮卡，從包包內取出了兩袋土產，擺在桌面上。

「希爾達阿姨，這個，是土產。呃——有一袋是要給宅邸女僕瑪蒂達小姐的。」

「哎呀，薰衣草香皂？」

「是的……朋、朋友跟學長，陪我一起在冬市，採買時，挑選的……」

朋友與學長，聽到這兩則詞彙從莫妮卡口中說出，希爾達先是稍微露出驚訝的表情，接著又溫柔地微笑。

「這香皂味道真好呢……薰衣草能夠防霉，我看，就趕快擺到書房去吧。」

沒出現要把香皂擺在浴室的想法，實在非常有希爾達的風格。

不過，只要宅邸女僕瑪蒂達回來後看到，一定會幫忙把香皂移到浴室去吧。

「所以，莫妮卡這趟可以待到什麼時候？我記得，七賢人得出席參加新年典禮才行，沒錯吧？」

「是的，所以，我想說是不是要在典禮前兩天，就先進城去……」

「那～就是可以留到那天為止嘍。儘管好好休息，悠閒自在點吧。畢竟這裡是妳的家呀……啊！」

希爾達原本正浮現充滿母性的柔和笑容，又忽然像是想起什麼似地喚了一聲，而且視線還往廚房飄個不停。

「呃——關於用餐方面就……那個……對不起啊。暫時就先吃麵包配酸黃瓜……薑、薑汁蛋糕有先移到櫃子裡了，所以平安無事喔！」

狀況莫妮卡已經大致上明白了。再怎麼說，這位養母不擅家務的程度也是毀滅級的。

「那個，那我去……沖茶過來，喔。」

刻意不把話說破的莫妮卡才剛起身，希爾達就一臉鐵青地開口阻止莫妮卡。

「等等！廚房現在，那個……啊啊～呃——……總之茶讓我來沖就好……！」

希爾達的制止沒能奏效，打開通往廚房的禁忌門扉後，莫妮卡見到眼前的慘狀，忍不住苦笑著心想——還是一點也沒變呢～

打從收養莫妮卡的時候起，希爾達就大概每年都會鬧出類似的名堂。

結果，那天莫妮卡直到日落為止，都陪著希爾達一起打掃廚房。

希爾達雖然一臉如坐針氈的表情，但就莫妮卡來說，這次只把地板弄髒就了事，已經算是很好了。以往情形嚴重時，要不就引起小火災把天花板燒個焦黑，要不就搞到櫃子灰飛煙滅。希爾達在家務方面的毀滅級，就是這麼真槍實彈。

待打掃結束，希爾達便陸續端出切片好的麵包、蜂蜜漬堅果、以及酸黃瓜與薑汁蛋糕擺上桌。看來是把家裡所有的保久糧食一口氣全端了出來。

「尼洛，尼洛，快起床。吃飯嘍。」

莫妮卡向窩在行李袋底下蜷成一團的尼洛喚著，但沒有回應。

啟程離開氣候溫暖的廉布魯格時，尼洛還活蹦亂跳的，可差不多就在進入王都一帶之後，或許是忍受不了寒冷，完全進入冬眠狀態，睡眠幾乎占據了一整天的所有時間。

雖然也擔心睡成這樣要不要緊，但想想尼洛好歹是龍，相信不至於因為這點程度就衰弱。

莫妮卡讓尼洛睡在靠近暖爐的位置，再往希爾達對面的位子就坐。

「對不起呀，難得莫妮卡回家來……卻這麼粗茶淡飯的。」

「不會的，那個，這樣已經太過豐盛了……」

原本，莫妮卡自己對用餐就沒有多講究。反倒是因此暗自反省，當初怎麼沒想到要帶點吃的東西當土產。

「那個……希爾達阿姨……」

「怎麼啦～？」

希爾達已經開始大快朵頤，嚼得滿口麵包了。耐心等到希爾達嚥下麵包後，莫妮卡才開口：

「……請問我爸爸身邊，有沒有人，是在研究咒術的？」

話才出口，希爾達的表情便陷入僵硬，眉毛好似痙攣一般抖個不停。

（果然，希爾達阿姨也心裡有數。）

在廉布魯格公爵宅邸任職的僕役，彼得・山姆——本名巴利・奧茲。

這個男人正是引起咒龍騷動的咒術師，同時，還對父親死亡的真相知道些什麼。

——這個世界是由數字所構成的。

彼得出現明顯的動搖，是在聽到莫妮卡道出父親這句口頭禪的時候。

（那個咒術師，跟爸爸認識。）

希爾達是莫妮卡父親的助手，也是最常出入父親研究室的人。

既然如此，希爾達不就很可能對那個咒術師的來歷略知一二？莫妮卡的這份推測，看來是正中了紅心。

「……莫妮卡，妳為什麼突然，問起這種事？」

希爾達擦去沾在嘴邊的麵包屑，帶著刺探的眼神凝視莫妮卡。

莫妮卡直直地回望希爾達的眼睛，挺直了背脊回應。

「雖然不能講得太詳細，但我遇到了認識爸爸的咒術師。那人一看到我的長相，就提起了爸爸的名字……而且，那個人出口的某些內容，還暗示著，他跟爸爸的死有關……」

「莫妮卡，不要再跟那個咒術師有瓜葛了。」

希爾達低頭望向腳邊，沉沉地低吟。

希爾達在桌面上十指交疊的雙手，可以在手背上看到浮現的青筋。而且手掌還微微地顫抖——恐怕，是基於強烈的憤怒。

「那傢伙，背後有掌權者在撐腰。要是一個不好，就連現在的妳都會有危險。」

身為七賢人的莫妮卡，地位上是與伯爵爵位相當的魔法伯。

能夠對這樣的莫妮卡造成威脅的對象，恐怕不是王族，就是地位堪比王族的人物。

為了不錯過任何一絲絲的反應，莫妮卡緊緊凝視著養母的臉龐，繼續問道：

「爸爸之所以被處刑，是那個咒術師，害的嗎？」

一陣咬牙切齒的聲音，從希爾達的嘴角傳出。

總是笑口常開，溫和無比的養母，現在就彷彿要扼殺湧現胸膛的激情，露出一臉悲壯的神情。

「……從前，有一個咒術師找上雷因博士要進行共同研究。那人研究的是如何操縱生物還什麼的方法，總之就是遊走禁術邊緣的內容。雷因博士專攻人體與魔力的關係性，所以算是比較接近的主題。」

而就在雷因博士嚴正拒絕對方邀約的一個星期後，事件就發生了。

官員接獲某人通報，韋內迪克特．雷因在進行一級禁術——死者復活的研究。

死者復活，是與黑炎及操作天候並列為王國最大禁忌的禁術。別說是要使用了，單是研究就免不了判處極刑。

「當然，雷因博士根本就沒有接觸過什麼死者復活的研究。博士是個時時刻刻都敬重生命的人。那樣莊重的博士，才不可能研究什麼死者復活去冒瀆生命。」

然而官員闖入檢查的結果，卻在雷因博士的研究室裡發現了好幾份與死者復活相關的資料及禁書。

就這樣，莫妮卡的父親——韋內迪克特．雷因遭捕入罪，最後判處火刑。

「被扣押的資料，想也知道是那個男的動手腳放在雷因博士研究室裡的。可是官員們的態度卻絲毫不變。整起事件以非常不自然的方式，朝對那個男人有利的方向發展。」

對此深感不單純的希爾達，獨自對那個咒術師展開調查……並且，得知了存在彼得背後的，地位遠超乎想像的大貴族。

然後，就在希爾達查到這個階段時，韋內迪克特．雷因的處刑已經執行了。

這場連法庭也沒開，整體流程快得過於不自然的處刑，就是那個大貴族在幕後施加壓力。

莫妮卡擺在膝上的拳頭緊握。明明感覺自己渾身血液倒灌，卻不可思議地冷汗直流。就連緊握的掌心，都微微滲出了些許汗水。

「……那個大貴族到底是，什麼人？」

面對莫妮卡的詢問，希爾達緩緩搖了搖頭。

「妳現在已經是七賢人了。與那個貴族碰面的可能性並不是零……所以，我不能告訴妳。」一旦莫妮卡接近那個貴族，並讓自己是韋內迪克特．雷因的女兒這個身分穿幫，就會危及莫妮卡的立場。

希爾達是為了莫妮卡的安危著想，才只好三緘其口。

所以，莫妮卡也沒辦法繼續追問下去。

莫妮卡在艾瓦雷特家住過的房間，還是維持著當年的模樣，床鋪與書桌都與離開前如出一轍，而且打掃得乾乾淨淨。

莫妮卡把抱在胸口的尼洛放到床上。自從抵達艾瓦雷特家以來，尼洛一度也沒有要醒來的跡象。搞不好，他會就這麼一路睡到春天。

發現自己在沒人可以交談時會感到寂寞，莫妮卡直率地吃了一驚。

在山間小屋獨居的時候，明明就不曾感到過寂寞，看來自己不知在什麼時候，已經習慣了有尼洛陪伴的生活。

「幫他把身子弄暖，是不是就願意醒過來呢？」

莫妮卡抓起毛毯蓋在尼洛身上，隔著毛毯撫摸尼洛的身體，但還是沒有要醒來的跡象。

摸尼洛摸了一會兒，莫妮卡靜靜起身，拿出紙筆坐到書桌前。

莫妮卡想在睡前，先把自己心中的疑問整理在紙上，好好釐清思緒。

【疑問點】

・彼得提到的，把爸爸出賣給閣下的事　↓　閣下是指誰？

・彼得的背後，有掌權者在撐腰　↓　那個掌權者＝閣下嗎？

・閣下為彼得撐腰的理由　↓　閣下需要咒術嗎？

・彼得陷入錯亂時提到的「才不會落得，跟亞瑟一樣的下場」　↓　亞瑟又是誰？

・殿下他，知道那隻咒龍是因咒術誕生的　↓　明知真相卻刻意隱瞞的理由是什麼？殿下知道彼得就是犯人嗎？

寫到這裡，莫妮卡呼～地喘氣。

最在意的癥結，果然還是那個存在彼得背後的大貴族。恐怕就是彼得脫口而出的那個閣下吧。

彼得工作的職場是廉布魯格公爵宅邸。所以聽到彼得提起閣下兩字，一般都會認為是指廉布魯格公爵。

可是說得極端點，廉布魯格公爵是個沒什麼存在感的人物。就連與法佛利亞王國開外交談判會議時，也都幾乎沒開過口，把表現的機會留給菲利克斯。

（唉～雖說人不可貌相，但……）

無論怎麼想，「閣下＝廉布魯格公爵」這樣的構圖，就是讓莫妮卡有股不協調感。

現在，莫妮卡正委託巴托洛梅烏斯，請他調查彼得來到廉布魯格公爵宅邸任職的經緯。

彼得所遺下的咒具，則託給了〈深淵咒術師〉雷・歐布萊特。

除了父親的名字被提出這點之外，莫妮卡將彼得死前的狀況一五一十告訴了雷。

（希望能從那個咒具上頭，找到什麼蛛絲馬跡……）

想著想著，莫妮卡緩緩吐了口氣，用無詠唱魔術把寫滿疑問點的便條徹底燒成灰燼之後，扔進了字紙簍。

（希爾達阿姨，對不起，我辜負了妳的用心。即使如此，我還是想知道真相……就算會因此失去七賢人的地位……）

莫妮卡躺到尼洛身邊，從枕頭旁的行囊內抽出一本書。那是父親的著作，在波特古書店，讓人用兩枚金幣幫忙買下的。

這個世界是由數字所構成的——由這句引言作開頭的這本書，莫妮卡已經反覆讀上了好幾遍。

缺乏生物學與醫學相關知識的莫妮卡，為了理解內容吃了好一番苦頭。但也就在邊查專業術語邊一點一點解讀的過程中，莫妮卡更切身體會到，這本書所記載的內容是多麼出色。

父親所研究的內容，是透過分析遺傳自雙親的特徵，來解讀人類的性質。這本書還提到，魔力所帶有的遺傳性特徵格外強烈。認為有朝一日，將能藉由分析魔力來鑑定個人身分，或找出血緣關係者。

倘若父親還在世，利迪爾王國的醫學肯定能有更重大的發展。尤其是遺傳性疾病的研究方面絕對會有更飛躍性的進步。

啪啦啪啦地翻著早已讀過不知幾遍的書，莫妮卡無意間想起，古書店店長波特說的話。

（這麼一提，波特先生好像是爸爸的朋友嘛。）

以達士亭．君塔為筆名撰寫小說的古書店店長，為莫妮卡父親的著作，開價兩枚金幣的男人。

為父親的著作開出兩枚金幣的價值，若不是代表認可父親研究的成果，就是他與父親的交情很深厚吧，莫妮卡如此心想。

（波特先生他，是不是也有來過爸爸的研究室呢……）

小時候，莫妮卡整天都待在父親的研究室裡頭，但是出入研究所的人物，莫妮卡卻不是很有印象。因為，莫妮卡大多都沉溺在書本的世界中，有清楚記下長相與名字的人，頂多就每次都會給自己糖果的希爾達而已。

說到底，莫妮卡原本就是個不擅長記憶他人長相的小孩。

會養成透過數字記憶他人長相與身體部位的習慣，是在被叔父收養後，遭到暴力相向，變得會逃進數字世界中才開始的。

茫然地回顧著童年時光，隨手翻過書頁的莫妮卡，突然注意到——

在本文最末頁後頭的空白頁，不知怎地與版權頁黏在一起。

「……？」

輕輕剝開一小部分，便發現兩頁之間夾了一張紙。

那是一張紙片，看起來像原稿用紙的一小角。避免弄破書頁，小心翼翼地剝開整張頁面後，莫妮卡望向夾在裡頭的紙片。只見上頭記載了這樣的文字——

『等妳發現了黑色聖杯的真相，再來店裡一趟吧。』

莫妮卡舉起提燈，仔細觀察這張紙片。

紙片與文字都還沒怎麼褪色。恐怕是這幾個月才剛寫上去的。

字跡十分潦草，很像趕時間隨手書寫的。一定是在原稿用紙角落快筆寫下這段訊息，為書頁塗上一層薄薄的糨糊後，撕下紙片夾進了書末。

說起原稿用紙，那時候波特的確正在執筆為小說撰文。

櫃檯上不只擺了原稿，還四處散亂著文具，既然開的是書店，備有糨糊也沒什麼稀奇。

「難道說，是波特先生的訊息？」

文中所指的店，相信就是波特古書店。

可是，黑色聖杯又是什麼？

反覆搜索自己的記憶，但怎麼也想不出來。父親的著作裡，應該從未提過黑色聖杯這則詞彙。

（是在隱喻什麼的用詞？又或是某種暗號？）

在床上翻來覆去，莫妮卡不停思考著黑色聖杯有什麼含意。

然而，就在什麼具體結論都沒想出來的狀況下，莫妮卡敗給睡魔，進入了夢鄉。

那晚，莫妮卡夢見了父親。

夢中的莫妮卡正沉溺在數學書裡頭，父親坐在椅子上，喝著咖啡安詳地望向莫妮卡。

父親身旁坐了一位客人。雖然長相服裝都模糊不清，但隱約感覺得出來，對方是個男人。

客人喝了咖啡，呼～地長吐一口氣。

『嗯哼～苦的確是很苦，但也沒有其他雜味。這味道挺不錯的。最重要的是很提神。最適合配稿子喝了……從以前，看到你那個咖啡壺的時候開始，我就想哪天有機會一定要嘗嘗看。』

『希爾達可是只舔了一口，就喊著太苦了喝不下去呢。願意喝我咖啡的怪胎，大概就只有你了。』

『我的原則是面對任何事都不能忘記冒險心啊。生物要是失去了冒險心，就只剩退化一途啦，韋內迪克特。』

客人咕噥著好像在哪兒聽過的台詞，將咖啡一飲而盡。

『只不過，你這女兒也太怪了吧。還想說她在看什麼，結果竟然是數學書。她是真看得懂裡面寫些什麼嗎？』

『是啊，她真的理解喔。這孩子很聰明的。』

『對我帶來的小說卻不感興趣嗎？』

『不好意思啊，我代替她看吧。』

『這些是準備給你女兒看的啦。都是冒險小說，只怕勾不起學者大人的興致吧？』

『你的小說很有趣呀。雖然故事舞台是架空的國家，世界觀卻巧妙地融入了外國文化與風俗。上一作登場的關鍵道具，甚至還有與我研究內容相近的東西，非常耐人尋味呢。那也是參考異國傳承寫出來的嗎？』

『喔～那個嗎。那個關鍵道具的原型啊，其實是這個……喔？』

父親與客人談笑風生，莫妮卡在一旁默默地讀著數學書籍。

就只是如此平凡無奇，毫不起眼的夢。

沒錯，就只是如此的……

✦終章　向那響聲發誓

在養母家悠閒度過冬至假期的莫妮卡，趁新年前一天入城，然後直到典禮當天早上的最後一刻，都窩在自己分配到的客房內。因為深怕外出會遇到菲利克斯。

可能的話，新年第一週也想一路躲在房間內直到結束，可是來自各方面的壓力都表示，至少第一天的典禮莫妮卡非出席不可。

所以莫妮卡在嘴邊圍上面紗，踏著憂鬱的腳步前往會合地點。

利迪爾王國的王族，會在新年第一天於大教堂接受新年的祝福，然後在新年典禮會場，也就是王城內舉辦遊行。

接著，就是在抵達王城的王族們面前，由七賢人進行典禮開始前的魔術奉納。

每年負責進行新年魔術奉納的七賢人人選都不同，有些年是單人接手，也有些年是好幾人一起進行。

今年負責擔綱的，是〈砲彈魔術師〉、〈結界魔術師〉與〈荊棘魔女〉這三名七賢人。

首先由〈砲彈魔術師〉在空中綻放出巨大的火焰花，同時由〈結界魔術師〉輔佐，避免飛散的火舌波及四周。最後，再由〈荊棘魔女〉於王族行經路徑上開滿冬薔薇——以上就是今年的演出流程，的樣子。

「那～～～～個，該死的兼差農夫七賢人～～～～……！」

當莫妮卡趕在開演前的最後一刻，抵達準備迎接王族的大門時，〈結界魔術師〉路易斯．米萊正咬牙切齒地露出凶神惡煞的表情。

那怒髮衝冠的模樣，教人不禁懷疑他的三股辮是不是要朝天直豎了。單邊眼鏡下的眼眸，惡狠狠地閃爍著憤怒的光輝。

眼見現場充斥著這種不似新年祝福該有的火藥味，莫妮卡忍不住身子一縮，停下了腳步。

莫妮卡一行人約好的會合地點，是在城門後——靠王城的那一側。

在門的另一側，想必已經有大批民眾擠上前看熱鬧了吧。隔著門都能聽見的熱鬧喧嘩聲，讓原本膽子就不大的莫妮卡更是瑟縮發抖。

「那、那個……大、大家，早……」

大門後，莫妮卡以外的五名七賢人都已經到了。注意到莫妮卡的低聲問候，留著一頭黑髮，下巴蓄鬍的壯漢——〈砲彈魔術師〉布拉福．泛世通自在地揮起單手招呼。

「喔～沉默的。好久不見啦。那面紗是妳的新造型嗎？挺有神祕感的，很時髦嘛。」

「謝、謝謝……」

「我聽說，妳好像打倒了咒龍嘛。等下把詳情聊來聽聽吧。」

等典禮結束一定要趕快躲回客房裡，莫妮卡暗自下定決心。

再怎麼說，尼洛的真實身分也好、菲利克斯的嫌疑也好，咒術師之類的也好，咒龍騷動牽扯到的，盡是些難以啟齒的內情。

就在莫妮卡打定主意要窩在房間與世隔絕時，〈詠星魔女〉梅爾麗．哈維端莊地笑著開口：

「討伐咒龍辛苦了，莫妮卡。身為這場災害的預言人，還請讓我向妳道聲謝。真的是謝謝妳嘍。」

「咦，啊，呃——……」
深感擔待不起，顯得有點畏縮的莫妮卡，又再度受到梅爾麗鄭重其事的致謝。
那美麗的嗓音中，散發著憂心王國的預言家所具備的慈愛與威嚴。
「這可是走錯一步，就可能引發大災害的事態喔。妳的行動，拯救了難以數計的生命。」
作為七賢人，自己做出了實實在在的貢獻。
莫妮卡才稍微沾沾自喜，梅爾麗又一副打從心底鬆了口氣的模樣撫著胸口。
「哎呀～話說回來，實在太好了～要是連妳都沒來，真不知道該怎麼辦才好……」
連妳都——短短幾個字便讓莫妮卡察覺了現場的狀況。
在場的七賢人包含莫妮卡在內，一共只有六名。也就是少了一個。
（難道說……）
轉頭環顧一圈，便見到滿口白鬍鬚的老人——七賢人之一，〈寶玉魔術師〉伊曼紐．達爾文愁眉苦臉地點頭。
「是啊，沒錯，〈荊棘魔女〉閣下呢，到現在還不見人影啊。」
伊曼紐就如他的稱號所示，全身上下都掛滿了嘩啦嘩啦作響的裝飾品。
他就這麼神經兮兮地把玩著紅寶石首飾，嘆氣抱怨不停。
「再這樣下去，可是連七賢人的口碑都會受影響的。受不了，這麼重要的日子，〈荊棘魔女〉閣下到底是幹什麼去了……」
「哪還會有什麼，當然是忘情在他的園藝事業裡，連時間都給忘嘍。荊棘的每次遲到，不就都這麼回事嗎。」

伊曼紐的怨言，得到了布拉福豪爽的回應。
布拉福基本上就是大而化之、不拘小節的豪邁個性。就連這種時候，臉上都掛著笑容，莫名散發一股樂在其中的感覺。
躲在這樣的布拉福身後，彎腰駝背撐在法杖上的〈深淵咒術師〉雷・歐布萊特以陰鬱的語調咕噥了起來。
「〈荊棘魔女〉的話，今早，我在城裡的花園看到嘍……虧我為了避人耳目，特地偷偷摸摸移動，那傢伙卻一看到我，就扯開嗓子不停亂喊我的名字……爛透了，真的爛透了，去被詛咒吧……」
滿腔煩躁不隱瞞的〈寶玉魔術師〉、莫名樂在其中的〈砲彈魔術師〉，以及基本上一如往常的〈深淵咒術師〉。
莫妮卡還在為了三者三樣的反應不知所措，暴怒的〈結界魔術師〉路易斯・米萊就掛著冷笑接話提議：
「事已至此，我們何不乾脆開除〈荊棘魔女〉閣下，今天起正名為六賢人？」
「別自暴自棄嘛，路易斯。」
梅爾麗一臉困擾地出聲制止，但也難怪路易斯會這麼火大。
畢竟，去年也有個壓根兒就忘了典禮的事，差點翹班的七賢人——莫妮卡。
一年前，太過沉溺研究，把典禮拋在腦後的莫妮卡，就是被飛到山間小屋的路易斯捆成春捲，打包送到王城來的。
先是在去年專程移送莫妮卡，今年又得補〈荊棘魔女〉在魔術奉納的漏洞。
接連兩年都被遲到的同僚給害慘，路易斯的眼神顯得無比火爆。

「喔，結界的。我說，別那麼氣沖沖的嘛。」

「說是這麼說，但魔術奉納該如何是好？最後那段讓薔薇開花的表演，就只有〈荊棘魔女〉閣下辦得到吧？」

「深淵的應該也能弄出類似的東西來吧？就那個嘛，控制植物去～……」

布拉福還沒說完，雷就瞪大了眼睛尖叫起來。

「那可是會發出怪聲襲擊人類的詛咒植物喔！讓咒術師在新年的魔術奉納搞這種名堂，你是白痴啊！你是白痴嗎？說到底，不吉祥的咒術師出席參加這種典禮，本來就已經很讓人詬病了……再連魔術奉納都參一腳，我還不被群眾扔石頭嗎……啊～～開始想死了……」

雷蹲向了地面，兩眼無神地「好想被愛……」咕噥個不停。

撫著臉頰的落腮鬍，布拉福側眼望向年長的伊曼紐。

「寶玉的，有沒啥好主意？」

「……我當然很想為了炒熱典禮氣氛，盡可能出一份力啊。可是，要搶走年輕人表現的機會，我實在也於心不忍……」

見伊曼紐快嘴找起藉口，路易斯推推單邊眼鏡，用鼻子哼了一聲。

「〈砲彈魔術師〉閣下，就別勉強老人家了。畢竟一旦沒有事先設好機關，〈寶玉魔術師〉就無用武之地嘛。」

伊曼紐的臉頰抽搐了起來。

〈寶玉魔術師〉伊曼紐．達爾文擅長能賦予物質魔力的賦予魔術，是位一流的魔導具職人。

正因如此，只要善用自製的魔導具，或許就能送上適合魔術奉納的表演。然而在缺乏時間準備的狀況下，他能做的事情就非常有限。

想把爛攤子全推在年輕人頭上的伊曼紐，以及嘲弄這樣的他派不上用場的路易斯，兩者間唇槍舌劍的對話，再加上散發陰鬱氣場，不停「好想被愛……」地喃喃自語的雷。

這種與新年典禮相差十萬八千里的一觸即發感，讓專門為七賢人仲裁的梅爾麗大嘆一口長氣。

「真傷腦筋～都已經沒時間了說……」

就在現場氣氛糟到極點時，莫妮卡膽戰心驚地舉起了右手。

「那個……魔、魔術奉納最後的橋段，用花以外的東西，也沒關係嗎？」

莫妮卡的發言，令路易斯瞪大了單邊眼鏡下的眼眸。

像這種時候，莫妮卡向來不太會主動發言，想必他因此吃了一驚吧。

「魔術奉納只要能表現出季節感，通常就沒什麼好挑剔的，取代薔薇的東西如果上得了檯面，應該就沒問題了吧……同期閣下，妳有什麼主意嗎？」

「上得了檯面……呃——就是說，只要是美好的東西，就可以了，對嗎？」

能夠以魔術重現的美好事物，莫妮卡心裡是有個底。最重要的是，那東西還非常應景。

該提出來嗎，還是說就此打住比較好呢，這個猶豫並沒有在內心持續多久。

晃了晃右手緊握的法杖，隨著飾品鏘鈴作響，莫妮卡開了口：

「我、我有個主意，或許，行得通……」

＊　＊　＊

於市內緩緩行進的遊行馬車上，身著緋紅色正裝的第二王子菲利克斯・亞克・利迪爾，正朝著圍觀的群眾揮手致意。

五官端正甜美的菲利克斯帶著微笑揮手，單是這樣就足以讓現場四處響起心花怒放的尖叫。想必是討伐咒龍的傳聞已經在王都傳開了吧。投向菲利克斯的熱情視線，數量遠在去年之上。

表面上向民眾展現完美笑容的菲利克斯，腦海實際上已經被稍後要舉行的魔術奉納所占據。

（不曉得，今年會是由哪位七賢人負責魔術奉納。）

可能的話，實在很想觀賞由〈沉默魔女〉進行的魔術奉納。但她左手畢竟在討伐咒龍時負傷了，可預期應該會被排除在執行人員外。

就在內心為此感到遺憾時，馬車停了下來，原來已經抵達王城了。

由國王帶頭，王妃與王子跟隨在後，一行人走向正門。

單手持杖走在前頭的國王，上妝上得巧妙，氣色看起來一點都不差。

但是，菲利克斯有注意到，在神殿舉行儀式時，流程經過了簡化，此外還不時就穿插休息時間，恐怕，國王體況不佳的消息是真的。

國王在正門前停下腳步，城門隨即緩緩開啟，現場也響起高亢的祝福喇叭聲。

城門的另一側，身著同款帶兜帽長袍的七賢人，已經將長杖置於地面下跪，擺出魔術師最鄭重的行禮姿勢。

菲利克斯並不知道——眼前這七人中，有一位不在場的〈荊棘魔女〉，是〈詠星魔女〉用幻術造出的幻影。

維持著最敬禮的姿勢，七賢人之一〈寶玉魔術師〉伊曼紐・達爾文道出了祝詞。

「恭賀新禧，陛下。於光之女神賽蓮蒂涅大人甦醒的大喜之日，容我等七賢人一同，在此為新年之始獻上祝賀，歡慶佳節。」

〈寶玉魔術師〉流暢的祝詞結束後，〈砲彈魔術師〉與〈結界魔術師〉就有如要接話一般，邁步向前展開詠唱。

〈砲彈魔術師〉低沉而渾厚的詠唱，以及〈結界魔術師〉高歌般的優雅詠唱同時響起，交錯重合。

不久，結束詠唱的〈砲彈魔術師〉伸出孔武有力的手臂，將法杖高舉向前。

「願利迪爾王國榮光萬年！」

在吼叫般吶喊的〈砲彈魔術師〉法杖前端，一顆巨大到雙手才抱得住的火球出現，直直射向高空。

火球持續攀升，愈飛愈高，直到飛越尖塔頂端，才轟隆一聲引爆。

在淡藍色晴空畫布上，一朵巨大的火焰花朵砰然綻放。煙火的技術雖然年年提升，但終究沒有任何一顆煙火的規模能與這株巨大火花相比。

覆蓋整面藍天的火花雖然大得驚人，花瓣卻絲毫都不曾觸及王城與鎮上的建築物。全是多虧了〈結界魔術師〉展開的防禦結界在保護建築物。

仰望著高空的盛況，菲利克斯雙眼不禁閃閃發光。

（那是〈砲彈魔術師〉的多重強化術式……從那威力看來，莫非高達四重？甚至五重？真不愧是傳聞中連巨龍軀體都能貫穿的，我國最高峰的威力。何等強大的魔術啊。這等烈焰也能完美防下，〈結界魔術師〉的結界也真有一套。能將具備那般強度的結界，以如此複雜的形狀廣範圍展開，絕非任何人都辦得到的事。）

轉眼間，盛開於高空的火焰花朵，就像是溶解在冬日藍天一般，幻化消逝無蹤。

就在這時，菲利克斯看到了——身材最嬌小的那位七賢人走向前，舉起了法杖。

（難道說……）

〈沉默魔女〉法杖上的飾品發出鏘鈴清響，散發水藍色光芒的粒子浮現在法杖周圍，緩緩勾勒出螺旋狀的軌道盤旋升空。

發光粒子接著化作冰點，逐漸構築起某種形狀的物體。是細長的冰筒。大小堪比成人身高的三十多根冰筒，就這麼飄浮在半空。

那道光景，是王國無人不知無人不曉的冬季象徵——冬精靈的冰鐘（奧爾提莉亞之鐘）。

冰筒開始搖曳，彼此碰撞，奏出悅耳清澈的響聲。

若只是單純的冰塊相互撞擊，絕對無法形成那般清澈的音色。恐怕，是〈沉默魔女〉調整了冰的強度與密度吧。

無庸置疑，調整所需的魔術式絕對複雜到令人生懼。而〈沉默魔女〉不但施展自如，甚至還未經詠唱。

菲利克斯的心臟不停怦通作響。被冬日寒風吹得冰冷的臉頰，逐漸自內側湧現熱潮。

冬精靈的冰鐘（奧爾提莉亞之鐘）是用來向精靈神傳話的。在場群眾的喜悅之聲也好，祈求繁榮的心願也好，一定，都會隨著響聲傳達給精靈神吧。

再也沒有任何魔術奉納，比這項演出更適合在一年之始表演了。

（厲害，厲害，太厲害了……！）

在〈砲彈魔術師〉強勁的火花之後，以纖細魔術打造並敲響的冬精靈的冰鐘（奧爾提莉亞之鐘），其對比之美實在難以言語形容。

若非現場眾目睽睽，自己肯定會高聲歡呼。

——啊啊～竟然能用這雙眼睛見證，偉大魔女帶來的奇蹟！

將戴著兜帽的〈沉默魔女〉身影烙印在眼底，菲利克斯在內心立誓——

（等寒假結束，我一定會找到妳，請拭目以待吧……艾瓦雷特女士。）

＊　＊　＊

海恩侯爵公子希利爾．艾仕利在旅舍雖然已經整理好儀容，卻還是在鏡子前顯得坐立難安，不停確認鏡中的自己頭髮有沒有亂、衣襟有沒有歪。

坐在沙發上看書的義父海恩侯爵，向這樣的希利爾靜靜開口：

「你不如先坐下來吧？」

「是、是的，恕我失禮了。」

希利爾動作生硬地坐上沙發後，便僵硬得有如岩石，死盯著地板不動。

今日午後，希利爾就要為了新年的問候，與海恩侯爵一同進城，向國王陛下請安。

全利迪爾王國的貴族都會參加的新年問候，為了不讓人潮都擠在同一天，有事先為各家貴族排定日程。海恩侯爵是排在初日的黃昏。

說實話，其實很想去觀摩上午舉行的遊行——很想看看菲利克斯參加遊行時的模樣，但是卻被義父制止了。

市內的遊行人潮非常擁擠，想用肉眼看到乘在馬車上的人，沒有早一天去占位子似乎是辦不到的。

實際上，從窗口瞧見的人潮確實不同凡響。這間旅舍明明離遊行使用的大道有段距離，路上卻還是人滿為患。

（有乖乖聽義父的話，真是太好了……）

要是為了看遊行跑進人潮中攪和，想必會把黃昏時問候所需的體力都先耗盡吧。

況且現在連遊行都沒去，就已經緊張得胃攪成一團，早餐幾乎沒怎麼吃。

（生平第一次參加的新年問候……絕對，不可以做出任何讓義父蒙羞的舉動。）

希利爾抬起盯著地板的臉，望向牆上的鏡子。

鏡中的希利爾臉色蒼白，而且感覺上彎腰駝背。

（明明平時總叮嚀學弟妹要抬頭挺胸，我這是成何體統，太不像話了……）

打開窗戶透透氣吧。現在想呼吸一下房間外的空氣，讓腦袋打起精神。

「義父大人，我可以稍微打開下窗戶嗎？」

「嗯，無妨喔。」

獲得義父允諾，希利爾於是動手開窗。沒想到，窗外同時傳來一聲轟隆巨響。

被響聲給嚇到，反射性抬頭一看——只見城的上空，一朵巨大的火花正在綻放。

「那是……」

瞪大了雙眼的希利爾，聽到在沙發上看書的海恩侯爵低語：「是七賢人的魔術奉納開始了吧。」

既然魔術奉納開始了，就表示敬愛的菲利克斯已經抵達了王城。一注意到這點，緊張感便再度湧上心頭。

才剛暗自按著胃，一陣鐘聲般的清響便傳進希利爾耳裡。

那並非莊嚴如聖堂的鐘響。這種連綿輕快的鏘鈴鏘鈴音色，是冬精靈的冰鐘。

（是有誰，在敲響冬精靈的冰鐘嗎？）

希利爾閉上眼睛，忘情投入在美麗的清響中。

浮現腦海的場景，是寒假前的冬市。

在冬市敲響冬精靈的冰鐘，立下誓言的學弟妹。

「……絕對會克服恐懼，表現得磊落大方。」

仿照學弟妹當時的做法，自己也開口宣示，隨後便感覺腹部湧現了一點力氣。

在使勁抬頭挺胸，握緊拳頭的希利爾背後，海恩侯爵靜靜地低語：

「你一定辦得到。別畏縮，放膽挑戰吧。」

完全把義父也在場的事忘得一乾二淨的希利爾，當場面紅耳赤地渾身僵硬。

* * *

以冰塊打造得巨大無比，在城門前搖曳的冬精靈的冰鐘。

表演這般亮眼魔術的〈沉默魔女〉，現在正是眾人最為矚目的對象。

換作平時，不擅於應付周遭視線的莫妮卡，恐怕早已逃之夭夭。

現在之所以能夠克服逃跑的衝動站在這裡，或許是因為，在冬市曾經對冬精靈的冰鐘立過誓，也說不定。

莫妮卡抬頭仰望自己用魔術打造的冰鐘。

在冬市對冬精靈的冰鐘（奧爾提莉亞之鐘）發的誓，是要更努力鍛鍊自己的待人接物。

既然如此，該對現在正奏出美麗音色的冰鐘立下什麼誓言才好呢——這個問題，莫妮卡內心早有了答案。

（我絕對，會向世間證明……爸爸的清白。）

冬精靈的冰鐘（奧爾提莉亞之鐘），那清澈響亮的音色，在冬日的青空下反覆迴響。

載滿萬人的心願與誓言，高亢美麗地響徹天際。

【祕密章節】

〈沉默魔女〉有所不知的二三事

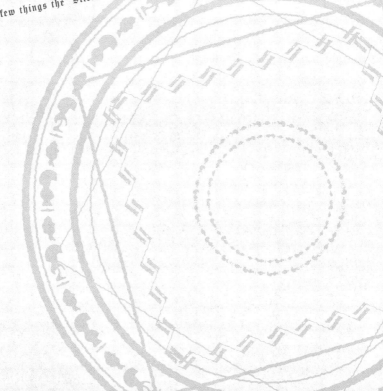

A few things the "Silent Witch" doesn't know

安柏德伯爵的次子——巴尼．瓊斯原本是魔術師養成機構米妮瓦的學生，卻因為預定繼承爵位的兄長意外身亡，而決定在今年度滿期後退學返鄉。

說實話，年事已高的父親患有宿疾，加上因長子過世嚴重消沉，按醫師所言，恐怕已不久人世。倘若如此，繼承家業的責任就會落在巴尼頭上。

作夢都沒想過，小時候望眼欲穿的後繼者寶座，如今竟以這種形式落入手中。想當然耳，根本不可能老實感到開心。

（即使如此，我也不會輸……絕對要成為歷代最英明的安柏德伯爵。）

一定得做出能讓自己抬頭挺胸引以為傲的成果，否則，巴尼就無顏面對莫妮卡。

巴尼在內心如此激勵過自己，準備離開學生宿舍。

聽說，大部分學校在入冬之後，學生宿舍都會完全關閉，但米妮瓦無論是留在宿舍的學生，或留在研究室的教師都不在少數。畢竟，有些魔術相關研究，是不能出現空窗期的。

收拾好行囊，走出房間的巴尼，打算去向關照過自己的教授們做最後的道別，邁步前往研究大樓。

來到研究大樓前，便看到一位叼著菸斗，眼神凶惡的老人——〈紫煙魔術師〉基甸．拉塞福教授，正與駝背的高齡校長不知道在談些什麼。

巴尼並不是拉塞福的研究生，並沒有受過他多少關照。話雖如此，畢竟有校長在，道義上還是該去問候一下，巴尼於是朝兩人走近。

「那個頑童二世，終於要退學了嗎。真的是，怎麼會這麼傻，明明那麼有天分……」

「拉塞福老弟畢竟和頑童很有緣嘛~……覺得寂寞嗎？」

「是啊，往後可真是寂寞了——以為我會這樣講嗎，校長？很不巧，我心裡舒暢多啦。那傢伙的噁心頑劣性格矯正不了啦。我管不住。」

拉塞福抽了一口菸斗，瞇細了眼睛望向校長。

「所以咧，那個臭小子要回老家去嗎？」

「好像會按家長的意思，插班到賽蓮蒂亞學園去喔。」

校長這番話，聽得巴尼一陣錯愕。

然後就連問候及禮數都忘得一乾二淨，衝到兩人身旁插嘴。

「不好意思，這件事，是真的嗎？迪伊學長他……那個整天糾纏莫妮卡的男人，要插班到賽蓮蒂亞學園去？」

聽過校長與拉塞福說明的巴尼，折回宿舍，從行囊裡取出筆記用品與信紙，攤在桌面上。

從前，有一個對〈沉默魔女〉莫妮卡．艾瓦雷特死纏爛打，無所不用其極想打魔法戰，令人不敢恭維的男人。其名為修伯特．迪伊。

最惡劣的狂犬、魔法戰場的惡魔、米妮瓦的頑童二世——各方面人士唯恐避之不及的那個男人，據說要從米妮瓦退學，等寒假結束後，就插班到賽蓮蒂亞學園去。

就這麼好巧不巧，偏偏挑上莫妮卡正潛入執行任務的賽蓮蒂亞學園！

萬一，那個最爛最惡劣的男人與莫妮卡碰個正著，事情想必會一發不可收拾。

巴尼，救命啊～～～……莫妮卡淚眼汪汪地跑來找自己求救的光景，巴尼實在太容易想像。

所以溫柔的他，決定要送個人情給這個欠人關照的勁敵。

（她那種人，就儘管去一——輩子感謝我吧。）

於內心低語後，巴尼以「致我永遠的勁敵大人」起頭，開始在信紙上撰文。

＊＊＊

返鄉的雪路貝里侯爵千金布莉吉特．葛萊安一回到宅邸，小兩歲的妹妹瑟拉菲娜立刻帶著滿面的笑容上前迎接。

「歡迎回家，布莉吉特姊姊！」

瑟拉菲娜有著一頭與布莉吉特同樣的金色捲髮，是個眼眸碩大的可愛少女。用偏寬蕾絲裝飾的薔薇色禮服，穿在身上也非常搭調。

面對熱情的妹妹，布莉吉特只是冷冷地扔下一句「我回來了」，便朝自己的房間移動。

走著走著，布莉吉特陷入思索。

（已經安排那個偵探，去監視莫妮卡．諾頓在柯貝可伯爵領地的行動了……剩下的，就是設法在克拉克福特公爵的宅邸……）

「姊姊，姊姊。」

緊緊跟在身後的瑟拉菲娜，就有如一條黏人的小狗，天真無邪地開口搭話。

被打斷思緒的布莉吉特停下腳步，轉身面向妹妹。

「什麼事？」

「姊姊跟菲利克斯殿下，有常常一起開茶會嗎？校慶後的舞會上，有和殿下共舞嗎？」

「……」

瑟拉菲娜對於離家求學感到不安，因而在自家領地內的女學院就學，只不過，賽蓮蒂亞學園似乎還是讓瑟拉菲娜抱有幾分憧憬。

每每布莉吉特返鄉，妹妹一定都會跑來打聽在賽蓮蒂亞學園發生的事。

「姊姊和菲利克斯殿下共舞的畫面，一定非常令人陶醉吧……菲利克斯殿下小時候，看起來亂不可靠的，總覺得配不上姊姊的未婚夫寶座，沒想到現在變得那麼迷人……」

「瑟拉菲娜。」

短短一聲，布莉吉特打斷了妹妹的發言。

音量絕對稱不上大，但語調卻帶有一種不由分說的強悍壓力，令瑟拉菲娜當場闔上嘴巴。

布莉吉特以琥珀色的雙眼，冷冷地凝視妹妹。

「妳的發言對殿下不敬。」

「對、對不起，姊姊……」

心裡非常明白，這個天真無邪的妹妹，並沒有任何惡意。

……正因如此，才更令人生氣。

布莉吉特轉身背對瑟拉菲娜，快步返回自己房間，伸手向背後關門，上鎖。

然後就這麼靠著門，朝地面蹲了下去，抱住雙腿，一頭埋進膝蓋。

「……殿下……」

細語的嗓音既孱弱，又顫抖不已，好似隨時都會泣不成聲。

即使如此，布莉吉特還是立刻起身，彷彿什麼事都沒發生，默默地開始整理行李。

目前為止的登場人物

Characters of the Silent Witch

Characters
Secrets of the Silent Witch

莫妮卡・艾瓦雷特

七賢人之一〈沉默魔女〉。把七賢人的法杖拿來當作世界最昂貴的曬衣竿。胡亂塞在衣櫃抽屜底部的長袍，則由琳回收後負責熨平。

路易斯・米萊

七賢人之一〈結界魔術師〉。結界術與飛行魔術應用範圍甚廣，所以容易被硬塞工作。身為愛妻人士，覺得新年期間，七賢人必須留守王城一週的慣例應該盡早破除。

尼洛

莫妮卡的使魔。真實身分是從前在柯貝可伯爵領地沃崗山脈引起騷動的黑龍。無論人類還是貓咪型態，對於酒精或毒物都具備抗性，但卻被咖啡的苦味嚇一大跳。

琳姿貝兒菲

與路易斯簽訂契約的風之高位精靈。寒假期間被派去遠方迎接要人，頗為忙碌。開口要求冬季特別獎金（BONUS），令路易斯面有難色。

梅爾麗・哈維

七賢人之一〈詠星魔女〉。本人自稱不太擅長，但其實是七賢人中幻術最純熟的。為了挑戰製作理想中的美少年幻影，每天都過著哭喊不對不是這樣而崩潰的日子。

布拉福・泛世通

七賢人之一〈砲彈魔術師〉。現任七賢人中魔力量排名第二，高威力魔術的專家。威力甚至足以貫穿巨龍身軀。個性豪邁，熱愛魔法戰。

雷・歐布萊特

七賢人之一〈深淵咒術師〉。是七賢人中唯一的咒術師，並不專攻魔術，所以基本上不負責魔術奉納。但其實很希望能表演個帥氣的魔術奉納，享受吹捧奉承。

Characters
Secrets of the Silent Witch

菲利克斯・亞克・利迪爾

利迪爾王國的第二王子，賽蓮蒂亞學園的學生會長。打從要與〈沉默魔女〉見面的安排敲定，就興奮期待到夜夜失眠，被威爾迪安奴擔心是不是得了什麼怪病。

艾利歐特・霍華德

戴資維伯爵公子。學生會書記。寒假在社交界與親戚集會上表現出十足的伯爵公子風範，清早則賴在床上叫不醒，讓僕役們傷透腦筋的不擅早起男。

希利爾・艾仕利

海恩侯爵公子（養子）。學生會副會長。與母親的心結化解後，聊了許多關於學生會、學友、欠人關照的學弟妹之類校園生活熱鬧充實的話題。

布莉吉特・葛萊安

雪路貝里侯爵千金。學生會書記。現正僱用偵探，調查莫妮卡身邊的一舉一動。愛書人，不過比起故事，更喜歡言及世界各地文化風俗的遊記。

尼爾・庫雷・梅伍德

梅伍德男爵公子。學生會總務。寒假時過著幫忙照顧家畜、剷雪、寫信給未婚妻的規律生活。意外耐操。

古蓮・達德利

〈結界魔術師〉路易斯・米萊的弟子。魔力量遠在常人之上，過去曾引發魔力失控事件，因而成為路易斯的弟子。若只論魔力量，甚至連莫妮卡跟路易斯都不是對手。

伊莎貝爾・諾頓

柯貝可伯爵千金。正在百般構思，如何替莫妮卡製造寒假期間的不在場證明。另外，華麗的反派家族在柯貝可舉辦了一場甄選莫妮卡替身人選的選秀會。

艾莉安奴・凱悅

廉布魯格公爵千金。在父親的溺愛與母親的嚴厲管教中長大。雖然個性有點任性，卻很為僕役著想，因此被宅邸的僕役們當作女兒或孫女般疼愛。

Characters

Secrets of the Silent Witch

巴尼·瓊斯

安柏德伯爵公子。為了繼承父親的爵位，從米妮瓦退學，正以成為英明的伯爵為目標邁進。寫給莫妮卡的信重擬了將近二十次才寫好。

巴托洛梅烏斯·巴爾

帝國出身的技術人員。曾經在魔導具工坊工作過。把〈沉默魔女〉與第二王子當成情侶的誤解仍在繼續中。別輸給身分差距啊，小不點！——以這般溫暖的眼神從旁守候著。

基甸·拉塞福

魔術師養成機構米妮瓦的教授。通稱〈紫煙魔術師〉。是莫妮卡的恩師，路易斯的師父。總是和問題兒童莫名有緣。

希爾達·艾瓦雷特

王立魔法研究所的研究員，莫妮卡的養母。同時也是莫妮卡父親的助手。是位優秀的研究者，也是明明能正確解讀魔術式，卻會把料理食譜曲解的才女。

Other Characters *Secrets of the Silent Witch*

其他登場人物介紹

艾卡莎

伊莎貝爾的侍女。對伊莎貝爾而言如同姊姊，兩人常聊戀愛小說話題聊得火熱。體能高超，也兼任伊莎貝爾的護衛。

◆◆◆◆◆

威爾迪安奴

與菲利克斯締結契約的水之高位精靈。以高位精靈而言年紀尚輕。主人不太會表達自己的真意，害得他內心總是七上八下。

◆◆◆◆◆

達瑞斯・奈特雷

克拉克福特公爵。菲利克斯的外祖父，利迪爾王國屈指可數的掌權人士。

◆◆◆◆◆

彼得・山姆

曾以巴利・奧茲的名字投靠歐布萊特家的咒術師。研究如何將人類變成傀儡的咒術。認識莫妮卡的父親——韋內迪克特。

韋內迪克特・雷因

莫妮卡的父親。七年前，因研究禁術罪遭捕處刑。是精通多種領域的天才學者。

◆◆◆◆◆

波特

柯拉普東鎮的古書店店長。以達士亭・君塔為筆名寫小說。是莫妮卡的父親——韋內迪克特的朋友。

◆◆◆◆◆

亞伯特・弗勞・羅貝利亞・利迪爾

利迪爾王國第三王子。擅長念書，但運動一竅不通，是作中少數能與莫妮卡匹敵，首屈一指的運動零蛋。曾因鬧彆扭跺地板踩到自己腳受傷。

後記

由衷感謝大家購買這本《Silent Witch》第五集。

第五集是把舞台放在校園以外地點的寒假篇。

也因此，校園內的朋友在這集比較沒有登場的機會。

這次沒能出場的人，我想大致上都過著平穩的寒假。

要說有哪邊比較不平穩，大概就頂多莫妮卡的身邊。

我希望，在第六集可以再度為大家送上學友們活力十足的模樣。

本作在有幸獲得書籍化機會之際，曾考慮過根據販售成果，控制在三到五集就完結的模式（我個人稱之為「爆速Silent Witch」）。

只是，實在非常感激不盡，多虧各位讀者大德，不但能夠順利推出續集，還讓定位成番外篇的第四集after上市，就這麼抵達了第五集。第六集也已經預訂出版。

請容我在此，向各位讀者大德致上深厚的感謝。

……就是這麼回事，下一集會是第六集，但，有件事令我非常掛心。

事情要追溯到一年前，看到本作第二集封面設計時，我當場為之驚愕。

因為集數是用羅馬數字表示。

接觸用羅馬數字編號的系列作品時，把Ⅳ（4）與Ⅵ（6）搞混，又或是把Ⅶ（7）與Ⅷ（8）看錯，因而淚崩的經驗，相信無論誰都至少有過一次。

……應該有吧？Ⅳ（4）跟Ⅵ（6）就是最容易看錯的對吧？

我是大老早之前就已經放棄了要記清楚羅馬數字的念頭，可既然自己的作品使用了羅馬數字編號，就不能繼續這樣撒嬌了。

事情就是這樣，我此時此刻也跟各種羅馬數字在大眼瞪小眼。我到現在還是偶爾會忘記Ⅸ要怎麼寫。

總而言之，下一集（第六集）是在Ⅴ右邊有一根柱子。Ⅴ右邊有柱子！

當各位要在書店購買第六集的時候，還請想起「Ⅴ右邊有柱子！」

非常感謝藤実なんな老師這次也幫忙繪製美麗的插圖。

充滿幻想風味的封面非常迷人，我好幾次都望著傻笑不停。

不管哪幅畫，每次拜收草稿的時候都覺得「哇塞，不得了的要來嘍……」並且在看到完成品後，為了更超乎想像的魄力與美麗而感動。

非常感謝桟とび老師總是幫忙繪製美妙的漫畫版。看到老師把一格一格的大小畫格都細心刻畫描繪出來，我真的很開心。

在看到分鏡稿時覺得「啊，這個表情真棒」的地方，實際完稿後的成品又變得更加令人陶醉，身為作者真的夫復何求。

日方漫畫版目前正由B's-LOG COMICS大德出版到單行本第二集。這邊也請大家多多關照指教了。要找漫畫版第二集，就認封面上的莫妮卡與拉娜。莫妮卡還帶著有點坐立難安，緊張不已的表情，令人非常窩心。

也非常感謝大家，總是寄粉絲信來為我打氣。

第三集的後記只寫了一頁，而且，又缺了註記粉絲信寄送地址的頁面，害大家在信上表達「作者該不會身心俱疲，嚴重到後記都寫不出來，粉絲信也讀不了的地步了吧」的擔憂，但其實只是因為我第三集的原稿分量太過硬來，已經塞滿到瀕臨頁數上限的關係。

作者非常生龍活虎，還請不用擔心。我會繼續等候大家的粉絲信。

如果往後的集數，又出現後記或粉絲信寄送地址被砍掉的狀況，就請察覺——作者又硬來了吧……責編同仁，每次都這樣真的很抱歉。但我覺得應該會再發生。

莫妮卡的校園生活終於也進入了後半戰。

第六集我也會精力旺盛地寫作，若能勾起大家購買的意願，就是我無上的幸福。

第六集是「V右邊有柱子！」還請多多指教。

依空まつり

靠死亡遊戲混飯吃。 1 待續

Kadokawa Fantastic Novels

作者：鵜飼有志　插畫：ねこめたる

第18屆MF文庫J輕小說新人賞優秀賞作品
一窺美少女們荷槍實彈的死亡遊戲殊死戰！

醒來以後，發現自己人在陌生的洋樓，身上穿著不知何時換上的女僕裝，而有同樣遭遇的少女還有五人。「遊戲」開始了，我們必須逃出這個充滿殺人陷阱的洋樓「GHOST HOUSE」。涉入死亡遊戲的事實，使少女們面色凝重——除了我以外……

NT$240/HK$80

支倉凍砂
Isuna Hasekura
9
新說 狼與辛香料
狼與羊皮紙
Kadokawa Fantastic Novels

續・魔法科高中的劣等生

魔法人聯社 1~6 待續

Kadokawa Fantastic Novels

作者：佐島 勤　插畫：石田可奈

達也等人得到香巴拉的「鑰匙」
歷經波折終於尋得香巴拉的遺物！

達也等人找到通往傳說之古代文明香巴拉的「鑰匙」，然而他們的背後出現危險的影子。鎖定遺物的視線，以及襲擊達也等人的幻覺魔法。雖然敵方身分不明，然而激烈的攻擊就是確實接近香巴拉的證據。然後達也等人終於尋得香巴拉的遺物──！

各 **NT$200~220/HK$67~73**

魔法科高中的劣等生 Appendix 1~2 待續

Kadokawa Fantastic Novels

作者：佐島 勤　插畫：石田可奈

莉娜變身為美少女魔法戰士？深雪成為偶像？
書中角色呈現各種面貌的搞笑短篇集登場！

——昔日隸屬於STARS候補生部隊「STARLIGHT」的莉娜，部隊交付給她當成畢業課題的任務是成為魔法少女？——這是說不定發生過的可能性之一，深雪與真由美唱歌跳舞，成為偶像進行藝能活動？紀念《魔法科》系列十週年，將特典小說集結成冊第二彈！

各 **NT$300/HK$100**

賢者大叔的異世界生活日記 1~17 待續

作者：寿 安清　插畫：ジョンディー

自我中心又任性的四神（偽神）
面對梅提斯聖法神國的危機將採取行動！

由轉生者凱摩．布羅斯率領的獸人聯軍進攻梅提斯聖法神國的北方防衛重鎮卡馬爾要塞。並且趁勝追擊，攻下另一個防守重鎮安佛拉關隘……！陪同的傑羅斯等人則是默默扮演助攻的角色。而神祕的龍也有了新的行動。甚至四神也跟著參戰……

各 **NT$220~240/HK$73~80**

怕痛的我，把防禦力點滿就對了
夕蜜柑
［插畫］狐印
16
Welcome to
Kadokawa Fantastic Novels
"NewWorld Online".

07
菜鳥鍊金術師
開店營業中
いつきみずほ
ふーみ
防治
傳染病！
Kadokawa Fantastic Novels

不時輕聲地以俄語遮羞的鄰座艾莉同學 1~5 待續

Kadokawa Fantastic Novels

作者：燦燦SUN　插畫：ももこ

政近得知瑪利亞是初戀對象，兩人再續前緣!?
艾莉主動接近班上男生令政近心亂如麻！

「……是我喔，阿薩。」得知瑪利亞就是初戀對象的政近，至今對她懷抱的情感在內心迴盪。此外，暑假過後的第二學期，政近努力輔助艾莉，然而艾莉主動接近班上同學的模樣令他心亂如麻。「難道說……你吃醋了？」驚濤駭浪的校慶篇開幕！

各 NT$200~260/HK$67~87